AF307836

Nicky DeMelly, Baujahr 1978, lebt mit ihrer Familie im schönen Münsterland. Geschrieben hat die Krankenschwester knapp 30 Jahre nur für sich, erst seit 2019 veröffentlicht sie auch. Bisher findet man eine Novelle und diverse Kurzgeschichten in Anthologien. 2021 wurde die Spendenanthologie *Wir schreiben für euch – Fantasy,* in der sie vertreten ist, mit dem „Bronzenen Stephan" ausgezeichnet. Im gleichen Jahr wurde Nicky von der Agentur Ashera unter die Fittiche genommen, im Juni 2022 erschien ihre erste eigene Novelle *Edgy – Im Visier der Blutmafia.*
Nicky versucht sich in jedem Genre und testet sämtliche Perspektiven. Auch kennt sie kaum Tabus. Häufig greift sie gesellschaftliche Probleme in ihren Geschichten auf, wobei das Schreiben eine Art Eigentherapie für die harmoniebedürftige Autorin geworden ist.

IM NETZ DES MÖRDERS

NICKY DEMELLY

Erstausgabe März 2024

Copyright © 2024 dp Verlag, ein Imprint der
dp DIGITAL PUBLISHERS GmbH
Made in Stuttgart with ♥
Alle Rechte vorbehalten

Im Netz des Mörders

ISBN 978-3-98778-863-5
E-Book-ISBN 978-3-98778-320-3

Covergestaltung: Buchgewand
Umschlaggestaltung: ARTC.ore Design
Unter Verwendung von Abbildungen von
shutterstock.com: © STILLFX, © Foto-Ruhrgebiet, © getgg
stock.adobe.com: © banphote
depositphotos.com: © Ensuper
Lektorat: Astrid Pfister
Satz: dp DIGITAL PUBLISHERS GmbH
Druck und Bindung: Books on Demand GmbH, Norderstedt

Triggerwarnung

Enthält Szenen mit Folter und sexueller Gewalt

Kapitel 1

»Karl, tun Sie das nicht!« Bens Stimme war nicht mehr als ein Krächzen. Hilflos warf er einen Blick über die Schulter auf seine Kollegen, die allerdings ähnlich überfordert wirkten wie er. Großartig. Warum war er doch gleich so schnell die Alutreppen dieses stillgelegten Teils der Fabrik hochgerannt? Damit er Karl nun am nächsten stand und es versaute? Ganz toll hinbekommen.

Er räusperte sich und machte einen zögerlichen Schritt nach vorne. Sein Gegenüber reagierte sofort und trat näher an die Schwelle zum Abgrund hinter ihm. Das Quietschen seiner Gummisohle auf dem Beton hallte in Bens Gehirn nach. Ein kaltes Grinsen lag auf Karls Gesicht, eine Spur von Wahnsinn blitzte in seinen Augen auf.

Er macht ernst!, schoss es Ben durch den Kopf. Der Druck in seinem Bauch erhöhte sich und brachte seinen Körper zum Beben.

Du musst etwas tun!

Aber was? Das war sein erster Einsatz als Kommissar! Wie sollte er wissen, was er dem Mann erzählen musste? In Gedanken ging er seine theoretischen Kenntnisse durch, die er sich in der Ausbildung angeeignet hatte. Damals hatte er sich genau diese Situation herbeigewünscht, um als strahlender Held daraus hervorzugehen. Ja, Probleme mit Minderwertigkeitskomplexen hatte er da nicht gehabt. Nun stand er hier und war überfordert wie nie zuvor in seinem Leben.

Dieses Anstarren brachte ihn nicht weiter. Langsam hob er die Hände – und ließ sie wieder sinken. Karl und auch seine Kollegen mussten nicht sehen, wie sehr sie zitterten. »Kommen Sie schon, lassen Sie uns reden. Weg kommen Sie hier sowieso nicht mehr und sterben wollen Sie doch nicht wirklich, oder? Es findet sich immer eine Lösung.«

Karl hob die Augenbrauen und lachte lauthals los. »Der war gut!« Schlagartig wurde er wieder ernst. »Kleiner, was bist du denn für ein Bulle? Kennst du die Strafen für Mord nicht? Ich habe die Wahl zwischen lebenslänglich für die sieben Leichen oder zu springen. Was glaubst du, welchen Weg ich wählen werde?«

Ben schluckte schwer, er hatte keine Ahnung, was er darauf erwidern sollte. Warum zum Teufel kam von den anderen nichts? Erneut warf er einen flehenden Blick zurück, aber wer ihn nicht ignorierte, zuckte mit den Schultern. Verdammter Mist! Die konnten ihn doch jetzt nicht hängen lassen!

Doch. Konnten sie. Und sie taten es auch, als Karl einen weiteren Schritt nach hinten machte. Der Beton war zu Ende. Ebenso wie das Geländer, an dem er sich notfalls noch hätte festhalten können.

Tu endlich was!

Aber ihm fiel nichts ein, was er machen oder sagen könnte. Zumal er den Kerl verstehen konnte. An seiner Stelle hätte er nur eine Sache anders gemacht: Er hätte nicht gezögert.

Karl gab ihm die Chance, ihn aufzuhalten. Ihn festzunehmen, dorthin zu bringen, wo er hingehörte ... hinter schwedische Gardinen. Und die würde er nutzen. Da ihm die Worte fehlten, konnte er nur noch handeln. Er atmete tief durch und spurtete los. Fünf, vielleicht sechs Schritte lagen zwischen ihnen. Schnell gemacht. Er musste ihn nur passend am Kragen erwischen. Gleichzeitig mit der anderen Hand das Geländer umklammern, damit sie nicht beide abstürzten. Das war zu schaffen!

Noch zwei Schritte. Er streckte die Arme aus. Einen in Karls Richtung, die andere Hand schwebte über dem Metallrohr. Er musste nur zugreifen, sobald er seinen Kragen hatte.

Noch ein Schritt. Warum kam er nicht näher?

Weil sich der Kerl fallen ließ. *Verflucht!* Ben warf sich nach vorne, streckte seine knapp eins neunzig, soweit es ihm möglich war. Und verfehlte ihn um Millimeter. Ebenso wie das Geländer. Anstatt ihn zu retten, würde er mit ihm in die Tiefe stürzen. Was unweigerlich auch seinen Tod zur Folge hätte.

Galt er dann als sein achtes Opfer? Das würde er nicht mehr herausfinden. Wieso kamen ihm derart dämliche Gedanken, wenn er kurz vor dem Tode stand? Kein Film über seinen Lebensweg, der an ihm vorbeiglitt. Keine tollen Erinnerungen, von denen es ohnehin nur eine Handvoll gab. Nur dieser Anblick des fallenden Mannes und das Wissen, dass Bens Leben nur zehntel Sekunden nach dem von Karl beendet sein würde.

Er starrte in den Abgrund. Alles verlief wie in Zeitlupe, Karl war noch nicht aufgeschlagen. Mit ausgebreiteten Armen und einer erschreckenden Ruhe im

Gesicht sah dieser ihn an. Er hatte sein Ende offenbar akzeptiert. Seine Augen strahlten eine Genugtuung aus, die sich in Bens Ego fraß. Dann kam der Aufprall.

Ben würde auf ihm landen. Dieser Gedanke machte es noch schlimmer.

Etwas schnürte ihm die Luft ab. Nicht die Panik. Es war sein Kragen. Erst jetzt wurde ihm klar, dass er nicht fiel. Mehrere Hände hatten ihn gepackt, rissen ihn zurück und nahmen ihm die Sicht nach unten.

Ben war gerettet. Musste sich nicht mit den Eingeweiden dieses Monsters vermengen, dessen Überreste dreißig Meter tiefer großflächig verteilt lagen.

Dank seiner Unfähigkeit, ihn aufzuhalten.

Kapitel 2

Ein Stoß ins Kreuz ließ Ben nach vorne kippen. In Richtung Abgrund! Panisch wedelte er mit den Armen. Die anderen hatten ihn festgehalten und sogar zurückgezogen! Wieso sollte er nun doch in die Tiefe auf Karls Überreste stürzen?

Seine Hände fanden Halt. Erleichtert sackte er ein Stück in sich zusammen.

Aber wer hatte ihn umbringen wollen? Mit rasendem Herzschlag fuhr er herum. Der Schwindel nahm ihm fast das Gleichgewicht. Schweiß brannte in seinen Augen. Hektisch wischte er ihn weg und machte einen Schritt nach vorn. Irritiert hob er die Brauen, als das metallische Klackern seiner Schuhsohle ausblieb. Das Aluminium am Boden, die Wände aus Kalksandstein – all das hatte sich in Holz verwandelt. Der staubige Zementgestank war dem abgestandenen Geruch nach Bier und Schnaps gewichen.

»Alles klar?«, erklang eine rauchige Stimme hinter ihm.

Erneut fuhr Ben herum. Starrte in kleine, hellblaue Augen in einer faltenreichen Visage. Er kannte diesen Mann. Er war kein Polizist. Woher ...

Er sah an ihm vorbei, auf das Flackern der Leuchtreklame von *Theos Zapfenstreich* an der Wand.

Heilige Scheiße.

Mit zitternden Händen rieb er sich das schweißnasse Gesicht und ließ sich auf den Barhocker neben ihm gleiten. Blamieren konnte er sich. Wie gut, dass hier heute nichts los war.

Wieder fiel sein Blick auf Theo, der ihn prüfend musterte, während er ein Glas polierte.

»Ja, alles okay.« Seine Stimme klang gebrochen. Eilig räusperte er sich. »Gibst du mir noch einen Whiskey?«

»Ist der letzte, ich schließe gleich.«

»Schon so spät?« Mit gerunzelter Stirn sah Ben auf die Uhr neben dem Schild. Kurz vor eins. Es erschreckte ihn, wie schnell die Zeit vergangen war. Nur gut, dass er morgen frei hatte.

Er genehmigte sich einen großen Schluck. Seine Hand zitterte, aber wenigstens ging sein Puls langsam wieder runter.

Der glühende innere Drang, über seinen Flashback von gerade zu reden, irritierte ihn. Das machte er, wenn überhaupt, nur mit Theos Kellnerin Melina. Sie hatte jederzeit ein offenes Ohr für ihn. Vorausgesetzt, sie hatte Schicht, was heute nicht der Fall war.

Seltsam, dabei war sie dienstags immer hier.

»Theo, wo ist Melina?«

»Krank.« Missmutig verzog er das Gesicht, während er das Glas prüfend gegen das Licht hielt.

Verdammt. »Länger?«

»Bänderriss. Hat gerade noch geschrieben, dass die eine Woche, die sie bisher krankgeschrieben ist, wohl nicht reichen wird.«

Ben seufzte tief. Das würde dauern. Dabei war sie die Einzige, mit der er über seine Probleme redete. Seit sie von seinem missglückten ersten Einsatz vor drei Jahren mitbekommen hatte, als die Jungs ihn hierhergeschleppt hatten, hatte er ihr bedenkenlos von seinen Albträumen und Flashbacks erzählen können. Sie hörte zu, ohne groß zu kommentieren. Was er anfangs in einem Moment unerträglicher Frustration angefangen hatte, war inzwischen zu einer Art Seelentherapie für ihn geworden, wenn ihn das schlechte Gewissen mal wieder aufzufressen drohte.

Ob er Theo mal nach ihrer Nummer fragen sollte?

Er entschied sich dagegen. Wäre sie daran interessiert, sich sein Gejammer auch in ihrer Freizeit anzutun, hätte sie das längst signalisiert.

Ben kam allein klar. Das war er immer schon. Alles, was er jetzt brauchte, war Schlaf.

Er leerte sein Glas und zahlte. »Richte Melina gute Besserung von mir aus, wenn du von ihr hörst.«

»Mach ich.«

Draußen empfing ihn klare, kühle Luft. Der Sichelmond leuchtete schwach vom sternenklaren Himmel. Ben taumelte, es war wohl doch ein Whiskey zu viel geworden. Aber wenn er sich konzentrierte, klappte es einigermaßen mit dem geradeaus Laufen.

Sobald er die kleine Siedlung und somit auch die Straßenlaternen hinter sich gelassen hatte, sah er nahezu nichts mehr. Das wäre halb so wild, müsste er nicht in seinem Zustand über einen unebenen Trampelpfad laufen. Wie gut, dass die Handys heutzutage mit Taschenlampen ausgestattet waren.

Er griff in die Jeanstasche. Und blieb stocksteif stehen. Tastete hektisch sämtliche anderen Taschen ab.

Da waren Schlüssel, Geldbörse, ein Paket Taschentücher. Das war alles.

Fuck! Sein Handy musste noch in der Kneipe liegen. Hoffentlich war Theo noch da.

Er hat es sicher schon gefunden, beruhigte er sich selbst und eilte zurück.

Von Weitem sah er, dass der alte Wirt gerade abschloss.

»Stopp, warte mal!« Er legte einen Zahn zu.

Theo erwartete ihn mit genervter Miene. »Was willst du noch? Ich bin müde.«

»Ich hab mein Handy verloren. Hast du es gefunden?«

»Nein. Ich gucke morgen nach.«

Echt jetzt? »Komm schon, lass mich nicht hängen. Es kann ja nur am Tresen liegen. Oder auf dem Klo.«

Er sah ihn derart finster an, dass sich Ben einer Absage sicher war, dann jedoch seufzte er tief und schloss wieder auf.

»Danke, Mann. Hast was gut bei mir.«

»Jau, mindestens ein Ticket fürs Falschparken«, brummte er.

Grinsend schlug Ben ihm auf die Schulter. »Das fällt zwar nicht in meinen Zuständigkeitsbereich, aber ich sehe, was ich machen kann.«

Er schob sich an Theo vorbei und betätigte den Lichtschalter. Für einen Moment war er geblendet, dann sah er sich um. Auf seinem Platz an der Theke lag es nicht.

»Ich leih mir mal dein Telefon«, sagte er, während er danach griff und seine Nummer eintippte. Der Anruf ging nicht raus. Verdammt! Aber es passte, der Akku war nicht mehr der Beste.

Seufzend stellte er das Mobilteil wieder in die Ladestation und suchte den Raum ab. Er hockte sich hin und sah unter Tische und Stühle. Was Blödsinn war, wie hätte es dorthin kommen sollen? Er hatte nur am Tresen gesessen und war pinkeln gegangen.

Ja, auf dem Klo musste es sein.

»Wo willst du denn jetzt noch hin?«, rief Theo genervt hinter ihm her.

»Ich beeile mich.«

Daraus wurde nichts. Er nahm jeden Winkel und alle Kabinen unter die Lupe, obwohl er nur das Pissbecken genutzt hatte, und raufte sich die Haare. So ein Smartphone konnte sich doch nicht in Luft auflösen!

Erneut durchsuchte er seine Taschen. Ohne Erfolg. Das konnten doch nicht wahr sein! Wo hatte er es zuletzt gehabt?

»Herr von und zu Kollang, ich schließe jetzt zu!«

Theo ... den hatte er ganz vergessen. Klar, er wollte schlafen. Ben hatte ja alles abgesucht, dennoch hielt er auch auf dem Weg zurück zum Ausgang den Blick gesenkt.

»Gefunden?«

Ben schüttelte mit zusammengepressten Lippen den Kopf und trat auf den geschotterten Parkplatz vor der Kneipe.

»Taucht schon wieder auf.«

Dessen war sich Ben nicht so sicher. Er vermutete eher, dass es ihm gestohlen ... Augenblick mal. »Theo, hast du mitgekriegt, dass ich angerempelt wurde?«

»Jau. Da mag dich einer nicht.« Der alte Mann schmunzelte und schloss die Bar erneut zu.

»Kennst du ihn? Seinen Namen? Ist dir irgendwas aufgefallen? Eine Bewegung vielleicht ... dass er sich was in die Tasche gesteckt hat?«

Er musterte Ben stirnrunzelnd. »Kannte ich nicht, war zum ersten Mal da. Du denkst, der hätte es dir geklaut? Glaub ich nicht. Der machte nicht den Eindruck.«

Ben hob eine Braue. »Man guckt den Leuten immer nur vor den Kopf. Glaub mir, manchmal wundert man sich. Hat er irgendwas gesagt? Ich war in Gedanken und hab's nicht mitbekommen.«

Theo lachte auf. »Hab mich schon gewundert. Bei *Blöder Bulle* gehst du sonst immer hoch wie eine Rakete.«

Ein besonders netter Zeitgenosse also.

»Überleg noch mal. Ich brauche einen Namen oder die seiner Begleiter.«

Theo funkelte ihn an. »Und ich brauche Schlaf. Du übrigens auch.«

»Vor allem brauche ich mein Handy. Komm schon, denk nach. Umso eher kannst du pennen.«

»Das kann ich jetzt schon. Werde ich auch, du hast mich lange genug aufgehalten. Tschüss.«

Mit diesen Worten ließ er Ben stehen, der hart die Kiefer aufeinanderpresste. Kurz dachte er darüber nach, ihn ins Haus nebenan zu begleiten, wo Theo wohnte, aber das hätte nichts gebracht. Er konnte sturer sein als ein Esel.

Ben ließ es, zumal auch er schleunigst ins Bett musste. Ihm fielen fast die Augen zu.

Den Weg, den er eben bereits genommen hatte, untersuchte er akribisch bis zum Feldweg. Ab hier wurde es ohne Taschenlampe zur echten Herausforderung. Zu allem Übel suggerierte ihm sein Bauchgefühl auf unangenehme Weise, dass er das Handy ganz schnell finden sollte.

17

Kapitel 3

Ben atmete auf, als am Ende der Buckelpiste die ersten Straßenlaternen seinen Weg erhellten. Wenn ihm doch nur einfallen würde, wo und wann er das Mistding zuletzt in der Hand gehabt hatte! Er erinnerte sich lediglich daran, es morgens eingesteckt zu haben, ehe er zur Arbeit gefahren war. Womit er nur zwanzig Stunden Revue passieren lassen musste, in denen er es unbemerkt verloren haben könnte. Das war doch zum Kotzen!

Bis nach Hause suchte er jeden Millimeter der Strecke ab und verrenkte sich sämtliche Gliedmaßen, um im Auto nichts zu übersehen. Er stellte sogar Zimmer für Zimmer auf den Kopf.

Das Handy blieb verschwunden.

Resigniert legte er sich ins Bett und bemühte sich um seinen bitternötigen Schlaf. An Entspannung war jedoch nicht zu denken. Zunehmend frustriert wälzte er sich herum und fand keine Ruhe. Das Gedankenkarussell drehte sich mit voller Geschwindigkeit. Sobald ihn der Schlaf fast übermannte, schreckte er wieder hoch. Dabei half ihm der Alkohol sonst immer wenigstens beim Einschlafen.

Die Angst war zu groß. Angst vor diesem verfluchten Albtraum, der ihn seit ziemlich genau drei Jahren nahezu jede Nacht quälte. Schon wenn er nur daran dachte, kamen ihm die Bilder wieder in den Kopf und animierten sein Herz zu Höchstleistungen.

Damals hatte man ihm Absicht unterstellt. Auf den Kameras schräg hinter ihm hatte es so ausgesehen, als hätte er Karl in den Abgrund gestoßen. Die folgenden Stunden, bis ihn sämtliche anwesenden Kollegen entlastet hatten, waren die Hölle gewesen. Nach seinem Vollversagen beim ersten Einsatz und dem Anblick von Karls Überresten war dieser Vorwurf zu viel gewesen. Er konnte sich noch heute genau an das Gefühlschaos erinnern, das ihn übermannt hatte. Die Machtlosigkeit, die Verzweiflung und Frustration, die ihn in eine Art Schockzustand versetzt hatte. Das wollte er nie wieder erleben.

Obwohl das Thema vonseiten der Vorgesetzten schnell abgehakt gewesen war, hatte er sich weiterhin schuldig gefühlt. Diese Schuld fraß sich, wann immer er zur Ruhe kam, durch seine Eingeweide. Dass er das damals vor der Psychologin hatte verbergen können, grenzte für ihn noch heute an ein Wunder.

Scheinbar war sein Wille, direkt weiterarbeiten zu dürfen, größer gewesen als der Wunsch nach Verarbeitung. Das hatte sich bis heute nicht geändert, er liebte seinen Job nach wie vor. Dennoch hätten ihm ein paar Stunden bei ihr vermutlich nicht geschadet.

Doch dafür war es jetzt zu spät. Nie wieder würde er das Thema komplett auffrischen. Das, was er mit Melina besprach, war nur ein Bruchteil des Geschehens und schon völlig ausreichend.

Stöhnend warf er sich auf die andere Seite und drängte die Erinnerungen zurück. Dorthin, wo sie hingehörten, nämlich in die hintersten Winkel seines Gehirns. Stattdessen kam ihm das Handy in den Sinn. Na toll. Nicht hilfreich.

Nach weiteren Minuten des Herumwälzens schlug er frustriert die Fäuste auf die Matratze, schwang sich auf die Bettkante und raufte sich die Haare. Seine Augen brannten vor Müdigkeit, aber sein Gehirn lief auf Hochtouren. So würde er nie in den Schlaf finden.

Vielleicht half ja der Fernseher.

Gähnend schleppte er sich in seinen Boxershorts die Treppe herunter und ließ sich auf das Sofa fallen. Zuckte zusammen und stöhnte genervt auf. Musste Leder im ersten Moment immer so kalt sein?

Er zappte sich durch die Programme. Dauerwerbesendung, Porno, uralter Western, noch ein Porno. Großartige Auswahl. Einer der Sportsender brachte eine Doku über einen ihm unbekannten Fußballer. Auch uninteressant. Da blieb wohl nur ein Film. Wofür er allerdings aufstehen müsste, um die Fernbedienung für den Receiver aus der Schublade unter dem Fernseher zu holen.

Er konnte sich nicht aufraffen. Dann startete er eben den Laptop, der auf dem Tisch stand. Ein paar YouTube-Videos waren immer gut.

Apropos Video – was für Aufnahmen waren eigentlich auf seinem Handy? Der Gedanke, dass ein vermeintlicher Dieb in seiner Privatsphäre herumschnüffelte, machte ihn nervös. Hatte er peinliche Bilder drauf? Falls der Dieb überhaupt drankam, immerhin war das Smartphone ja passwortgeschützt. Aber wenn, wollte Ben wenigstens wissen, ob er sich lächerlich machte.

Vom Junggesellenabschied eines Basketballkollegen letztes Wochenende war das durchaus möglich. Die Aufnahmen hatte er sich noch nicht angesehen und den Jungs traute er eine Menge Blödsinn zu.

Er startete den Rechner und loggte sich in die Cloud ein. Dort wählte er die letzten zwanzig Fotos aus und klickte die Diashow an.

Das Blut schoss ihm ungebremst ins Gesicht. Heilige Scheiße, in der Öffentlichkeit musste er seinen Alkoholkonsum drastisch reduzieren. Wann hatte er sich bis auf die Unterhose ausgezogen? Und wer hatte die Fotos gemacht?

Gnadenlos präsentierte ihm das Programm weitere Bilder, die ihn während eines ungelenken Tanzes auf den Tischen, in lächerlichen Posen eines zugekifften Sängers, übermotivierten Gitarristen und arroganten Models zeigten. Es wurde immer peinlicher und kostete ihn zunehmend Überwindung, die Show nicht abzubrechen.

Das folgende Foto war unscharf, er konnte nur etwas Helles erkennen. War das Haut? Dann allerdings nicht seine, denn so weiß war er nur am ... oh Gott, hatte er seinen nackten Hintern gezeigt?

Nächstes Bild. Ben runzelte die Stirn. Diese zarte Wade war definitiv nicht seine, sondern die einer Frau. Ein One-Night-Stand? Der Erste nach drei Jahren, und dann erinnerte er sich nicht mal daran?

Aber wieso gab es Fotos davon? So etwas würde er niemals machen. Derart besoffen konnte er gar nicht sein.

Nein, sicher hatte sie mit ihm nur über Tische und Bänke getanzt. Das könnte auch den Kratzer an ihrem Arm erklären, der auf dem nächsten Bild zu sehen war.

Wer war sie? Gab es kein Gesichtsfoto?

Nun wurde ihm eine Hand präsentiert. Definitiv weiblich, jedoch nicht die einer Frau, die es sich auf einer Party gut gehen ließ. Eher wie frisch von der Gartenarbeit, wenn man den Dreck unter den teils abgebrochenen Fingernägeln bedachte.

Ein dumpfes Gefühl machte sich in seinem Magen breit. Irgendetwas stimmte da nicht.

Was haben die anderen angestellt? Und wieso sind die Fotos mit meiner Kamera gemacht worden?

Nächstes Bild. Ben erstarrte. Eine Klinge, wieder neben weißer Haut. Es könnte die Flanke der Frau sein. Was bedeuten würde, dass sie verflucht wenig Kleidung trug.

Das Messer zog ihn in seinen Bann. Es war keins, was man in einem normalen Haushalt fand, sondern ein Springmesser, wie er es lange nicht mehr gesehen hatte. Mit blutverschmierter Schneide.

Schlagartig verdoppelte sich die Geschwindigkeit seines Herzschlags. Mit zitternden Fingern wischte er sich über das Gesicht und klickte zwei Bilder zurück. Besah sich den Kratzer auf dem Arm genauer. Er war oberflächlich, konnte aber durchaus von dem Messer stammen. Doch dafür war zu viel Blut an der Klinge. Was für ein gottverdammter Irrsinn war das? Wieso gab es diese Bilder auf seiner Cloud? Was für einen makabren Streich spielten ihm die Jungs?

Stammten sie wirklich von ihnen? Nichts deutete auf einen der Orte hin, an denen sie gefeiert hatten. Waren sie später noch woanders gelandet, woran er sich nicht erinnerte?

Eine letzte Datei wurde ihm angezeigt. Ein Video. Vielleicht klärte ihn das ja auf.

Irgendetwas hielt ihn zurück. Eine Ahnung. Angst. Er wollte es sich nicht ansehen. Aber dann meldete sich der Polizist in ihm. Mit aufeinandergepressten Lippen klickte er das Video an.

Es dauerte zwölf Sekunden, doch diese fühlten sich an wie Stunden.

Kapitel 4

Ben war wie erstarrt. Das konnte unmöglich real sein. Nein, der Alkohol spielte ihm einen Streich. Anders war das nicht zu erklären.

Es kostete ihn Überwindung, aber es nützte nichts – er musste es sich noch einmal ansehen. Sich selbst beweisen, dass sein Verstand dringend Schlaf brauchte. Dass dieser Schwachsinn nicht real gewesen war.

Nach acht Sekunden stoppte er das Video und drückte mit zitternden Fingern den Ausschalter am Laptop. Er hatte keine Muße für normales Herunterfahren. Hauptsache dieser kranke Horror verschwand.

Regungslos saß er da, starrte auf den schwarzen Bildschirm und bemühte sich, seine Atmung in den Griff zu bekommen.

Er musste das melden. Das waren nicht seine Freunde gewesen. Genauso wenig spiegelte es die ausgelassene Stimmung der Party wider.

Das war bitterer Ernst.

Automatisch ging sein Griff zum Tisch, wo er sein Smartphone immer hinlegte. Er ging jedoch ins Leere. Ben sah hin und wurde von einem eisigen Schauer übermannt, als er es nicht entdeckte.

Was war er doch für ein Trottel. Wo war er nur mit seinen Gedanken?

Aber wie sollte er ohne Handy den Boss informieren, der friedlich zu Hause in seinem Bett schlafen dürfte?

Chiara! Sie wohnte nur zwei Straßen weiter.

Binnen kürzester Zeit war er angezogen und stürmte durch die menschenleere Siedlung des Münsteraner Vororts. Hauptsache, sie öffnete ihm um diese Uhrzeit!

Es dauerte, aber schließlich stand sie in einem zu lang geratenen T-Shirt in der Haustür und funkelte ihn aus verschlafenen Augen an. »Ben, es ist gleich vier Uhr in der Nacht. Wenn du keinen verdammt guten Grund hast, mich zu dieser gottlosen Zeit aus dem Schlaf zu reißen, teste ich meinen Taser an dir, gefolgt vom Schlagstock.«

»Ja, sorry«, murmelte er und drängte sich an ihr vorbei ins Haus. »Ich brauche dein Handy, meins ist weg.«

Fassungslos starrte sie ihn an. »Sag mal, tickst du noch ganz frisch? Was kann ich dafür, wenn du dein Handy verlierst? Und wieso sollte ich dir meins geben? Ey, du bist besoffen, oder? Komm, geh nach Hause und ...«

Sie brach ab, als Ben sie an den Schultern packte und ernst, fast schon gehetzt ansah. »Chiara, ich muss Schnaider anrufen. Jetzt sofort. Es ist dringend.«

Sie verengte die Augen zu kleinen Schlitzen. »Dir ist klar, was passiert, wenn du ihn grundlos um diese Uhrzeit aus dem Bett klingelst, oder?«

Genervt stöhnend wandte sich Ben ab und hob die Hände. »Meine Fresse, für wie dämlich hältst du mich? Gibst du mir jetzt *bitte* dein fucking Handy, oder muss ich erst auf die Wache fahren und wichtige Zeit vergeuden?«

Stirnrunzelnd blinzelte sie. »Was ist denn ...«

»Handy. Bitte. *Jetzt.* Dann kannst du mithören. Es ist eilig, verflucht noch mal!« Er hatte keine Zeit, weder für doppelte Erklärungen noch für Diskussionen. Wenigstens verschwand sie endlich und holte das Teil aus dem Nachbarzimmer. Die Nummer ihres Dienststellenleiters hatte sie bereits rausgesucht.

Er drückte auf Anrufen und wurde plötzlich von dem Gefühl übermannt, sich irgendwo anlehnen zu müssen. Als sein Rücken die Wand berührte, meldete sich Schnaider mit schlaftrunkener Stimme. Ben stieß sich wieder ab und wanderte auf wackligen Knien durch den Raum, während er seinen Boss und gleichzeitig Chiara über die nötigsten Dinge aufklärte.

Keine zwei Minuten später war das Gespräch beendet. Ben gab ihr das Handy zurück. »Kannst du mich auf die Wache fahren?«

»Klar. Das will ich mir auch ansehen.«

»Perfekt.«

***

Schnaider war alles andere als gut gelaunt. »Wenn das irgendwelche alkoholbedingten Ergüsse sind, werde ich Sie augenblicklich beurlauben.«

»Das würde ich sogar verstehen. Gibt aber keinen Grund dafür.«

Sie zogen sich in den Besprechungsraum zurück, wo sie eine Leinwand zur Verfügung hatten. Nicht, dass Ben das auch noch im Großformat sehen wollte, allerdings fielen ihnen Kleinigkeiten so eher auf.

Dieses Mal achtete er darauf, von wann die Aufnahmen waren, und erschrak erneut. Sie stammten von gestern am frühen Abend.

»Dann legen Sie mal los«, drängte Schnaider.

Er startete mit den Fotos. Beim ersten meckerten sie noch, wie unscharf alles wäre, bei den nächsten wurden Chiara und der Boss ruhiger.

Schließlich kamen sie zu dem Video. Ben zögerte, obwohl er es jetzt, nachdem einige Zeit seit dem ersten Ansehen verstrichen war, nicht mehr nachvollziehen konnte. Es war eine Aufnahme wie Hunderte andere, die sie sich leider immer wieder antun mussten, und es gab weitaus schlimmere. Aber diese befanden sich nicht in seiner Cloud.

Mit geschlossenen Augen atmete er tief durch und wünschte sich insgeheim, dass er sich getäuscht hatte und wirklich der Alkohol schuld war.

Dann betätigte er die Playtaste.

Kapitel 5

Zunächst blieb die Leinwand schwarz. Dann flackerte für den Bruchteil einer Sekunde ein Licht auf, präsentierte ihnen ein Stück blasse Haut. Die Wade. Das Flackern wiederholte sich, immer andere Stellen des nackten, weiblichen Körpers blitzten auf. Der Arm. Die Hand. Es folgten einige Bilder des blutüberströmten Oberkörpers. Woher das Blut kam, war in der kurzen Zeit nicht zu erkennen, aber es war reichlich da. *Zu* viel. Es zog sich vom Hals bis hinunter zum Schambereich, der ebenfalls unbedeckt und dank weit gespreizter Beine deutlich zu erkennen war.

Ben wandte sich ab und presste Daumen und Zeigefinger gegen seine Nasenwurzel.

Auch die beiden anderen waren blass geworden. Chiara nickte Ben zu, die Augen eine Spur zu weit geöffnet. Da war das nächtliche Wecken wohl doch berechtigt gewesen.

Schnaider räusperte sich und wandte sich an Ben. »Haben Sie eine Idee, von wem die Aufnahmen stammen könnten, oder wer diese Frau ist?«

Ben schüttelte seufzend den Kopf. »Nicht die Spur.«

»Wo und wann haben Sie das Handy verloren? Geben Sie uns wenigstens eine annähernde Idee.«

Mit zusammengepressten Lippen zuckte er mit den Schultern. So sehr er auch grübelte, seine letzte Erinnerung daran war die beim Anziehen. »Wo weiß ich nicht.

Irgendwann gestern zwischen fünf Uhr morgens und ein Uhr nachts.«

Einen Moment lang sah Schnaider ihn an, als würde er Ben vierteilen wollen, aber seine Stimme blieb sachlich. »Das sind zwanzig Stunden. Können Sie es nicht etwas weiter eingrenzen?«

»Na ja, die Fotos sind gegen achtzehn Uhr gemacht worden. Wenn das mit meinem Handy passiert ist …« Er hob die Hände. Es nervte ihn selbst, aber mehr Infos ließ die Watte in seinem Schädel gerade nicht durch.

»Okay. Ich informiere den Bereitschaftsdienst der Kriminalwache und Oberstaatsanwalt Lee. Außerdem stelle ich ein Team zusammen. Omando, Sie sind dabei.«

Bens Blick schoss in die Höhe. »Und ich?«

»Sie schlafen erst mal Ihren Rausch aus. Erteilen Sie uns die Erlaubnis, Ihr Gerät zu orten, auf Ihre Cloud zuzugreifen und alles auf die Entfernung Machbare mit Ihrem Handy zu tun, was diese Frau retten könnte?«

»Ja, natürlich.« Das stand außer Frage und war wohl der einzige Vorteil, dass es *seine* Cloud und *sein* Smartphone betraf. Denn so ersparten sie sich stundenlanges Warten auf die richterliche Genehmigung und konnten direkt loslegen. Er schrieb sein Passwort sowie alles Weitere auf, was brauchbar sein könnte, und hielt seinem Chef den Zettel mit festem Blick hin. »Ich bin fit, ich kann sofort ermitteln.«

Schnaider sah ihn missbilligend an. »Kollang, ich bin nicht blind und wiederhole mich nur ungern. Sobald Sie Ihren Rausch ausgeschlafen haben, werden wir gemeinsam zu Lee fahren. Omando, bringen Sie ihn nach Hause.«

Ben öffnete erneut den Mund, wurde aber von der erhobenen Hand seines Chefs ausgebremst. »Höre ich auch nur ein Wort der Widerrede, werden Sie an dem Fall gar nicht mitarbeiten.«

Schnaider meinte das ernst, das wusste er aus leidiger Erfahrung. Also presste Ben die Lippen aufeinander und schenkte sich seinen Kommentar. So sehr es ihn nervte – er folgte Chiara aus dem Büro, begleitet von einem unangenehmen Druck, der sich immer weiter in seinem Bauch ausbreitete. Es war *seine* Cloud, *sein* Fall. Er wollte sofort loslegen, ihn lösen und die Frau retten, sollte das möglich sein. Ob sie noch lebte, war nämlich nicht zu erkennen gewesen. Vielleicht fanden die Spezialisten das ja heraus. Was er wohl erst nach allen anderen erfahren würde.

Ein genervtes Stöhnen entfuhr ihm, als er sich auf Chiaras Beifahrersitz fallen ließ.

Sie setzte sich neben ihn, die Bewegungen grazil und wendig wie die einer Raubkatze. »Was ist los?«

»Ich will ermitteln und nicht pennen.«

Sie lachte auf und startete den Motor. »Du klingst wie ein schmollendes Kleinkind.«

»Wirklich witzig. Wie würde es dir denn an meiner Stelle gehen?«

Nachdem sie relativ knapp vor einem Auto herausgezogen war, seufzte sie. »Ähnlich. Aber der Chef hat recht. Du kannst kaum geradeaus gehen, wie willst du so ermitteln? Wenn du ausgeschlafen hast, sieht das Ganze sicher anders aus.«

Genervt verzog er den Mund. Das kotzte ihn an. Egal, wie viel Logik dahintersteckte, die er den beiden leider zugestehen musste.

»Hältst du mich auf dem Laufenden?«

»Wenn du mir verrätst, wie ich das machen soll? Du hast nicht mal ein Handy, auf dem ich dich anrufen könnte.«

Ben unterdrückte ein Fluchen. Das war das Erste, was er sich später besorgen würde. »Per Mail geht.«

Sie atmete tief durch und schüttelte den Kopf. »Ben, ich verstehe dich. Aber das werde ich nicht machen, denn du brauchst dringend Schlaf. Wenn du später so aussiehst wie jetzt gerade, wird Schnaider dich sofort wieder nach Hause schicken. Also reiß dich zusammen und gönn dir ein paar Stunden Schlaf.«

Mit erhobener Augenbraue ließ er den Blick gen Himmel gleiten. »Ja, Mama.«

Ihr Schnauben entlockte ihm trotz der miesen Laune ein Schmunzeln.

Den Rest des Weges über schwiegen sie. Ben zerbrach sich den Kopf, wann er das Handy zuletzt in der Hand gehabt hatte, aber in seinem Hirn herrschte eine dichte Nebelmauer, die sämtliche Erinnerungen der letzten Tage – außerhalb der Dienstzeiten – vor jeglichem Zugriff verschloss. Es machte ihn wahnsinnig, bestätigte jedoch seinen Chef darin, dass er dringend ein paar Stunden Pause brauchte.

Chiara stoppte auf seiner schmalen Auffahrt.

«Danke.« Er öffnete die Wagentür, als sein Blick auf das Podest vor der Haustür fiel. »Was liegt denn da rum?«

Etwas Dickes mit grauem Fell befand sich auf seiner ausgefransten Fußmatte. Stirnrunzelnd stieg er aus und ging zögernd näher. Es war eine tote Ratte. Na super. Er hasste diese Viecher. Als er sich bückte und nach der Schwanzspitze greifen wollte, erklang Chiaras Stimme dicht hinter ihm. »Wie kommt die denn da hin?«

Ben hätte damit rechnen müssen, dass sie ihm folgte. Dennoch erschrak er dermaßen, dass er hoch- und herumfuhr, wobei er fast seine Faust in ihrem Bauch versenkte.

Mit erhobenen Händen trat sie einen Schritt zurück. »Hey, bleib locker! Ich bin keine Ratte!«

»Sorry.« Tief einatmend sammelte er sich und brachte ein schiefes Grinsen zustande. »Wenn du die haben willst, musst du es nur sagen.«

»Gott bewahre! Aber ernsthaft – wie kommt die vor deine Haustür?«

»Das wird ´ne Katze gewesen sein. Hier laufen schließlich genug rum.«

Ihr Blick blieb skeptisch. »Und die positioniert das Vieh so akkurat auf deiner Schwelle? Denkst du nicht, dass du eher einen Feind hast?«

»Einen?« Er lachte auf. »Da gibt es etliche, genauso wie bei dir. Aber die legen keine Ratten vor Haustüren. Wenn, erscheinen sie persönlich.«

»Ja, vermutlich.«

»Kannst ja mal gucken, ob du auch ein schönes Geschenk bekommen hast.«

Angewidert zog sie die Nase kraus. »Nee, ich fahre wieder zur Wache und hoffe, dass das Geschenk – sollte eins bei mir liegen – entsorgt ist, bevor ich Feierabend habe.« Sie seufzte. »Was heute wohl dauern wird.«

Streu ruhig noch Salz in die Wunde.

Er sprach es nicht aus. »Ja, fahr mal die Frau retten.«

»Sollte sie noch zu retten sein«, murmelte sie.

»Ja.«

Ohne sich zu ihr umzudrehen, mahlte er mit den Kiefern, als er ihr Auto davonfahren hörte. Zu groß war der Frust, nicht mitzukönnen. Nicht nur, dass er nicht ermitteln durfte, nervte ihn. Auch Chiara, die ihm allein durch ihre Anwesenheit immer wieder den nötigen Halt gab, fehlte ihm jetzt an seiner Seite.

Weichei.

Kapitel 6

Der Schlaf war alles andere als erholsam, und doch wachte er erst um zehn Uhr auf. Trotz der lediglich fünf Stunden war es für seinen Geschmack viel zu spät.

Eilig duschte er und füllte Kaffee in seinen Thermobecher. Lederjacke an und ab. Ein Job wartete auf ihn, über den sollte er nachdenken.

Sobald er die Straße erreichte, hielt er inne. Hatte er abgeschlossen? Genervt von seiner Schusseligkeit kehrte er um und checkte es. Glücklicherweise, er hatte es tatsächlich vergessen. *Trottel.*

Er eilte zur Bushaltestelle, denn selbst fahren durfte er mit Sicherheit noch nicht. Die Nebelwand durchzog seinen Kopf nach wie vor, wenn auch etwas lichter als letzte Nacht. Sein Schädel dröhnte und eine leichte Übelkeit hatte sich zur inneren Unruhe dazu gesellt. Den Kaffee hätte er sich schenken können.

All das ignorierte er jedoch und lenkte seine Gedanken zum gestrigen Tag zurück. Wann und wo hatte er das Handy verloren? Oder besser gesagt, war es ihm gestohlen worden? Das hatte nur während des Flashbacks klappen können, sonst wäre ihm das garantiert nicht entgangen. Passte aber nicht, denn es musste eher passiert sein.

So sehr er auch grübelte – ihm fiel nicht ein, ob er es seit dem Ankleiden noch mal in der Hand gehabt hatte.

Ein entgegenkommender Fußgänger rempelte ihn an. Unwillkürlich ballte er die Fäuste und fuhr herum, aber der junge Kerl eilte weiter, ohne ihn zu beachten – während Ben mit sich kämpfen musste, ihm nicht hinterherzurennen und eine reinzuhauen. Himmeldonnerwetter, was war bloß los mit ihm? Er war doch sonst nicht so aggressiv.

Er musste den Fall schnell lösen. Ja, ganz genau: *er*. Das brauchte er jetzt für sein Ego, denn langsam überkam ihn die Angst, den Verstand zu verlieren. Ein derartiger Erfolg wäre definitiv hilfreich.

Bald fand er sich im Bus wieder, wobei er sich kaum daran erinnerte, eingestiegen zu sein. Eine Haltestelle vor seinem Ziel stieg er aus, direkt neben einem Elektronikladen. Wer hätte gedacht, dass ein Handy in der Tasche derart beruhigend sein konnte.

Jetzt hoffte er nur, dass Lee bald Zeit für Schnaider und ihn hatte, damit er endlich ermitteln konnte.

***

Wie jedes Mal, wenn er Schnaiders Büro betrat, fühlte sich Ben wie in einer Arztpraxis. Das Mobiliar war aus düsterer Eiche gefertigt, die beiden Fenster nahezu vollständig mit Plissees verdeckt. Licht kam hier lediglich von der Halogenbeleuchtung an der Decke, welche die weißen Raufasertapeten anstrahlte.

Das war nicht gerade förderlich für seine Übelkeit, denn Ärzte in jeglicher Form und Variante stressten ihn.

Schnaider sah auf. »Kollang. Setzen Sie sich.«

Ben gehorchte und erwiderte den prüfenden Blick seines Chefs bemüht gelassen.

»Sie sehen nicht viel besser aus als letzte Nacht.«

Ein genervtes Aufstöhnen konnte er nur mit Mühe unterdrücken. Zumal sein Boss ebenfalls ganz schön blass war. »Mir geht`s gut. Wann hat Lee Zeit für uns?«

»Wie lange haben Sie geschlafen?«

Na toll. Das wichtigste Thema ignorierte er einfach. Wut stieg in ihm auf, hervorgerufen durch seine nervtötende innere Unruhe. Was zum Kuckuck ging ihn sein Schlaf an? »Ich habe keine Stoppuhr laufen lassen.«

»*Kollang!*«

Idiot. Wie war das mit dem Zusammenreißen? Sonst konnte er die Arbeit an diesem Fall vergessen. »Etwa fünf Stunden. Danach hab ich mir ein neues Handy gekauft. Die Nummer kann ich Ihnen direkt geben.«

»Lenken Sie nicht ab.«

Ben runzelte die Stirn. »Tu ich nicht.« Dabei beließ er es, denn Schnaiders Blick nach zu urteilen, konnte er sich bei dem nächsten dummen Spruch seine Papiere abholen.

Der Kriminalhauptkommissar beugte sich vor. »Kollang, es geht hier um ein Menschenleben und wir haben *nichts*! Keinen Hinweis, keine Spur, keine Idee. Gar nichts. Da kann ich mit einem übermüdeten Kriminalkommissar, der in seinem Zustand womöglich etwas übersieht, überhaupt nichts anfangen.«

Frustration überflutete sein Innerstes. Sie waren kein Stück vorangekommen. Das durfte doch nicht wahr sein!

Er presste die Lippen aufeinander, bevor ihm ein unpassender Kommentar entweichen konnte. Von denen schossen ihm nämlich gerade eine Menge durch den Kopf. Ein Einziger davon hätte ihn wahrscheinlich schon den Job gekostet.

Offenbar hatte Schnaider nicht mit seiner Schweigsamkeit gerechnet. Stirnrunzelnd starrte er ihn an, blinzelte dann und lehnte sich seufzend zurück. Er griff nach seinem Telefon und tippte darauf herum. »Verbinden Sie mich bitte mit Oberstaatsanwalt Lee.«

Ben verschränkte die Arme vor der Brust. Na endlich.

***

Zehn Minuten später saßen sie im Dienstwagen. Bens Schädel dröhnte inzwischen mächtig und die Schlagerparade aus dem Radio machte es nicht besser. Er lehnte den Ellenbogen gegen den Fensterrahmen und stützte den Kopf auf seiner Hand ab. Dann schloss er die Lider und massierte unauffällig die Schläfe, während sich Schnaider durch Münsters überfüllte Innenstadt kämpfte.

Das Brennen in seinen Augen ließ nach, dennoch konnte er die Ruhe nicht genießen. Stattdessen betete er innerlich, dass sie bei Lee nicht so lange warten mussten, sodass er endlich vor seinen Rechner kam.

Sie hatten Glück und konnten direkt zum Oberstaatsanwalt durchgehen. Der klein gewachsene, aber drahtige, koreanische Mann mit den wachsamen Augen begrüßte sie gewohnt freundlich. Das war er immer und doch hatte er eine Art an sich, die selbst bei Ben eine respektvolle Zurückhaltung auslöste. Sicher war die

Tatsache, dass er aufgrund seiner Größe und tiefenentspannten Ausstrahlung häufig unterschätzt wurde, sein Schlüssel zum Erfolg.

»Darf ich Ihnen etwas zu trinken bringen lassen?«, fragte er mit seiner hellen, sanften Stimme, sobald alle saßen.

»Einen Kaffee, bitte. Schwarz.« Ben brauchte jetzt etwas im Magen. Ob Kaffee da so gut war, würde er noch sehen, aber die schmackhaften Alternativen hielten sich stark in Grenzen. Dabei fiel ihm ein, dass er den Thermobecher – seinen einzigen – in Schnaiders Büro vergessen hatte. Super.

Nachdem alle mit ihren Getränken versorgt waren, musterte Lee Ben. »Den Kaffee haben Sie nötig, oder?«

Dabei warf er ihm ein derart freundschaftliches Lächeln zu, dass Ben fast ein herzhaftes *Oh Gott, ja*, herausgerutscht wäre. Womit er sich natürlich direkt ins Aus katapultiert hätte. »Kaffee geht immer.«

»Das stimmt. Dennoch sehen Sie müde aus. Oder geht es Ihnen nicht gut?«

Ging es hier nur um ihn? Als würde Schnaider besser aussehen! »Na ja, wenn plötzlich seltsame Aufnahmen in der eigenen Cloud auftauchen, man aber nicht ermitteln darf, geht einem das schon mal auf den Sack.«

»Hält Sie das vom Schlafen ab?«

Okay, es hatte ein Wink mit dem Zaunpfahl werden sollen. Stattdessen hatte Lee eine Steilvorlage daraus gemacht. Verdammt, er musste aufpassen! »Ich habe es erst letzte Nacht entdeckt und morgens schläft es sich nicht so gut wie nachts. Aber ich bin fit.«

Gott, er hasste es, derart angestarrt zu werden. Lee schien nicht mal zu blinzeln.

»Darf ich fragen, warum Sie nachts auf Ihre Cloud zugreifen, anstatt zu schlafen?«

»Ich habe gegen ein Uhr nachts bemerkt, dass mein Handy verschwunden ist, und wollte nachsehen, welche Bilder darauf gespeichert sind.«

Lee nickte verstehend, ohne den Blick abzuwenden. Ben hingegen hielt dem nicht länger stand und wandte sich seinem Kaffee zu.

Woher zum Teufel kam seine Nervosität? Lee war immer fair und wusste, was er tat. Wovor hatte Ben also Angst?

Vermutlich war er wirklich übermüdet.

Auch Lee trank einen Schluck von seinem Tee, ohne Ben aus den Augen zu lassen. »Herr Kollang, wann hatten Sie Ihr Handy zuletzt in der Hand?«

»Soweit ich mich erinnere, gestern Morgen gegen fünf, als ich mich angezogen habe.«

Lee nickte. »Gut. Nach dem Anziehen sind Sie zur Arbeit gefahren?«

»Richtig. Bis fünfzehn Uhr war ich ausschließlich auf dem Präsidium.«

»Wurde eine Ortung versucht?«

Schnaider richtete sich auf. »Ja, wir haben die Nummer auch angerufen, aber es scheint ausgeschaltet zu sein.«

Das kurzfristige befreiende Gefühl, als sich Lee endlich von Ben abwandte, war prompt wieder verschwunden, als er fragte: »Herr Kollang, haben Sie irgendeine Idee, wo Sie es verloren haben könnten?«

»Nein. Äh, ja! Also ... vielleicht. Wobei ...«

Schnaider stöhnte. »Kollang, Klartext!«

Mit aufeinandergepressten Lippen warf Ben ihm einen vernichtenden Blick zu und beugte sich vor. Wenn er seinen direkten Vorgesetzten nicht länger im Augenwinkel hatte, konnte er ihn vielleicht vergessen, damit er nicht noch gereizter reagierte. »Ich wurde angerempelt, absichtlich. Etwa eine halbe Stunde, bevor ich den Verlust bemerkt habe. Derjenige kann es aber nicht gewesen sein, denn die Aufnahmen wurden gegen achtzehn Uhr gemacht. Also nein, ich habe keine Idee.«

Lee nickte. »Gut. Sagen Sie mir bitte trotzdem, wer das war. Wir müssen jedem noch so unwahrscheinlichen Hinweis nachgehen. Haben Sie einen Namen?«

»Leider nicht.«

»Schade. Hat er etwas gesagt? Vielleicht den Grund für den Rempler?«

»Ich war in Gedanken. Einen ersichtlichen Grund gab es nicht, ich saß einfach nur da, mit dem Rücken zu ihm. Laut dem Wirt hat er mich als *Blöden Bullen* betitelt. Er ist dann auch direkt gegangen.« Jedenfalls glaubte er das.

»Wie war die Stimmlage?«

»Angespannt, denke ich. Als ich den Wirt nach seinem Namen gefragt habe, war sein Kommentar: *Da mag dich jemand nicht.* Oder so ähnlich.« Ben seufzte. Er hätte dem nachgehen müssen. Aber nein, lieber schwelgte er in beschissenen Erinnerungen. Verfluchter Flashback!

»Es ist also in einer Kneipe passiert?«

Großartig. Nächstes Outing. »Ja, bei *Theos Zapfenstreich* in Gievenbeck.«

»Dieser Theo kennt den Namen des Mannes ebenfalls nicht?«

»Nein, er war wohl zum ersten Mal da.«

»Okay. Gegen halb eins, sagten Sie?«

»Richtig.«

Lee lehnte sich zurück. »Herr Kollang, wo waren Sie gestern zwischen fünfzehn und achtzehn Uhr?«

Kapitel 7

Das war nicht sein Scheißernst! Mit verengten Augen verschränkte Ben die Arme vor der Brust. »Wird das hier ein Verhör? Stehe ich ernsthaft unter Verdacht?«

Während Lee keine Miene verzog, seufzte Schnaider. »Kollang, Sie sind lange genug in dem Job, um zu wissen, wie das abläuft. Je mehr Sie erzählen, desto eher können wir Hinweise finden. Also, nicht rumzicken, sondern reden.«

Natürlich war Ben klar, dass er wie ein potenzieller Verdächtiger behandelt werden musste. Dieses Gefühl erinnerte ihn jedoch unweigerlich an die zwei Stunden, in denen das damalige Video suggeriert hatte, er habe Karl Knauk von der Plattform gestoßen. Es war die Hölle auf Erden gewesen und genauso wie damals zogen sich auch jetzt seine Eingeweide zusammen. Dennoch ließ er sich nichts anmerken, obwohl es ihm schwerfiel.

»Ich bin zur Arbeit gefahren, war ausschließlich im Büro und hab Papierkram erledigt. Nach Feierabend ging es direkt nach Hause, wo ich aber schon alles nach dem Handy abgesucht habe, ebenso wie das Auto. Es ist nicht da.«

Lee nickte. »Das wissen wir. Die Kriminaltechnik hat inzwischen herausgefunden, dass die Aufnahmen mit Ihrem Smartphone gemacht wurden.«

Natürlich wussten sie das. Dennoch wurde Ben heiß und kalt im Wechsel. Das war gar nicht gut.

»Herr Kollang, Sie waren also bis fünfzehn Uhr auf der Wache. Was genau haben Sie danach gemacht?«

»Ich bin auf direktem Weg nach Hause gefahren. Und nein, das kann niemand bezeugen. Mit etwas Glück vielleicht meine Nachbarin.« Ben richtete sich auf. »Klar kann sie das! Sie hat mir gegen vier Uhr ein Stück Kuchen vorbeigebracht.«

Wieder trat ein herzliches Lächeln auf Lees Gesicht. Ob es daran lag, dass sich Ben soeben entlastet hatte oder er es süß von der Nachbarin fand, sei mal dahingestellt. Vermutlich Letzteres.

»Wie heißt Ihre Nachbarin?«

»Hildegard Schreeben. Mit zwei E.« Toll. Er mochte sie wirklich, denn sie war die Oma, die er früher gern gehabt hätte. Aber spätestens fünf Minuten nach ihrer Befragung würden leider sämtliche Nachbarn wissen, dass er der Entführung verdächtigt wurde. Wundervoll.

Lee fuhr mit seiner Fragestunde fort: »Waren Sie den Rest des Tages zu Hause?«

»Nein. Ich war später noch in *Theos Zapfenstreich*.«

»Wann genau?«

Ben schluckte und kratzte sich verlegen am Kopf. »Kurz vor sechs bin ich losgegangen.«

Er wandte sich ab, während Schnaider vernehmlich schnaubte. »Sie haben sich also sieben Stunden lang die Kante gegeben?«

Ben funkelte ihn an. »Von Kante geben war keine Rede. Und selbst wenn – was ich in meiner Freizeit mache, geht Sie einen Scheiß an! Heute ist eigentlich mein freier Tag, also kann Ihnen meine Promillezahl am Ar...«

»Das reicht.« Trotz der deutlich erhöhten Lautstärke blieb Lees Stimmlage entspannt. »Wenn sich Ihr Bericht bestätigt, sind Sie entlastet.«

Erneut verengte Ben die Augen zu kleinen Schlitzen und ballte die Fäuste. »Sie dachten wirklich, ich hätte eine Frau entführt, ihr Gewalt angetan, die Scheiße gefilmt und dann auf meine Cloud gepackt? Um dann mitten in der Nacht Himmel und Hölle in Bewegung zu setzen, in der Hoffnung, das arme Opfer zu retten? Für wie unfähig halten Sie mich bitte?«

»Nicht unfähig, nur unverschämt und aktuell überfordert. Jetzt atmen Sie mal tief durch und benehmen sich wie der eigentlich fähige Kriminalkommissar, der Sie sonst sind. Denken Sie darüber nach, was hier gerade passiert. Dann sollten Sie merken, dass Ihnen niemand etwas anhängen will.«

Gott, was war er für ein Idiot. Lee machte nur seinen Job. Die Akten mussten passen, wenn es irgendwann vor Gericht ging, und er zickte hier rum. Ben wünschte sich auch nur einen Hauch von Lees Gelassenheit. Stattdessen hatte er seine Aggressionen kaum im Griff. Tolle Voraussetzungen, um als Polizist zu arbeiten.

Er rieb sich das Gesicht und sah seinem Gegenüber fest in die Augen. »Tut mir leid. Die ganze Sache nervt mich, weil ich bisher nicht ermitteln konnte. Es ist *meine* Cloud, *mein* Handy und ausgerechnet *ich* durfte nichts machen.«

»Daran sind Sie nicht ganz unschuldig«, mischte sich Schnaider wieder ein. »Bei Ihrem Alkoholkonsum müssen Sie mit so etwas rechnen.«

Ben öffnete den Mund, um ihn ein weiteres Mal an seinen freien Tag zu erinnern, klappte ihn aber wieder zu. Es stimmte ja, er hätte sich nicht sinnfrei die Kante geben dürfen.

Lee musterte ihn erneut. »Sie helfen in diesem Moment bei den Ermittlungen, indem Sie uns so viele Hinweise wie möglich liefern. Allerdings gibt auch mir Ihre Müdigkeit und die daraus resultierenden Überreaktionen zu denken.«

»Ich bin nicht müde, nur genervt.«

Schnaider seufzte. »Sie sind im Auto fast eingeschlafen.«

»Blödsinn! Ich hab mir das Ohr zugehalten. So musste ich den Schund aus Ihrem Radio nur einseitig ertragen. Es war reine Höflichkeit, dass ich mich auf die rechte Seite beschränkt habe!«

Sein Chef fuhr hoch. »Kollang, wen glauben Sie eigentlich hier vor sich zu ...«

Lee hob die Hände. »Bitte, meine Herren, so kommen wir nicht weiter. Herr Kollang, Ihre ungewohnt aufbrausende Art lässt mich eine gewisse Befangenheit vermuten. Sie haben angegeben, das Opfer nicht erkannt zu haben. Hat sich das inzwischen vielleicht geändert? Oder haben Sie einen Verdacht?«

Ben schüttelte müde den Kopf. Das war ihm heute alles zu anstrengend, sein Schädel dröhnte, als wäre eine Schlagbohrmaschine darin am Werk. »Ich bin nicht befangen und nein, ich habe nicht den Hauch einer Idee, wer das Opfer ist.« Er sah auf. »Ist unter den gemeldeten Vermisstenfällen niemand, der passen könnte?«

»Leider nicht. Aktuell verschwunden sind lediglich eine Dunkelhäutige und eine Frau, deren Gesicht mit

Muttermalen übersät ist. Die würden sich auf dem Körper fortsetzen, aber bei unserem Opfer ist keines zu sehen. Auch keine Narbe oder Tätowierung. Sie offenbart keinerlei Hinweise.«

»Wurden die Aufnahmen vielleicht bearbeitet?«

»Nein, sie sind original.«

Ben wandte sich an Schnaider. »Welcher Kriminaltechniker ist dran?«

»Harmann. Bis vor ein paar Stunden auch Smitti, aber der wurde für einen anderen Fall abgezogen.«

»Okay.« Das beruhigte Ben. Reinhard Harmann war wohl der Fähigste der Jungs. Er hatte zwar nicht viel mit ihm zu tun, aber sein Ruf eilte ihm voraus. Wenigstens etwas, was hier gut lief.

Lee sah auf die Uhr und erhob sich. »Es tut mir leid, ich werde vor Gericht erwartet.« Er nahm sein Jackett von der Stuhllehne, ohne seinen Blick von Ben abzuwenden. »Herr Kollang, nutzen Sie heute Ihren freien Tag und überlegen Sie, wo Sie Ihr Handy verloren haben könnten. Wenn es Ihnen morgen besser geht, können Sie uns bei den Ermittlungen unterstützen.«

Na großartig, noch ein Tag Nichtstun. Das war doch zum Kotzen! Aber wenn er nach seinem Gezicke von eben die Welle machte, würde er ganz raus sein. Also presste er ein »Okay« heraus und begleitete Schnaider mit mahlendem Kiefer zum Auto.

Wieder musste er die Schlagerparade ertragen, was seinem Kopf alles andere als guttat. Dennoch zwang er sich dazu, die Hände auf den Beinen nicht zu Fäusten zu ballen oder sich gar die Schläfen zu massieren. Nicht, dass der Chef noch auf seltsame Ideen kam.

Bens Laune war am Boden. Einen weiteren Tag nutzlos herumzusitzen und nichts zu tun, würde ihn nur wieder in den überflüssigen Teil seiner Gedankenwelt katapultieren. Er brauchte die Ablenkung, die Möglichkeit, Opfer zu retten und Verbrecher von den Straßen zu holen. Das konnte er, darin war er gut. Das hielt ihn aufrecht.

Kapitel 8

»Soll ich Sie nach Hause bringen?«, fragte Schnaider kurz vor dem Revier.

Um Gottes willen!

Keine Minute länger ertrug er den Schwachsinn aus dem Radio. »Nein, danke. Ich werde zu Fuß gehen, frische Luft wird mir guttun. Aber ich muss noch meinen Thermobecher aus Ihrem Büro holen.«

Er folgte seinem Chef in dessen *Praxis*, wie Ben den Raum heimlich nannte. Sobald er den Becher in der Hand hielt, sah er ihn aufrichtig an. »Sorry für die Zickerei.«

Schnaider nickte. »Dieses Mal nehme ich die Entschuldigung an, aber kommt das noch mal vor, und das auch noch vor einem Vorgesetzten, haben wir ein großes Problem. Oder besser gesagt: *Sie* werden eins haben.«

»Klar.« Ben verzog die Lippen zu einem Lächeln und verabschiedete sich. Er überlegte kurz, ins Büro zu gehen, das er sich mit Chiara teilte, entschied sich aber dagegen. Den Boss mit sowas auch noch zu provozieren, war keine gute Idee.

Er würde jetzt seinen Becher mit frischem Kaffee füllen und losmarschieren.

Gedankenverloren ging er in die Teeküche – und wäre am liebsten sofort wieder rausgestürmt. Nicht das auch noch!

Martin Wiegesal, der einzige Kollege, mit dem er absolut nicht klarkam, sah ihm entgegen. Schadenfreude nahm jede Faser seines Körpers ein. »Kollang! Ausgeschlafen? Siehst verkatert aus.« Er grinste kalt und nippte an seinem Kaffee, ohne sich von ihm abzuwenden.

»Hast du keine eigenen Probleme?« Ben stellte seinen Becher unter den Vollautomaten. *Wassertank leer* erschien im Display. Großartig. Missmutig füllte er ein Litermaß und wandte sich der Maschine zu. Er kippte das Wasser hinein, bis Wiegesal ihn grob anrempelte. Eine Pfütze bildete sich auf der Arbeitsplatte. Ben fuhr herum und leerte in einer fließenden Bewegung den Rest auf seinem Kollegen aus.

Mit einem erschrockenen Aufschrei machte dieser einen Satz zurück, wobei sich auch noch Kaffee aus seiner Tasse auf seinem Hemd ausbreitete. »Was soll der Scheiß?«

»Oops, sorry. Ich wollte nur sehen, wer hier so blind durch die Gegend läuft und Kollegen über den Haufen rennt. War wohl etwas schwungvoll.«

Wiegesal schoss vor und packte Ben am Kragen. »Das wirst du bereuen«, flüsterte er dicht neben seinem Ohr.

»Oh wow, meine Knie zittern schon vor Angst. Kleiner Tipp: Halte besser Abstand, bevor meine Faust unkontrollierte Bewegungen in Richtung deiner Hackfresse macht.«

Wut und Frust brodelten in ihm. Was er beides liebend gern rauslassen würde. Vor ihm stand der perfekte Boxsack. Dennoch hielt er sich zurück, denn den ersten Schlag würde er ganz bestimmt nicht machen.

Martin grinste kalt und stieß ihn von sich. Ben machte sich kampfbereit und wartete fast schon sehnsüchtig auf den ersten Faustschlag seines Gegenübers, doch der blieb aus. Stattdessen stellte Wiegesal seine Tasse auf die Ablage, lächelte süffisant und stolzierte aus dem Raum.

Zitternd vor unterdrückter Wut und doch irritiert, dass nicht mehr kam, sah er ihm hinterher.

Arschloch!

Kopfschüttelnd wischte er seine Sauerei um den Kaffeeautomaten weg und startete die Maschine. Wiegesal brachte ihn regelmäßig an seine Grenzen. Das würde sehr bald in eine Schlägerei ausarten, darauf würde er beide Hände verwetten. Bestenfalls allerdings nicht hier, sondern bei Theo, wo er sich auch gerne nach Feierabend herumtrieb.

Was interessierte ihn der Idiot? Er hatte ganz andere Sorgen. Zuallererst musste die Frau im Video gerettet werden, und zwar gestern schon.

Kapitel 9

Ben stand eine Stunde Fußmarsch bevor, und das durch Münsters überfüllten Straßen. Diese laute Hektik war nicht seins, schon gar nicht nach dem Gespräch. Dennoch genoss er den Rückweg. Er konnte ja ohnehin nicht mehr machen, als darüber nachzudenken, wann und wo er das Handy verloren haben könnte und ob ihm irgendjemand entsprechend nahegekommen war.

Seine Gedanken wanderten ergebnislos umher. War es Zufall, dass ausgerechnet sein Handy für diese Aufnahmen gestohlen worden war? Oder ging es gegen ihn persönlich? Wenn es so wäre – wer hätte ein Interesse daran, ihm zu schaden? Wer war diese Frau? Hatte sie etwas mit ihm zu tun?

Ben hatte nie eine feste Beziehung geführt und von den One-Night-Stands kannte er gerade mal die Vornamen. Allerdings war der letzte Sex drei Jahre her. Seit der Sache mit Knauk hatte er kein Interesse mehr daran und nur noch seine eigene Hand zwischen seine Beine gelassen.

Die einzige Frau, mit der man seine Gefühle ankratzen könnte, war Chiara. Was allerdings niemand wusste, nicht mal sie selbst. Sie waren zwar kurz vor dem Abi fast zusammengekommen, aber das Studium hatte ihn nach Frankfurt verschlagen, weil er zu Hause raus gewollt hatte. Sie hatten den Kontakt verloren und sich erst vor drei Jahren bei dem versauten Fall wiedergesehen. Seither waren sie Freunde, nicht mehr. Dass er mehr wollte, würde er niemals offen zugeben, zumal er ohnehin nicht beziehungsfähig war.

Seine Nachbarin Hillie fiel aufgrund ihres Alters aus dem Raster. Dann war da nur noch Melina. Aber sie stand trotz des verletzungsbedingten Ausfalls mit Theo in Kontakt. Also konnte sie es auch nicht sein.

Nein, das war alles Blödsinn. Es betraf nur zufällig seine Cloud. Der Täter hatte garantiert keine Ahnung, mit wem er sich anlegte. Schön blöd für ihn.

Wobei – sie kamen ja nicht voran. Womöglich war dem Entführer doch klar, dass Ben Polizist war, und gerade das verlieh ihm einen Kick. Immerhin machte er – oder sie? – es ihnen nicht gerade leicht.

Zu Hause würde er sich noch mal die Aufnahmen ansehen. Vielleicht fiel ihm ja irgendetwas auf, was auf den Tatort und das Opfer hindeutete.

Frustriert kickte er einen Stein vor sich her und rieb sich das Gesicht. Die Randale des Verkehrs auf der Straße, der stetig zunahm, trieb ihn noch in den Wahnsinn. Er sollte Gas geben, in Gievenbeck war es wesentlich entspannter.

Ein reißender Schmerz im Fußgelenk und in den Rippen ließ ihn beinahe zu Boden gehen. Fast zeitgleich wurde er umhergeschleudert. Bis er irgendwo anschlug. Ungebremst knallte er auf den Gehweg und blieb benommen liegen. Was zur Hölle war da passiert?

Trotz des Schwindels, der ihn überkam, richtete er sich auf und blinzelte den Bürgersteig entlang. Ein junger Mann rappelte sich einige Meter entfernt auf,

stellte seinen E-Scooter zurück auf die Räder und raste
damit davon.

Verfluchter Bastard!

Ben kämpfte sich hoch, was eine Kunst für sich war.
Trotz des Adrenalinüberschusses in seinen Adern war
der Schmerz mehr als ausgeprägt. Er konnte kaum auftreten, vom Einatmen ganz zu schweigen. Sein Kopf
meldete sich ebenfalls zu Wort, er musste damit gegen
einen Baum geprallt sein. Als wäre sein Kater nicht
schon genug, so ein Mist!

Wut kochte in ihm hoch. Dieser Arsch verschwand
einfach. Es war unglaublich! Ob er die Kollegen rufen
sollte?

Er entschied sich dagegen. Den Spinner würden sie
ohnehin nicht zu fassen bekommen. Wenig hoffnungs-
voll sah er sich nach Zeugen um, aber Fehlanzeige. Zumindest entdeckte er niemanden, den seine Situation
kümmerte. Kein Auto- oder Radfahrer, der gebremst
hatte, und die vereinzelten Fußgänger auf der gegenüberliegenden Straßenseite eilten ihren Weg entlang,
entweder ins Handy versunken, am Telefonieren oder
gedankenverloren vor sich hinstarrend. Es war frustrierend, wie wenig sich die Menschheit heutzutage für
das Leid anderer interessierte.

Tja, heute war definitiv nicht sein Tag, so viel stand
fest. Er wagte einige zögerliche Schritte und war erleichtert, dass es einigermaßen klappte. Es fühlte sich
zwar an, als wolle der Fuß bei jedem Auftreten wegkni-
cken, doch wenigstens funktionierte das Gehen.

Humpelnd kämpfte er sich voran und bemühte sich,
den Schwindel zu ignorieren, der das Geradeauslaufen
nicht gerade vereinfachte. Er überlegte, sich doch ein

Taxi zu rufen. Aber nein. Innerlich kochte er vor Wut, da half ihm nur Bewegung. Jetzt hatte er einen weiteren Grund, sich abreagieren zu müssen. Was hatten die nur alle gegen ihn?

Ein feucht-klebriges Gefühl an der Schläfe weckte seine Aufmerksamkeit. Er griff nach oben und zog einen blutverschmierten Finger zurück. Himmelarsch! Nicht das auch noch. Der letzte Ort, zu dem er wollte, war ein Krankenhaus. Selbst wenn es bis zur nächsten Klinik ein Katzensprung wäre und seine Verletzungen vermutlich ein guter Grund waren.

So ein Blödsinn. Es war sicher nur ein Kratzer und alles, was Schnaider morgen zu sehen bekommen würde.

Er unterdrückte ein Stöhnen und schlurfte weiter. Die halbe Strecke hatte er noch vor sich. Bis dahin sollte er sich wohl wieder eingekriegt und einen klaren Kopf haben.

Es klappte nicht. Sein Fuß ärgerte ihn, die Motorengeräusche der unzähligen Autos dröhnten in seinen Ohren, außerdem fiel ihm das Atmen schwer. Er kam nicht drumherum, zumindest den Bus zu nehmen.

Die Haltestelle war glücklicherweise nicht weit entfernt und der Bus nach kurzer Zeit da. Er kämpfte sich die Stufen hoch und ließ sich dankbar auf einen freien Platz sinken. Beinahe wäre er eingeschlafen, bis er wenige Minuten später Gievenbeck erreichte. Von hier aus war es nicht mehr weit bis nach Hause.

Gähnend taumelte er die letzten Meter voran, die Erleichterung nahm mit jedem Schritt zu. Er sollte sich den Rest des Tages aufs Sofa zurückziehen. Zwischendurch konnte er ja recherchieren, wenn sein Kopf wieder besser funktionierte.

Gott, was freute er sich darauf, endlich liegen zu können!

Das hielt allerdings nicht lange an, denn vor der Haustür angekommen, blieb er stocksteif stehen. Das konnte doch nicht wahr sein!

Auf seiner Fußmatte lag eine tote Katze.

Kapitel 10

Was zur Hölle wollten sie von ihm? Wer waren sie überhaupt? Wieso gerade er? Was *verflucht* noch mal war hier los?

Er sah sich um, drehte sich im Kreis und stolperte. Unter Schmerzen fing er sich, ein wütender Aufschrei kroch seine Kehle hoch. Er unterdrückte ihn mit Mühe und sah sich weiter um. Die Straße war menschenleer. Niemand, der ihm weiterhalf, der ihm erzählen konnte, was hier vor sich ging.

Ben rieb sich das Gesicht und betrachtete das tote Tier genauer. Das Blut an der durchtrennten Kehle war noch nicht geronnen. Sein Herzschlag nahm an Geschwindigkeit zu, erneut sah er sich um. Das Vieh war eben erst hier abgelegt worden, der Täter konnte also noch nicht weit gekommen sein.

Der Schwindel nahm nun überhand, er musste dringend sitzen. Mit zitternden Fingern schloss er die Tür auf. Sie war nicht abgeschlossen. Hatte er das vergessen?

Der nächste Adrenalinausstoß jagte ihm einen eisigen Schauer über den Rücken. Hatte er nicht. Er erinnerte sich daran, dass er extra noch mal zurückgegangen war und nachgesehen hatte. Diese Tatsache, zwei tote Tiere innerhalb eines Tages vor seiner Tür, der Unfall – und seine Cloud. Jemand wollte ihn fertigmachen. Dessen war er sich nun sicher.

Ob der Täter noch im Haus war? Wie war er überhaupt an seinen Schlüssel gelangt?

Sein Herz raste, die Fragen in seinem Kopf häuften sich. Wenn das so weiterging, würde sein Schädel in nächster Zeit wegen Platzmangels zerbersten.

Der Rempler bei Theo kam ihm ins Gedächtnis. War er es doch gewesen? Er musste dem nachgehen. In die Kneipe gehen, sobald diese öffnete, aber ohne einen Schluck Alkohol zu trinken. Was er nicht schaffen würde. Nicht in seinem Zustand.

Den Besuch könnte er sich schenken, wenn sich der Kerl noch hier herumtrieb. Die Kollegen mussten kommen, und zwar sofort. Sie mussten das Haus durchsuchen und dieses Vieh entsorgen. Die Matte am besten gleich mit.

Hillie schoss ihm durch den Kopf. Wenn jemand etwas mitbekommen haben könnte, dann sie.

Er zog die Tür wieder zu und schloss bis Anschlag ab, ehe er zum Nachbarhaus hinkte, raus aus der Gefahrenzone. Dabei zückte er sein Handy, um Schnaider anzurufen, aber Hildegard öffnete ihm, noch bevor er die Nummer heraussuchen konnte.

»Mensch, Benny, was ist dir denn passiert? Komm, Jungchen, schnell aufs Sofa mit dir. Ich koche dir ein Süppchen, das wird dir wieder auf die Beine helfen. Na los, husch, ich bringe sie dir ins Wohnzimmer, und danach rufe ich den Notarzt. Du liebe Güte, das sieht ja schlimm aus!«

Unwillkürlich musste Ben lächeln. Warme Dankbarkeit breitete sich in ihm aus. Dennoch legte er der alten Frau die Hand auf den Arm und schüttelte den Kopf. »Ich brauche nichts, Hillie. Es ist nur ein Kratzer. Aber mich würde interessieren, ob du jemanden vor meiner Haustür gesehen hast.«

»Benny, Schatz, du kannst doch so nicht herumlaufen! Das muss sich ein Arzt ...«

»Später«, unterbrach er sie. »Versprochen. Aber jetzt erzähl mal, ob du jemanden gesehen hast.«

»Fremde Leute? Du meinst so was wie die Zeugen Jehovas?«

»Nein, vermutlich eine einzelne Person, die geklingelt oder mir etwas vor die Tür gelegt hat.«

»Nein, Schätzchen. Ich war aber viel unterwegs heute. Weißt du, ich habe da den Hubert kennengelernt. So ein Schnuckelchen, sag ich dir! Mein Heribert hätte ihn gemocht, Gott hab ihn selig.« Sie wedelte mit den Händen. »Ach, was bin ich doch für ein Schussel. Komm, ich mach dir ein Pflaster auf die Wunde. Wobei du dich vielleicht vorher waschen solltest. Ja, das wäre wohl besser.« Sie atmete tief durch. Na endlich. Seine Hoffnung auf etwas Ruhe erfüllte sich allerdings nicht. »Sag mal, Jungchen, was wollten denn die Herren von der Polizei von dir? Die haben mich nach dir ausgefragt und ich hatte den Eindruck, sie würden sich Sorgen um dich machen.«

Ben seufzte. »Entschuldige, aber ich darf nicht über laufende Ermittlungen reden. Hast du wirklich niemanden vor meiner Tür gesehen?«

»Hach!«

Er zuckte zusammen, als sie plötzlich in die Hände klatschte.

»Doch, da war einer. Ein Mann. Ich hab ihn gesehen.«

Ben richtete sich abrupt auf. »Wen und wann?«

»Na, ein Jungchen. Ein ganz dürrer Kerl, bekommt sicher kein gutes Essen. Dunkle Haare hat er gehabt. Mehr hab ich nicht von ihm erkannt, er hatte den Kragen ganz hochgeschlagen. Wie so ein Inspektor aus dem Fernsehen. Kennst du die Serie mit ...«

»Können wir bitte kurz bei dem Kerl bleiben? Wann hast du den gesehen? Und wo?«

»Na hier! Ach so, nein. Ich stand am Wohnzimmerfenster, da habe ich ihn an deiner Haustür gesehen. Als ich kurz die Gardine an der Seite festgemacht habe, war er wieder weg.«

Er legte ihr die Hände auf die Schultern, sein Herz raste. »Hillie, bitte überleg ganz genau, wann er hier war. Das kann echt wichtig sein.«

»Da brauche ich nicht überlegen. Ich hab da nämlich immer mein Telefonat mit meiner Freundin in Kanada. Jetzt, wo das so günstig möglich ist, mit dem Schmartfon, machen wir das regelmäßig ...«

»Hillie, *wann*?«

»Lass mich mal überlegen ...« Sie sah auf die Uhr. »Vor sieben Minuten. Nein! Das stimmt nicht.« Sie wedelte mit dem Finger vor seiner Nase herum. »Es ist acht Minuten her. Jawohl.«

Ben schluckte schwer. »Wie groß war er?«

»Hach, Jung, wie soll ich das wissen? Ich habe doch kein Maßband im Auge! Da verlangst du jetzt was von mir.«

»Ich will keine Zentimeterangaben. Nur, ob er groß, klein oder eher normal war.«

»Ich glaube, so groß wie du. Vielleicht etwas kleiner.«

»Was hatte er an? Abgesehen vom Mantel mit dem hohen Kragen.«

»Schätzchen, so genau sehe ich mir doch keine jungen Männer an. Schon gar nicht jetzt, wo ich den Hubert ...« Sie hielt inne und blinzelte. »Ha, doch. Eine Jeans hat er getragen. Mit Löchern. Ganz schrecklich. Also, die Jugend von heute hat scheinbar kein Geld mehr für anständige Kleidung. Fürchterlich.«

Er drückte ihr einen Kuss auf die Wange. »Hillie, du bist eine grandiose Hilfe. Aber jetzt muss ich erst mal telefonieren.«

Erneut klatschte sie in die Hände und strahlte über das ganze Gesicht. »Ich wusste doch, dass in mir eine Miss Marple steckt! Kennst du die? Hach, das sehe ich mir immer wieder im Fernsehen an. So eine kluge Frau!«

Er lächelte. »Du kannst stolz auf dich sein. Aber jetzt muss ich wirklich gehen und telefonieren. Der Rest fällt unter das Polizeigeheimnis.« Er zwinkerte, während sie ihn mit erhobenen Brauen ansah. »So etwas gibt es?«

In diesem Fall definitiv.

»Jap. Vielen Dank für deine wirklich hilfreiche Unterstützung. Darf ich eventuell noch mal auf dich zurückkommen? Es kann sein, dass noch Fragen aufkommen.«

»Selbstverständlich. Inspektorin Schreeben ist stets zu Diensten.« Sie salutierte – mit links. Grinsend erwiderte Ben den Gruß und verließ das Haus. Sobald die Tür hinter ihm ins Schloss gefallen war, rief er Schnaider an und erzählte ihm von den Tieren und dem Mann vor seiner Haustür.

Nachdem er aufgelegt hatte, durchfuhr ihn ein eisiger Schreck. Er stand hier, mitten auf der Auffahrt. Auf dem Präsentierteller für seinen Gegner.

Aber wo sollte er hingehen? Der Kerl konnte durchaus in seinem Haus sein. Zu Hillie wollte er nicht zurück, nicht, dass er sie in Gefahr brachte. Wenn er das nicht ohnehin schon getan hatte. *Idiot.* Darüber hätte er vorher nachdenken müssen.

Blieb also nur sein Auto. Damit konnte er notfalls auch schneller flüchten.

Was für eine Wohltat, endlich zu sitzen. Seine Kräfte ließen spürbar nach, die Schmerzen hatten ihn voll im Griff. Leider war es in dem Moment schon wieder vorbei mit der Ruhe. Chiara kam als Erste angerauscht. Bens Freude darüber schwand so schnell, wie sie gekommen war, denn Wiegesal klebte förmlich an ihrer Stoßstange. Großartig.

Zeitgleich mit seinen Kollegen stieg Ben aus und hinkte ihnen entgegen.

»Kollang! Wie ich sehe, hast du doch noch jemanden gefunden, der dich etwas verschönern wollte. Mit mäßigem Erfolg.«

Bens Kiefermuskulatur arbeitete, dennoch ignorierte er Martin und wandte sich an Chiara, die ihn besorgt musterte. »Danke, dass du so schnell gekommen bist.«

»Offensichtlich war die Eile nötig. Was ist mit dir passiert?«

Er zögerte. Irgendetwas hielt ihn davon ab, vor Wiegesal Klartext zu reden. »Nicht wichtig. Viel interessanter ist das nächste Vieh vor meiner Haustür, dieses Mal eine Katze mit abgetrenntem Kopf. Das Blut war noch nicht geronnen, als ich nach Hause kam, also muss der

Täter noch in der Nähe sein. Vielleicht sogar im Haus. Ich hatte morgens abgeschlossen, aber das war es gerade nicht mehr.«

Chiara runzelte die Stirn. »Dann werden wir mal nachsehen. Ben, warte im Auto.«

»Das werde ich garantiert nicht machen.« Er warf einen finsteren Seitenblick auf Martin.

Sie nickte verstehend. »Okay, dann bleibst du aber an der Haustür. Hast du deine Waffe?«

»Nein.«

»Super.« Chiara seufzte. »Ben, ich fühle mich nicht wohl dabei, dich mit reinzunehmen, wenn du dich nicht mal selbst beschützen kannst. Denn einen Nahkampf wirst du in deinem Zustand kaum überstehen.«

»Ich komme schon klar. Können wir dann?«

Mit zusammengepressten Lippen zögerte sie, nickte aber schließlich. »Zieh dir wenigstens die Weste aus meinem Kofferraum an, und gib mir schon mal den Schlüssel.«

Das klang sinnvoll. Während die beiden sein Haus betraten, kämpfte er sich in die Schutzweste, was bei seinen Schmerzen alles andere als einfach war. Entsprechend lange dauerte es. Er trat erst durch die Haustür, als die Kollegen bereits die Treppe in Angriff nahmen.

»Warte!«, flüsterte er.

Chiara schlich zu ihm. »Was?«

»Die zweite Stufe musst du ganz rechts nehmen, die fünfte ...« Ben zuckte zusammen, als in diesem Moment ein lautes Knatschen durch den Flur hallte. Chiara fuhr herum, beide starrten Martin auf der Treppe an. Dieser erwiderte ihre Blicke finster und winkte die Kollegin hastig heran. Jetzt musste es schnell gehen.

Wiegesal vergeigte auch die fünfte Stufe, sodass sie Gas geben mussten. Ben stand unten, hörte eine Zimmertür nach der nächsten auffliegen, gefolgt von einem »Sauber«, aus Chiaras Mund.

»Sauber ist anders.« Martin schnaubte. »Aber hier ist keiner. Zumindest kein *menschliches* Lebewesen.«

Ben fiel keine bissige Antwort ein, was ihn ankotzte. Genervt versuchte er, tief durchzuatmen, was ihm jedoch die Rippen vermiesten. Egal. Sollte der Arsch doch labern. Er würde sich gleich ein paar Stündchen hinlegen, danach war er bestimmt wieder der Alte und würde passend austeilen können.

Chiara lächelte. »Dann kannst du dich ja jetzt erholen. Schnaider will dich übrigens morgen früh direkt sehen. Oder ist dir noch mehr eingefallen, was du ihm noch nicht erzählt hast?« Mit diesen Worten deutete sie mit dem Kinn in Richtung seiner Stirn.

»Nein, mehr weiß ich nicht. Wird nach dem Mann gesucht?«

»Ja, und da werden wir jetzt auch mitmachen. Du hingegen könntest mal zum Arzt fahren. Oder soll ich dich hinbringen?«

»Nein, such du lieber den Kerl. Ich komme schon klar.«

»Erzählst du mir jetzt, wie das passiert ist?«

Wiegesals sensationsgeile Miene hielt ihn davon ab. »Nicht wichtig. Sagst du Bescheid, wenn ihr den Kerl gefunden habt?«

Er sah Chiara an, dass ihr sein Abblocken nicht passte, aber mit dem Idioten neben ihr würde er nichts sagen. Ihm fehlte einfach die Geduld für weitere dämliche Sprüche, die es unweigerlich hageln würde.

Nachdem sich die Kollegen verabschiedet hatten, ließ sich Ben aufs Sofa sinken und suchte nach einer einigermaßen schmerzarmen Stellung. Binnen Sekunden war er eingeschlafen ... bis er mit einem Aufschrei hochfuhr.

Kapitel 11

Hektisch sah er sich um. Was hatte ihn geweckt? War das ein Kleiderrascheln gewesen? Er sah niemanden und die Tür zum Flur war geschlossen. Die zur Küche konnte er allerdings nicht einsehen.

Auch da würde nichts sein, schließlich hatte Chiara das Haus gesichert. Dem schweißnassen Shirt nach zu urteilen, hatte ein Albtraum das unsanfte Wecken verursacht, an den er sich jedoch nicht mehr erinnerte. Nicht schlimm, es war ohnehin meistens der Gleiche. Den wollte er sich nun wirklich nicht ins Gedächtnis rufen.

Seufzend ließ er sich zurücksinken und rieb sich über das Gesicht. Ob das jemals ein Ende nahm? Sicher erst, wenn dieser Spinner, der es offensichtlich auf ihn abgesehen hatte, endlich Ruhe gab. Wofür er ihn aber schnappen musste, genau wie den Entführer …

Erneut fuhr er hoch und bereute es sofort, als ihm stechende Schmerzen durch die Rippen und den Kopf schossen. Von seinem Aufprall am Baum, den er dem Rollerfahrer zu verdanken hatte.

Die Erinnerungen trieben sein Herz zu Höchstleistungen an. Jemand wollte ihn fertigmachen. Aber wer und wieso? War es der Entführer?

Gott, er musste hier raus, sonst würde er gleich durchdrehen.

Ein Blick auf sein Handy ließ ihn allerdings an der Erkenntnis zweifeln, denn es war erst zweiundzwanzig Uhr. Aber er war hellwach. Außerdem hatte er bereits vier Stunden Schlaf hinter sich, und zwar am Stück. Er hatte keine Ahnung, wann ihm das zuletzt geglückt war. Das sollte er nutzen.

Er setzte sich auf, kämpfte kurz gegen Übelkeit an, und schleppte sich die Treppe hoch. Seufzend kramte er seine letzten sauberen Klamotten aus dem Schrank. Morgen musste er dringend waschen.

Aber jetzt stand erst einmal eine ausgiebige Dusche an. Danach würde er Theo einen Besuch abstatten.

Das Ausziehen war eine Tortur. Sein immer noch schweißnasses Shirt klebte an seinem Körper. Jeder Knochen tat ihm weh, wie nach einem Boxkampf ... mit hinter dem Rücken gefesselten Händen. Vermutlich wurde er einfach nur alt, dass er so einen kleinen Kontakt mit einem Roller nicht mehr verkraften konnte.

Der warme Wasserstrahl war eine Wohltat. Langsam entspannten sich seine Muskeln, während er nur dastand und das sanfte Streicheln auf seiner Haut genoss. Bis er den Blick senkte. Das Wasser zu seinen Füßen war rot verfärbt. Seine Wunde an der Stirn hatte er völlig vergessen. Hoffentlich hatte er das Sofa nicht ruiniert. Wobei das Blut auf dem schwarzen Leder vermutlich nicht mal auffallen würde.

Sein Blick fiel auf das linke Fußgelenk. Es war massiv geschwollen und dunkelblau angelaufen. Großartig. Wie sollte er das auf der Arbeit erklären? Die würden ihm garantiert eine Sauforgie unterstellen.

Nein, würden sie nicht, denn Chiara und Martin hatten ihn bereits mit den Verletzungen gesehen. Er war unterwegs gestolpert und fertig.

Ob er damit doch zu einem Arzt musste?

Blödsinn. Er konnte auftreten, wenn auch recht wackelig, und das Gelenk bewegen. In ein paar Tagen war der Schmerz wieder vorbei. Er sah an sich hoch. Die Haut an seinen Rippen hatte eine ähnliche Verfärbung. Vielleicht sollte er sich für eine Woche oder so von seiner linken Körperhälfte trennen.

Mit einem genervten Aufstöhnen seifte er sich ein und blieb ein paar Minuten mit geschlossenen Augen stehen, bis ihn ein Geräusch aus der Entspannung riss. Waren das Schritte gewesen? Hektisch drehte er den Hahn zu und lauschte. Wasser tropfte von ihm herab und landete lautstark auf dem Acryl. *Mist verdammter*!

Den Gedanken, nass und nackt durch den Flur zu rennen, verwarf er. Was natürlich nur am verletzten Fuß lag.

Himmel, er mutierte hier wirklich zum Weichei!

Nein, das ließ er nicht zu. Sich über sich selbst ärgernd stieg er aus der Duschwanne und eierte zur Tür. Ohne Schuhe hatte sein Fuß gar keinen Halt mehr, aber da musste er jetzt durch.

Als er nach der Klinke griff, zitterte er vor Kälte. So steif würde er nicht mal ausweichen können, sollte es zu einem Kampf kommen.

Wenn tatsächlich jemand da war. Sie hatten doch alles abgesucht, es konnte gar nicht sein. Warum machte er sich hier verrückt?

Weil dieser Mensch, der ihn offensichtlich fertigmachen wollte, seinem Ziel bereits gefährlich nahegekommen war.

Dieser Gedanke brachte seinen Puls noch mehr in Fahrt. Das durfte er nicht zulassen! Schon gar nicht wegen solcher Lappalien. Er hatte es sich nur eingebildet. Warum auch immer. Alles war okay. Er würde sich jetzt anziehen und, wie geplant, zu Theo spazieren. Die frische Luft würde ihm guttun.

Er kämpfte sich in die Klamotten, betrachtete seine Kopfwunde im Spiegel und beschloss, dass sie schon so gut wie verheilt war. Ein Pflaster würde mehr Aufsehen erregen, als der Kratzer verdiente. Er schob ein paar Haare darüber und suchte seine ausgelatschten halbhohen Sneakers aus dem Schrank. Erstaunt darüber, dass er den linken Schuh über die Schwellung bekam, zog er sich mit wesentlich besserer Laune die Jacke an.

Dann mal los.

Er hatte seinen Fuß nicht bedacht, dessen Pochen auf halber Strecke schier unerträglich wurde. Aber das ignorierte er, denn er brauchte die Ablenkung. Wenn er nicht endlich ein anderes Thema in den Kopf bekam, würde er wieder saufen, und dann konnte er seinen Job vergessen.

Die fehlende Logik dahinter, in dieser Situation in eine Kneipe zu gehen, war ihm egal. Denn es mangelte ihm an einer Alternative und bisher war er immer bei Theo aufgefangen worden, wenn es ihm beschissen ging.

Von Melina. Die krankgeschrieben war. Was aber nicht hieß, dass sie nicht vielleicht trotzdem da war.

Er würde den Alkohol weglassen, denn er musste klar denken können. Weil es irgendjemand auf ihn abgesehen hatte.

Vermutlich sollte er sich besser zu Hause einschließen, anstatt hier diesen dunklen, einsamen Weg entlang zu humpeln. Aber selbst dort fühlte er sich nicht sicher. Was, wenn dort wirklich jemand gewesen war und immer noch auf ihn wartete? Wenn er sich die Geräusche nicht eingebildet hatte? Immerhin musste der Kerl einen Schlüssel haben und konnte somit ungehindert rein und raus.

Wer auch immer sein Besucher war, hätte ihn problemlos im Schlaf umbringen können.

Nein, das wäre zu einfach. Ben sollte leiden. Und zwar richtig. Er musste mit Chiara reden, denn wenn sein Widersacher ihn auch nur ein klein wenig kannte, würde sie die Nächste auf seiner Liste sein.

Oder Melina. Wobei – Nein. Klar, sie verstanden sich gut und unterhielten sich, wenn sie Zeit hatte, aber ausschließlich in der Bar. Himmel, er hatte ja nicht mal ihre Nummer!

Es blieb also nur Chiara. Die aktuelle Frau war ein Zufallsopfer, weil es der Wahnsinnige eilig gehabt hatte. Er brauchte seine Aufmerksamkeit und es war zu erwarten gewesen, dass Ben zeitnah in die Cloud sehen würde.

Nichtsdestotrotz – oder gerade deswegen – musste er das Opfer schnell finden. Und diesen Arsch, der ihr und ihm das antat. Der konnte was erleben, wenn er ihn in die Finger bekam!

Es raschelte hinter ihm. Ben fuhr herum und stolperte. Fuchtelte wild mit den Armen. Nicht nur, um sich zu fangen. Sondern auch, um den Angreifer auf Abstand zu halten, bis er wieder sicher stand. Was viel zu lange dauerte. Sein Herz raste, hektisch warf er den Kopf hin und her. Wieso zum Teufel gab es hier kein Licht?

Erneut raschelte es. Dicht vor ihm. Ben hielt den Atem an, starrte konzentriert in die Dunkelheit, sah aber nichts. Plötzlich tauchte ein winziger Schatten auf, kaum zu erkennen. Er huschte neben seinen Füßen her und verschwand auf der angrenzenden Wiese.

Es war eine gottverdammte Maus.

Ben sackte ein Stück in sich zusammen und stieß hart die Luft aus. Was war nur aus ihm geworden?

Kurz überlegte er, die Taschenlampe seines Handys zu nutzen, entschied sich aber dagegen. Nicht nur, weil er sich gegenüber eines potenziellen Angreifers verraten würde. Es lohnte auch schlicht nicht, denn er hatte Theo beinahe erreicht. Nur wenige Meter vor ihm war der Weg wieder beleuchtet. Alles okay.

Durch den Schreck hatte er seinen schmerzenden Fuß schon fast vergessen. Jetzt allerdings meldete sich dieser noch deutlicher als zuvor. Gut, dass er jeden Moment sitzen konnte.

Es war rappelvoll wie schon lange nicht mehr. Super Timing. Ben ergatterte einen letzten Hocker am Rand der Bar, konnte den Fuß aber nicht hochlegen. So ein Mist. Ein Tisch mittendrin war noch frei. Da würde er allerdings in seinem aktuellen Zustand durchdrehen, denn dort konnte er nicht alle Seiten gleichzeitig im Auge behalten.

Er sah sich nach Melina um. Saß sie hier irgendwo? Seelischen Beistand hätte Theo, dessen Gesicht dunkelrot angelaufen war, zumindest bitternötig. Der Schweiß lief dem armen Kerl aus allen Poren, aber von seiner einzigen Kellnerin war keine Spur zu sehen. Tja, den Weg hatte Ben wohl umsonst in Kauf genommen, so viel war sicher. Zeit zum Reden hatte Theo definitiv nicht.

Er sah sich in der Kneipe um, auf der Suche nach seinem Rempler, entdeckte ihn in dem Gewirr jedoch nicht. Wohl aber Martin. Dieser saß neben Kollege Julian Kramer, den Ben zum ersten Mal hier sah, in einer Ecke und grinste in seine Richtung. Nun wurde er allerdings von Harmann abgelenkt, der sich in diesem Moment zu ihm gesellte.

Was für eine beschissene Idee, hierher zu kommen. Ben stemmte sich hoch, um den Heimweg anzutreten. Ehe er jedoch aufstehen konnte, knallte Theo ihm ein Bier auf den Tresen. »Bin gleich für Sonderwünsche da.«

»Nein, ich will kein ...« Er brach ab, denn der Barkeeper hatte sich schon einem anderen Gast zugewandt. Prima.

Sein Blick fiel auf das Bier. Auf die perfekte Krone, die Theo selbst im dicksten Stress hinbekam. Der frische, herbe Duft stieg ihm in die Nase, sein Kopf schrie nach einem großen Schluck. Oder nach zwei oder drei. Er müsste nur das Glas anheben und es an den Mund führen. Den herrlich kühlen, würzigen Geschmack genießen. Den Nebel im Kopf willkommen heißen, der seine düsteren Erinnerungen umschlang und etwas erträglicher machte.

Er musste hier raus. Sofort.

Kapitel 12

Draußen atmete er erleichtert auf. Geschafft. Ohne einen Schluck zu trinken.

Ein nahezu unbekanntes Glücksgefühl – war das Stolz? – stieg in ihm auf. Ja, das hatte er sich verdient. Nun würde er nach Hause gehen und weiterschlafen. Morgen wollte er schließlich fit und ausgeruht sein, damit er endlich in dem Fall weiterkam.

»Hey, willst du schon weg?«

Ben drehte sich um und sah Harmann auf sich zukommen. »Ja, ich dachte, ich könnte mit Theo über meinen Rempler reden, aber ist ja heute nicht möglich.«

Reinhard war inzwischen bei ihm angekommen. Gefolgt von Kramer und Wiegesal, der mit finsterer Miene einige Meter entfernt zum Stehen kam und sich demonstrativ Julian zuwandte.

»Willst du dich nicht zu uns setzen, wenn du schon mal hier bist?«

Ben schielte an Harmann vorbei zu Martin und schüttelte den Kopf. »Nee, danke. Ich geh nach Hause.«

»Soll ich dich fahren? Du scheinst verletzt zu sein. Hattest du einen Unfall?«

Der Gedanke, nicht mehr laufen zu müssen, klang verlockend. Allerdings nicht mit dem Arsch dabei. »Das ist nett, aber ich gehe zu Fuß. Die Verletzung ist nicht schlimm.«

»Das sieht aber anders aus. Was ist denn passiert?«

Die Frage hatten wir doch schon.

Genervt presste Ben die Zähne aufeinander, wollte Harmann allerdings nicht vor den Kopf stoßen. Scheinbar meinte er es wirklich gut. »Bin nur gestolpert. Halb so wild, wirklich.«

Mit diesen Worten wandte er sich um und wollte gerade weiter gehen, als ihn Wiegesals kalte Stimme zurückhielt. »Ich dachte, du darfst keinen Alkohol mehr trinken?«

Was gingen denn jetzt für Gerüchte rum? Das wurde ja immer besser. Ben warf ihm einen eisigen Blick zu. »Hast du keine eigenen Probleme?«

»Lass gut sein.« Kramer schob ihn etwas zurück, Wiegesal stemmte sich jedoch gegen seinen Kollegen.

»Doch, aber die können mich nicht den Job kosten.«

Die Genugtuung in seinem Gesicht trieb Ben ein Messer in den Magen. Lodernde Wut kochte in ihm hoch. »Würdest mich vermissen, oder? Was mischst du dich überhaupt in meine Unterhaltungen ein? Sieh zu, dass du Land gewinnst.«

Wiegesal lachte auf. »Willst du mir drohen?«

»Nein, ich gebe dir eine Chance. An deiner Stelle würde ich die nutzen.«

»Schätzchen, du kannst nicht mal richtig laufen! Lass dir was Besseres einfallen.«

»Ich. Bin. Nicht. Dein. Schätzchen! Merk dir das! Außerdem werde ich garantiert nicht vor einem wie dir weglaufen. Halt einfach dein besserwisserisches Maul und hau ab. Letzte Chance.«

Den Spruch hätte er sich sparen sollen, denn genau sowas provozierte sein Gegenüber. Was nicht neu war.

Ja, Ben wollte es so. Er wollte all seinen Frust an diesem verfluchten Idioten auslassen. Dieser sollte als sein Boxsack herhalten. Er war der perfekte Gegner zum Dampf ablassen.

Wiegesal schob Kramer beiseite und kam auf Ben zu. Hob die Hand und führte sie in Richtung von Bens Schulter.

Dieser schlug sie weg und ging in Kampfposition. Ihm stockte der Atem, seine Rippen drohten zu explodieren. Außerdem schaffte er es vielleicht eine Sekunde, das Gewicht gleichmäßig auf beide Füße zu verteilen, dann verlagerte er es unwillkürlich nach rechts. Es tat zu weh.

Martin beobachtete ihn mit einer belustigten Miene und verschränkte die Arme vor der Brust. Allein dafür hätte Ben ihm liebend gern eine verpasst. Aber dann müsste er einen Schritt nach vorn machen, sonst würde es in Streicheln ausarten.

Himmel, was machte er hier? Sich mal wieder zum Affen, klar. Davon abgesehen tat er alles dafür, selbst Prügel zu kassieren. Wiegesal war drei Jahre älter als er, überragte ihn um knapp zehn Zentimeter und war, dank Bens aktueller Faulheit, was Kampfsport und Basketball anging, wesentlich besser trainiert. Vor allem war er unverletzt. Und nun wollte er sich wirklich ausgerechnet von dem vermöbeln lassen? Diese Genugtuung würde er ihm auf keinen Fall gönnen.

»Hey, Jungs, kommt mal wieder runter.« Harmann stellte sich zwischen die beiden. »Das führt doch zu nichts. Martin, geh wieder rein, bevor unser Platz weg ist. Ben, soll ich dich wirklich nicht schnell fahren?«

Kopfschüttelnd drehte er sich um. »Nein. Schönen Abend.«

Immerhin sorgte Harmanns Freundlichkeit trotz Wiegesals Anwesenheit für ein erneutes Gedankenchaos in Bens Kopf. Wieso hielt er zu ihm, wo er doch offensichtlich mit seinem ... na ja, *Feind* befreundet war? Diese Frage beschäftigte ihn ergebnislos für die gesamte Strecke. Womit er wenigstens den Schmerz im Fuß weitestgehend vergaß und sich ruckzuck zu Hause wiederfand.

An der Haustür angekommen, lösten sich die wirren Gedanken schnell in Luft auf, denn es war wieder nicht abgeschlossen. Hatte er es dieses Mal doch vergessen? War er noch mal zurückgegangen, um es zu checken? Nein, war er nicht. Sollte er das Haus erneut durchsuchen?

Er entschied sich dagegen, denn die Schmerzen waren inzwischen so stark, dass sie ihm Übelkeit verursachten. Es nützte nichts, er musste liegen. Bewaffnet mit einer Tüte voller Eiswürfel legte er sich aufs Sofa. Die Treppe bis in sein Schlafzimmer wollte er sich nicht mehr antun.

Sein Fußgelenk glühte regelrecht, bestimmt war das Eis schnell geschmolzen. Hoffentlich war er vorher eingenickt, nicht, dass er noch mal aufstehen musste. Nie zuvor hatte es ihm derart gutgetan, zu liegen. Fehlte nur das Bier, dann wäre es perfekt. Aber nein, heute würde er eisern bleiben, selbst, wenn das bedeutete, dass er noch eine Ewigkeit wach lag.

Das tat er dann auch. Die Schmerzen machten ihn wahnsinnig. Allerdings hatte er seit der Einführung seines allabendlichen Einschlafbiers vor drei Jahren keine

Schmerzmittel mehr im Haus. Schließlich war beides zusammen nicht ratsam.

Jetzt hätte er sich gerne eine Tablette eingeworfen. Ob er mal Chiara fragen sollte?

Damit sie ihn direkt ins Krankenhaus verfrachtete? Ganz bestimmt. Nein, das war keine Option. Wenn das Kühlen nicht reichte, musste er sich eben ablenken. Am besten mit den Aufnahmen.

Er startete sie und bereute es sofort. Ohne die betäubende Wirkung des Alkohols war der Anblick die Hölle. Seine Innereien zogen sich zusammen, als er das wehrlose Opfer dort liegen sah. Blutverschmiert, nackt, regungslos. Die Muskeln entspannt. Er wollte gar nicht wissen, was sie alles hatte erleiden müssen, ehe die Bewusstlosigkeit sie vor den Qualen gerettet hatte. Kurz überkam ihn der Wunsch, sie wäre tot, doch diesen schob er sofort erschrocken zurück in die Untiefen seines Gehirns. Das war keine Option, auch wenn sie dadurch nicht länger leiden würde.

Er musste sie da rausholen und diesen kranken Irren schnappen. *Bevor* sie starb! Wenn er doch nur wüsste, wer ihr das antat! So sehr er auch überlegte, ihm fiel niemand ein, dem er solche Taten zutraute. Zumindest keiner, der auf freiem Fuß war und einen derartigen Hass auf ihn haben könnte.

Er musste in eine andere Richtung denken. Wer war die Frau? Gab es irgendwelche besonderen Merkmale an ihr?

Wieder und wieder sah er sich die Aufzeichnungen an und studierte sie bis ins kleinste Detail, aber da war gar nichts. Nicht der Hauch einer Möglichkeit, irgendetwas herauszufinden, weder den Tatort oder Täter noch das Opfer betreffend.

Dennoch gab er nicht auf. Akribisch untersuchte er die Aufnahmen und unterdrückte die immer wieder aufsteigende Übelkeit. Er hasste diese Machtlosigkeit abgrundtief, schaffte es aber trotzdem, sie zurückzudrängen, bis ihm in den frühen Morgenstunden die Augen zufielen. Nur, um nach wenigen Minuten wieder hochzufahren. Die Angst vor dem Albtraum war nicht mehr das Einzige, was ihn wachhielt. Es war zum Kotzen.

Kapitel 13

Nachdem er sich weitere zwei Stunden lang herumgewälzt hatte und immer noch hellwach war, duschte er, trank einen Kaffee und machte sich ausgehfertig. Was bei seinem linken Schuh zu einem echten Problem wurde, denn dieser Fuß schwoll weiterhin an. Dennoch schaffte er es.

Als er die Haustür hinter sich ins Schloss zog und den Schlüssel bis zum Anschlag umdrehte, überkam ihn eine ungeheure Erleichterung. Erst jetzt wurde ihm bewusst, wie unwohl er sich zu Hause fühlte. Er hatte regelrecht Angst. Ob er sich ein Zimmer bei Theo nehmen sollte?

So ein Quatsch. Er ließ sich doch nicht aus seinem Heimathafen verjagen! Diesen Sieg gönnte er dem Widersacher nicht. Nachher würde er einfach seine Dienstwaffe mitnehmen und gut.

Er verdrängte den Gedanken und stieg ins Auto. Erleichtert, dass er wieder fahren durfte, und es auch, dank Automatikgetriebe, konnte. Das war doch wesentlich angenehmer, als auf Chiara oder die Öffis angewiesen zu sein.

Kurz nach fünf erreichte er die Wache. Wenn er eine Stunde früher anfing, sollte das sogar Schnaider mit seiner momentanen Schlafmangelphobie egal sein.

Das Problem war nur, dass aufgrund eines frischen Verbrechens kaum jemand im Büro war, und von den

Wenigen kannte sich niemand in seinem Fall aus. Somit konnte ihn keiner über den aktuellen Stand aufklären. Missmutig holte er sich seinen nächsten Kaffee und startete den PC. Hoffentlich kam Chiara bald! Meistens war sie eine Viertelstunde früher da. Was für seinen Geschmack auch noch zu lange dauerte.

Tief durchatmend begann er damit, Namen aufzuschreiben. Mögliche Verdächtige, die er mal eingebuchtet hatte. Menschen aus seinem Umfeld und aus Theos Kneipe. Irgendwann musste er doch einen Treffer landen, zum Teufel noch mal! Es war zum Verrücktwerden.

Von einer plötzlichen Frustration übermannt knallte er die leere Tasse auf seinen Schreibtisch und stieß einen gepressten Laut aus – fast wäre daraus ein Wutschrei geworden. Wie lange er sich wohl heute im Griff haben würde? Er wollte es gar nicht wissen.

Mit aufeinandergepressten Lippen nahm er seine Tasse und hinkte in die Teeküche, wo er auf Chiara traf. Sofort besserte sich seine Laune. »Morgen.«

Sie fuhr herum und presste sich die Hand auf ihre durchaus ansehnliche Brust. »Musst du mich so erschrecken? Was machst du schon hier?«

»Sorry.« Er grinste schief und nahm ihr die Tasse ab, um sie unter die Maschine zu stellen. Erst, nachdem diese mit ihrem ohrenbetäubenden Mahlen der Kaffeebohnen fertig war, antwortete er. »Irgendwann hat man lange genug geschlafen, also bin ich schon etwas früher hergekommen. Gibt's was Neues?«

Sie musterte ihn. »Du siehst nicht so aus, als hättest du länger als ein paar Stunden geschlafen.«

»Doch, hab ich. Seit gestern Nachmittag. Um drei oder so wars dann vorbei.«

Chiara hob eine Augenbraue. »Du hast seit gestern Nachmittag durchgeschlafen? Wem willst du das denn erzählen?«

»Von durchgepennt war keine Rede. Ich war gestern Abend noch bei Theo, um ihn etwas zu löchern. Und nein, ich habe nichts getrunken. Allerdings war Theo zu beschäftigt, also bin ich schnell wieder abgehauen. Danach hab ich mich wieder hingelegt. Sollte reichen, oder?«

Er sah ihr an, dass sie ihm kein Wort glaubte, und konnte es ihr nicht verübeln. Zumal die letzten Stunden nicht wirklich erholsam gewesen waren.

»Trotzdem siehst du scheiße aus.«

Nun war es an ihm, eine Augenbraue hochzuziehen. »Freundlich wie immer, herzlichen Dank fürs Kompliment. Allerdings würde noch mehr Schlaf auch nichts daran ändern. Bei dir hingegen schon, du siehst nämlich auch fertig aus. Also, erzähl mal. Wie weit seid ihr gekommen?«

Sie wandte sich ab und senkte den Blick. Das war nicht ihr Ernst, oder?

»Ihr habt *nichts*?« Er spie die Worte förmlich aus, mindestens zwei Oktaven zu hoch. Dabei wollte er die Antwort gar nicht hören. Haareraufend nahm er die Tassen und humpelte damit zum Schreibtisch zurück.

»Wie geht's deinem Fuß?« Chiara war ihm gefolgt und setzte sich mit besorgter Miene auf ihren Platz.

»Halb so wild.« Mist, verdammter. Vor Schnaider musste er sich dringend zusammenreißen.

Dennoch legte er das Bein hoch, denn der Fuß spannte immer mehr. »Ich würde gerne endlich an dem Fall arbeiten. Was habt ihr gemacht? Wie sind die Ergebnisse? Wie lautet das Passwort für die Fallakte?«

Anstatt einer Antwort musterte sie ihn und nippte gedankenverloren an ihrem Kaffee. Was seine Stimmung nicht wirklich hob. Am meisten nervten ihn seine Rippen. Bei jeglicher falschen Bewegung blieb ihm die Luft weg. So würde jeder mitbekommen, dass da etwas nicht okay war. Da kamen anstrengende Tage auf ihn zu.

Gerade, als er seine Frage zu den Ergebnissen ein weiteres Mal stellen wollte, kam sie ihm zuvor.

»Warst du beim Arzt?«

Das reichte. Er fuhr hoch, zuckte prompt zusammen und lehnte sich mit beiden Händen auf den Schreibtisch. Beugte sich darüber und funkelte sie an. »Wenn du mir nicht endlich erzählst, was ihr in dem Fall gemacht habt, dann ...«

Ja, was dann? Dann tappte er weiterhin im Dunkeln. Entweder er wartete jetzt die halbe Stunde auf den Boss, um sich von ihm aufklären zu lassen, oder er akzeptierte ihr Generve. Wobei ihm Schnaider nicht weniger auf den Sack gehen würde.

Inzwischen hatte auch Chiara die Arme vor der Brust verschränkt, ihr Gesicht zierte der Hauch eines Lächelns. Sie wusste ganz genau, was er dachte, kannte ihn zu gut. Es war zum Mäusemelken.

Er atmete halbwegs tief durch und redete mit gezwungen ruhiger Stimme weiter: »Ich war nicht beim Arzt und habe nicht vor, das zu ändern. Alles, was ich will, sind *endlich* diese Infos, damit ich arbeiten kann.«

»Ich hab keine Infos für dich. Wir tappen völlig im Dunkeln. Gestern haben wir noch sämtliche Leute aus der Bar befragt. Niemand hat etwas gesehen, auch Theo nicht, wie Julian sagte. Deinen Rempler haben wir zwar gefunden, aber das hat uns ebenfalls nicht weitergebracht. Martin hat ihn von der Verdächtigenliste gestrichen. Melina war nicht da. Sie hat sich durch ihr Umknicken übrigens einen Bänderriss zugezogen.« Sie deutete auf seinen Fuß. »Vielleicht gehst du doch besser mal zum Arzt und ...«

Er konnte es nicht mehr hören. Solange er auftreten konnte, würde der Fuß sich schon von selbst wieder erholen.

»Martin hat ihn gestrichen?«, fiel er ihr ins Wort. »Was für ein Idiot. Darum kümmere ich mich später. Was habt ihr noch? Hat Harmann irgendwas herausfinden können?«

»Nein, leider nicht. Die Verschlüsselung muss profihaft sein, denn normalerweise bekommt er das ja wohl hin.«

Da musste Ben ihr recht geben. Mit einem tiefen Seufzer ließ er sich zurücksinken. Es war zum Verrücktwerden! Zeitlich passte der Rempler nicht. Trotzdem würde er dranbleiben, denn es war alles, was er hatte.

So eine verfluchte Scheiße!

Chiara riss ihn aus den Gedanken. »Wir haben nachher wieder unser Meeting, vielleicht gibt es ja da etwas Neues. Ben, du musst noch mal genau überlegen, wann du das Handy zuletzt in der Hand hattest. Wir müssen das irgendwie besser eingrenzen.«

Allerdings.

»Was denkst du?« Chiaras Blick spiegelte Hoffnung wider.

Ehe er antworten konnte, betrat Schnaider den Raum. Er sah schlimm aus. Blass und mit dunklen Ringen unter den Augen. Ben wollte gar nicht wissen, wie lange er gestern hier gewesen war.

Der Boss sah ihn an und bedeutete ihm mit einer fahrigen Handbewegung, mit in sein Büro zu kommen. Okay, dann würde er sich mal zusammenreißen. Ben stand auf und trat vorsichtig auf den Fuß. Der Schmerz war stechend und wirklich gemein, ohne zu Humpeln funktionierte es beim besten Willen nicht. Aber sein Chef schien es nicht zu bemerken, zumindest kam kein Kommentar dazu. Sicherheitshalber schob er sich Haare über die Wunde am Kopf, während er sich setzte.

»Nüchtern?«, fragte Schnaider.

»Stocknüchtern.«

»Gut. Ist Ihnen noch was eingefallen? Wo Sie das Handy verloren haben könnten? Wer dahinterstecken könnte? Irgendwas?«

»Nicht wirklich. Aber den Rempler ...«

In dem Moment platzte Harmann ins Büro. »Wir haben ein neues Video.«

Kapitel 14

Keine fünf Minuten später saß eine Auswahl der zuständigen Kollegen im Sitzungszimmer, wo Harmann die Übertragung vorbereitete. Als Ben zu seinem Platz ging, warf der Techniker ihm einen Blick zu, den er nicht deuten konnte. Dennoch löste er ein ungutes Gefühl in ihm aus. So, als würde ihn die Hölle erwarten.

Ben ignorierte ihn und sah zu Martin, der sich mit verschränkten Armen halb liegend auf dem Stuhl fläzte. Vollkommen tiefenentspannt. Oder freute er sich sogar auf die Show?

Was interessierte ihn dieser Idiot? Ben ließ sich auf seinen Platz sinken und starrte auf die Leinwand.

Am liebsten wäre er rausgestürmt. Sein Herz knallte ihm fast schon schmerzhaft gegen die Rippen. Er schob die Hände in die Taschen, damit nicht auffiel, wie stark sie zitterten.

Chiara neben ihm ging es nicht besser. Ihre Atmung war verhältnismäßig schnell und sie nestelte an ihrer Bluse herum.

Harmann sah in die Runde und betätigte den Startknopf.

Dieses Mal war nur ein Fuß zu sehen. Weiß. Verkrampft. Ben richtete sich auf. Sie lebte! Zumindest zum Zeitpunkt der Aufnahme.

Eine Bewegung setzte ein. Der Fuß rutschte nach hinten, dann wieder nach vorne. Er versteifte sich noch mehr. In gleichmäßigem, aber langsam zunehmendem Tempo glitt er weiter vor und zurück. Wieso? Was machte er mit ...

Oh Gott.

Übelkeit stieg in ihm auf. Chiara sog lautstark die Luft ein. Auch sie hatte erkannt, was da vor sich ging. Die Mienen der Anwesenden waren verbissen, die meisten starrten den Tisch vor sich an. Niemand wollte sehen, wie diese arme Frau von dem unbekannten Wahnsinnigen vergewaltigt wurde.

Plötzlich hallte ein verzweifeltes Wimmern und Flehen durch den Raum, begleitet von einem metallischen und doch eindeutig männlichen Stöhnen. Bens Eingeweide wurden zu einem Brei zerquetscht. Wie von selbst legten sich seine Hände auf die Ohren, was allerdings kaum half. Er sackte auf seinem Stuhl in sich zusammen und kniff die Augen zu. Das ertrug er nicht länger. Nicht nur, weil er das Leid der Frau nun auch mit anhören musste.

Er kannte ihre Stimme.

Diese wurde zunehmend gepresst, panischer, artete in ein ziehendes Geräusch aus. Er würgte sie! Wie automatisch ging sein Blick wieder hoch. Der Fuß bewegte sich nun hektisch hin und her, riss an den ledrigen Fesseln. Die Auf- und Abwärtsbewegungen nahmen an Geschwindigkeit zu.

So ging es immer weiter. Für Ben fühlte es sich an wie Stunden, bis der Fuß unter den zunehmend harten Stößen kraftlos zur Seite fiel. Sie war bewusstlos, vielleicht sogar tot. Was in ihm eine ungeheure und absolut unpassende Erleichterung auslöste. Sie litt nicht länger. Das war ihm das Wichtigste.

Das Stöhnen wurde nun lauter, gepresster, die Stöße abgehackter. Dann war es endlich vorbei.

Ben vergrub das Gesicht in den Händen. Ihm war kotzübel, er spielte mit dem Gedanken, raus zu rennen. Das Gesehene zu verdrängen, denn es konnte nicht real sein. Es *durfte* nicht real sein. Das hatte Melina nicht verdient. Niemand hatte das, aber sie am allerwenigsten.

Die verzerrte, metallische Stimme im Video ließ seinen Kopf erneut hochschnellen.

»Hallo Ben, hat dir meine Show gefallen? Deine hübsche Freundin wird nie wieder Zeit für dich haben und das ist allein deine Schuld.«

Es klickte, dann wurde die Leinwand dunkel.

Ben nahm es nicht wahr. Mit weit aufgerissenen Augen starrte er darauf. In seinem Kopf herrschte Chaos. Einen einzigen Gedanken bekam er zu fassen und hielt ihn krampfhaft fest: Das war ein gottverdammter Albtraum. Jeden Moment würde er daraus erwachen. Es konnte unmöglich real sein.

Er wandte sich ab, sah in die Gesichter der anderen, die ihn allesamt anstarrten. Warum taten sie das? Er hatte nichts getan! Gleich würde er aufwachen und alles war in Ordnung!

Chiara legte ihre zitternde Hand auf seinen Arm. Er sah hin. Fühlte es. Spürte, wie sich ihr Schweiß in den Stoff seines Shirts saugte. Sein Blick glitt zu ihr, in ihre Augen. Flehend. Jemand musste ihm helfen, ihn aufwecken!

Er würde nicht aufwachen. Dieser kranke Wahnsinn war so real, wie die Träne, die jetzt an seiner Wange herunterrollte.

Zitternd sprang er auf und stürmte aus dem Raum. Nicht mal den Schmerz im Fuß bemerkte er noch.

Das Klo. Dort würde er seine Ruhe haben. Er schloss sich ein, ließ sich auf die Brille sinken und schluchzte ungehemmt.

Melina ... wieso sie? Warum zum Teufel hatte er nicht gecheckt, ob wirklich sie die Nachrichten an Theo geschrieben hatte?

Es war seine Schuld. *Alles* war seine Schuld. Auch wenn er den Grund nicht verstand. Was hatte er falsch gemacht? Hatte Melina einen Freund? Einen Stalker? War jemand eifersüchtig auf sie beide, weil sie sich so gut verstanden ... hatten?

Er ballte die Fäuste, bis seine Arme zitterten. Nie wieder würde er mit ihr reden können, seine Probleme loswerden, mit ihr lachen und weinen. Sie war die Einzige gewesen, die ihn wirklich gekannt hatte, und das war ihr zum Verhängnis geworden.

»Ben?«

Unwillkürlich hielt er die Luft an. Chiara.

Warum versuchte er, sich zu verstecken? Sie wusste, dass er hier war.

»Hier ist das Männerklo«, presste er hervor.

»Das ist mir bewusst. Darum fände ich es toll, wenn du herauskommen würdest.«

Um darüber zu reden? Niemals. Er brauchte jetzt seine Ruhe. Musste nachdenken und diesen kranken Schwachsinn verarbeiten. Allein.

»Ben, wir müssen was tun. Die Frau retten!«

»Sie ist tot.«

»Und wenn nicht? Was, wenn er sie weiter quält? Komm schon, das wirst du doch nicht wollen.«

Auf gar keinen Fall. Trotzdem konnte er sich nicht aufraffen. Er wollte den Kollegen so nicht gegenübertreten.

»Ben, du bist der Einzige, der ihr helfen kann.«

War er das wirklich? Vermutlich. Denn sie litt allein seinetwegen.

Dieser Gedanke ließ ihn erneut aufschluchzen. Warum lag nicht er dort? An ihrer Stelle?

Zögerliche Schritte näherten sich seiner Tür. Er schloss die Augen. Chiara würde nicht aufgeben. Er musste sich zusammenreißen. Zumal sie recht hatte.

Er atmete tief durch und genoss das Gefühl, als seine Rippen zu explodieren drohten. Mit dem Ärmel wischte er sich die Tränen aus dem Gesicht und stand auf. Ein Hauch von Erleichterung mischte sich zu den Schuldgefühlen, denn die Schmerzen würden ihm helfen.

Mit zusammengepressten Lippen öffnete er die Tür und ging an Chiara vorbei, ohne sie anzusehen. Er trat an das Waschbecken, kippte sich einige händevoll Wasser ins Gesicht und blieb mit hängendem Kopf, die geballten Fäuste auf das Porzellan gepresst, stehen. Jeder Muskel in seinem Körper war angespannt.

Eine warme Hand legte sich zaghaft auf seinen Rücken. Er sah auf, in den Spiegel. Sein Blick traf Chiaras. Sie sah ebenfalls fertig aus, war kreidebleich, die Augen leicht gerötet. Hatte sie auch geweint?

Seinetwegen. Er ließ den Kopf wieder hängen. Alles war seine Schuld. Die grausamen Quälereien an Melina, die Chiara mit ansehen musste.

Er verdiente ihr Mitleid nicht und auch sein Selbstmitleid half niemandem weiter. Wenn Melina wirklich noch leben sollte, musste sie da raus. Jetzt, sofort. Es war sein Job, herausfinden, wo sie festgehalten wurde.

Mit zusammengepressten Lippen drehte er sich um und fand sich in Chiaras Armen wieder. Zu jedem anderen Zeitpunkt hätte er sich wohl mehr als nur darüber gefreut. Aber heute erwiderte er die Umarmung fahrig und löste sich schnell, um an ihr vorbei zurück ins Besprechungszimmer zu humpeln.

Sonst hätte er wieder geheult, aber er hatte einen Job zu erledigen.

Kapitel 15

Schnaider musterte ihn, während alle anderen nicht mal aufsahen. Ben ließ sich steif auf seinen Stuhl sinken. Innerlich hatte sich eine tiefe Leere in ihm gebildet, was ihm das Denken erheblich vereinfachte. Sogar seine Stimme war fest, womit er selbst nicht gerechnet hätte. »Ich kenne die Frau. Sie heißt Melina und ist Kellnerin bei *Theos Zapfenstreich*.«

Harmanns Kopf schoss in die Höhe. Ben spürte seinen Blick auf sich, erwiderte ihn jedoch nicht, obwohl ihn seine Reaktion wunderte. Hatte er sie nicht erkannt? Er war doch selbst oft genug dort! Unwillkürlich schielte er zu Martin, der mit Ausdruckslosigkeit glänzte. Was für ein eiskaltes Arschloch!

»Sind Sie sicher?« Schnaiders Miene wirkte nicht, als würde er ihm nicht glauben. Was sollte dann diese blödsinnige Frage?

»Hundertprozentig.« Spätestens seit dem Kommentar des Schweins, dass sie seinetwegen litt. Bei dem Gedanken kam ihm die Galle hoch, die er nur mit Mühe herunterschlucken konnte. »Haben Sie eine Idee, warum ausgerechnet sie das Opfer ist?«

Ben hob die Hände und ließ sie kraftlos wieder fallen. »Das Ganze hier passiert meinetwegen. Darum.«

Schnaider schüttelte leicht den Kopf. »Nicht *Ihretwegen*, Ben. Aber ja, jemand scheint es auf Sie abgesehen zu haben. Haben Sie eine Idee, wer es sein könnte?«

»Nein, aber Melina war das perfekte Opfer. Sie ist … war … eine gute Freundin. Wer auch immer dahintersteckt, muss davon wissen. Da wir uns aber ausschließlich in der Kneipe getroffen haben, muss es jemand sein, der uns dort gesehen hat.«

»Eine gute Schlussfolgerung. Was wiederum bedeutet, dass wir alle Besucher noch mal befragen müssen. Außerdem muss der Kellner sämtliche Gäste nennen, die er namentlich kennt. Fällt Ihnen noch jemand ein?«

Ben zuckte mit den Schultern. »Ich weiß nicht, wer schon befragt wurde. Außerdem kenne ich die Wenigsten beim Namen. Maximal die Gesichter, wobei mir die Leute bisher echt egal waren.« Er wandte sich an Harmann und Martin. »Habt ihr noch eine Idee?«

Beide schüttelten die Köpfe, Reinhard entfuhr ein Seufzen. »Nein, ich hab auch schon überlegt, aber Theo wird die meisten benennen können. Ich werde in der Zwischenzeit mal das Video auseinandernehmen. Vielleicht kann ich den Stimmenfilter entfernen. Wobei der ja nur bei dem Kerl eingesetzt war. Vermutlich hat er sich ein spezielles Mikro um den Hals gebunden. Was bedeuten würde, dass ich zumindest in der Richtung nicht viel machen kann.«

Schnaider nickte. »Tun Sie, was Sie können. Sollten Sie in einer Stunde nichts gefunden haben, will ich, dass Sie sämtliche Aufnahmen nach Düsseldorf zum LKA schicken. Die haben dort die besseren Gerätschaften. Wenn Ihnen noch ein möglicher Täter einfällt, geben Sie Bescheid.« Er wandte sich an Ben. »Kommen Sie klar?«

Unwillkürlich schluckte er. »Natürlich.«

»Gut. Dann fahren Sie jetzt mit Omando zur Bar.«

»Die hat geschlossen.«

»Aber dieser Theo wohnt doch dort, oder?«

Oh Gott. Vielleicht sollte er nach Hause fahren und nichts mehr machen. »Richtig.«

»Dann klingeln Sie ihn aus dem Bett. Haben Sie den Nachnamen dieser Melina und eine Adresse?«

»Weder noch. Aber Theo wird sie haben.«

»Dann los.«

***

Es beruhigte Ben, Chiara an seiner Seite zu haben. Anderen vom Schicksal einer geliebten Person zu erzählen, war immer schwer, aber dieser Fall war für ihn ungleich schlimmer.

Chiara fuhr, was sinnvoll war. Sein Gehirn rotierte unentwegt, er hätte es garantiert nicht heile bis zu Theo geschafft.

»Kommst du klar?«, fragte sie und legte ihm kurz die Hand auf den Arm. Er sah auf ihre langen, schmalen und doch starken Finger. Genoss ihre Wärme, die sich in eine Eiseskälte verwandelte, sobald sie schalten musste.

»Sicher.«

Kein Stück kam er klar. Aber die Mitarbeit an dem Fall schuldete er Melina und auch sich selbst. Er würde sich nicht von einem derartigen Arschloch fertigmachen lassen. Dann hätte er den Job verfehlt.

Zum wiederholten Male atmete er tief durch. Er lehnte den Kopf an die kühle Seitenscheibe, schloss kurz die brennenden Augen, hielt das jedoch nicht lange durch. Zu groß war die Angst vor einem möglichen Attentat, bei dem auch Chiara verletzt werden könnte.

Oh Gott. Sie schwebte wirklich in Gefahr. Oder? Klar, sie war seine Kollegin, aber die Gefühle, die er heimlich für sie hegte, konnte niemand kennen. Alles okay.

Nur was, wenn nicht? Falls er sich irrte und tatsächlich jemand wusste, wie viel sie ihm bedeutete?

Nein, das war nur ein Streich seiner Fantasie. Niemals würde ...

»Woran denkst du?«

Erschrocken fuhr er zu Chiara herum und fürchtete für einen kurzen Moment, sie könne seine Gedanken lesen. Was glücklicherweise nicht der Fall war. »Ich überlege, wer es sein könnte. Wer es auf die arme Melina abgesehen hat.«

»Sie hat wirklich ein hartes Los gezogen.« Chiara warf einen kurzen, mitleidigen Blick auf ihn, ehe sie sich wieder der Straße zuwandte. »Du kannst einem auch leidtun. Wie fühlst du dich?«

Er presste die Kiefer aufeinander. Wenn er jetzt noch erzählte, was für ein Weichei in den letzten Stunden aus ihm geworden war, würde er in Selbstmitleid zerfließen.

Das wäre kontraproduktiv, also blieb ihm nur, den harten Kerl zu mimen. »Ich bin stinksauer und werde mir den Wichser vorknöpfen. Wenn ich den in die Finger bekomme, wird er mindestens so leiden wie Melina.« Seine Stimme strafte der Worte Lügen, was Chiara, ihrer Mimik nach zu urteilen, nicht entging. Wenigstens fragte sie in der Richtung nicht weiter nach.

»Dein Humpeln und die Platzwunde am Kopf – die kommen nicht von einem einfachen Stolpern, oder?«

Dieses Thema war auch nicht besser. Ben schloss die Augen und kämpfte mit sich. Er wusste selbst nicht, warum, aber irgendetwas hielt ihn davon ab, die Wahrheit zu sagen. Erst musste er mit seinen Gedanken und Gefühlen einigermaßen klarkommen. Herausfinden, was Hirngespinste waren und was doch der Realität entsprechen konnte.

»Ich bin gestolpert und hab mit dem Kopf an einem Baum gebremst.«

Erneut ging sie nicht auf seine offensichtliche Lüge ein, was er ihr hoch anrechnete. Dennoch wartete er unentwegt auf die nächsten Fragen, die ihn weiter in die Bredouille bringen würden, und atmete auf, als sie einige Minuten später die Kneipe erreichten.

Chiara parkte, stoppte den Motor und sah Ben an. »Ich kann das klären, wenn du möchtest. Du musst nichts sagen.«

Dankbarkeit erfüllte sein Innerstes. Dennoch schüttelte er den Kopf. »Das ist nett, danke. Aber das bin ich Theo schuldig.«

Sie nickte und stieg aus. Er quälte sich ebenfalls aus dem Auto und sah zum ersten Mal einen Vorteil in seinem verletzten Fuß. Denn so konnte er sich Zeit lassen, ohne, dass es auffiel.

Leider nicht unendlich. Bald standen sie vor der Tür. Nachdem Chiara die Klingel betätigt hatte, kämpfte er mit sich, nicht zum Auto zurückzurennen und seine Kollegin die Drecksarbeit machen zu lassen. Sich in sein verfluchtes, feiges Schneckenhaus zurückzuziehen.

Das Problem war, dass Melina auch für Theo nicht nur eine einfache Angestellte war. Sie hatte eine Zeit lang bei ihm gewohnt, nachdem sie sich von ihrem gewalttätigen Freund getrennt hatte. Er hatte ihr damals geholfen, in jeglicher Hinsicht. Hatte sie zum Krankenhaus und später zur Physio gefahren. Sich Zeit genommen, um sie wieder aufzubauen. War mit ihr zur Polizei gegangen, um das Schwein anzuzeigen.

An dem Erfolg, den sie im Endeffekt gehabt hatten, war auch Ben nicht unschuldig gewesen. Er hatte den zuständigen Kollegen gekannt und ihn gedrängt, noch gründlicher als sonst zu recherchieren. So war der Kerl nicht nur wegen gefährlicher Körperverletzung, sondern auch aufgrund von Steuerhinterziehung dingfest gemacht worden, was seine Strafzeit empfindlich verlängert hatte. Noch heute saß er im Bau, was Ben zu seinem Bedauern bewusstwurde. Denn als freier Mann wäre er durchaus als potenzieller Täter infrage gekommen.

Chiaras erneutes Klingeln riss ihn aus seinen Überlegungen. Er trat einen Schritt zurück und sah hoch. An einem Fenster nahm er eine Bewegung der Gardine wahr. Entweder hatte Theo ihn gesehen und kam endlich zur Tür, oder er ging von einem Klingelstreich aus und legte sich wieder schlafen. Vielleicht hatte er um diese Zeit auch einfach keine Lust auf Gesellschaft, was er durchaus nachvollziehen könnte. Spätestens, wenn er von dem Grund ihres Besuchs erfuhr, würde er es ohnehin bereuen, die Tür geöffnet zu haben.

Was er in diesem Moment tat. Mit verschlafener und finsterer Miene empfing er sie. »Habt ihr mal auf die Uhr geguckt?«

Chiara übernahm die Antwort. »Ich bin Kriminalkommissarin Omando, meinen Kollegen Kollang kennen Sie ja. Es tut mir leid, ich weiß, es ist noch früh, aber auch sehr dringend. Dürfen wir bitte kurz reinkommen?«

Theo sah von einem zum anderen. Auf Ben verharrte sein Blick länger und wandelte sich von missmutig zu besorgt.

»Bitte.« Er trat einen Schritt zurück und bedeutete den beiden, einzutreten. Nachdem er die Tür hinter ihnen geschlossen hatte, führte er sie in ein altmodisch eingerichtetes Wohnzimmer, mit beigefarbenen Möbeln aus einem Stoff, der Ben unangenehm an das Sofa seiner Oma erinnerte. Bei ihr war er aufgewachsen und das waren keine schönen Erinnerungen.

Ein modriger Geruch lag in der Luft, lediglich übertüncht von den Fliederzweigen in einer vollgestaubten, überdimensionalen Mariacron-Flasche. So eine hatte Oma auch gehabt.

Eilig wandte er sich ab und sah sich weiter um. Die Schränke waren aus massivem Eichenholz, die Wände zierten zwei Gemälde mit diversen Wildtieren, eingefasst in solide Holzrahmen.

»Setzen Sie sich.« Theo deutete auf den Dreisitzer vor dem nahezu bodentiefen Fenster, aber die Kommissare lehnten dankend ab.

Ben fühlte sich unwohl, er wollte schnell wieder hier raus. Aus diesem Grund ergriff er das Wort, obwohl es ihn Überwindung kostete. »Theo, du hast ja schon mitbekommen, dass mein Handy gestohlen wurde. Haben dir die Kollegen von den Aufnahmen erzählt, die damit gemacht wurden?«

»Die auf deiner ... wie heißt das doch gleich? Cloud, ja, richtig. Schrecklich, was da mit der Frau ...«

Ben unterbrach ihn hastig. Wenn Theo weiterredete, würde er keinen vernünftigen Satz mehr zustande bringen. »Wir wissen, wer die Frau ist. Es ist ...« Von jetzt auf gleich versagte seine Stimme. Kein weiterer Ton kam über seine Lippen, Tränen schossen ihm in die Augen. Eilig wandte er sich zum Fenster um und kehrte den beiden den Rücken zu.

Theos rauchige Stimme überschlug sich. »Wer ist es? *Rede*!«

Ben senkte die Lider, Chiara übernahm wieder das Wort. »Es tut mir sehr leid, aber bei dem Opfer handelt es sich um Ihre Angestellte Melina.«

Während Ben Löcher in die Luft starrte und verzweifelt gegen die Tränen ankämpfte, trat hinter ihm Totenstille ein. Er sah Theos fassungsloses, ungläubiges Gesicht vor seinem inneren Auge. Sein Herz drohte von einer eisernen Faust zusammengequetscht zu werden.

Als der alte Barkeeper einen Schmerzschrei ausstieß und herzzerreißend aufschluchzte, drohten seine Knie nachzugeben. Er fühlte mehr mit Theo, als ihm lieb war. Aber er musste stark bleiben. Für seinen Freund, der gerade so etwas wie seine Ziehtochter verloren hatte.

Fahrig wischte er sich mit dem Ärmel über das Gesicht und drehte sich um. Chiara hielt den Mann, der am ganzen Körper bebte und immer wieder verzweifelt aufschrie, fest im Arm. Wie gern wäre Ben geflohen. Raus aus dieser unerträglichen Situation. Aber er konnte es nicht. Es fühlte sich falsch an, so als würde er Theo im Stich lassen. Obwohl er einfach nur dumm herumstand und keine Ahnung hatte, was er tun konnte. Fakt war jedoch, dass er selbst gleich schreien würde, wenn er nicht endlich den Mund aufmachte.

»Theo, es tut mir leid. Ich weiß, es klingt für dich wie daher gelabert, wenn ich sage, dass wir alles tun, um sie schnell zu finden. Aber das meine ich ernst. Du weißt, dass sie auch meine Freundin war.«

Der alte Mann hörte schlagartig auf zu schluchzen und sah langsam auf. Ben erwiderte seinen schmerzerfüllten Blick mit großer Mühe, aber standhaft. Er wollte, dass Theo ihm glaubte, dass er alles für Melina tun würde.

»*War*?« Nur ein Hauchen entwich seinem Mund. »Ist sie ... tot?«

Ben blinzelte, hielt dem Blick aber weiterhin stand. »Das wissen wir nicht.« Wieder brannten Tränen in seiner Kehle. Er schluckte sie herunter und fuhr mit sanfter Stimme fort: »Theo, wir brauchen zeitnah Melinas vollen Namen, Adresse, und wenn du hast, auch die von Verwandten. Außerdem von möglichst all deinen Stammkunden. Besser noch sämtliche Namen, die du hast. Inklusive Adresse, Telefonnummer, irgendwas. Schaffst du das oder brauchst du noch einen Moment?«

Es kam keine Reaktion von seinem Gegenüber. Dieser hatte sich zwar aus Chiaras Armen befreit, starrte seither jedoch abwesend vor sich hin. »Aber sie hat mir doch gestern Abend erst geschrieben, dass sie noch länger krank ist.«

Bens Blick fuhr hoch, auf Theo, dann auf Chiara. Sie erwiderte ihn mit hochgezogenen Brauen und wandte sich an den alten Wirt. »Darf ich die Nachricht mal sehen?«

Er sah sie an und blinzelte mehrmals. Schließlich nickte er und verließ das Zimmer. Kurz danach kam er mit seinem Handy zurück und hielt ihr die Nachricht hin. Chiara sah sie sich an und reichte Ben dann das Gerät.

Hallo Theo, ich brauche noch mindestens eine weitere Woche. Hoffe, du kommst ohne mich klar. Pass auf dich auf. Lina

Er unterdrückte einen derben Fluch und sah Theo an. »Fällt dir an der Nachricht was auf? Oder ist das ihre Art, so zu schreiben?«

Er starrte auf die Buchstaben. »Keine Ahnung. Ich weiß gar nichts mehr.«

»Dürfen wir das Handy mitnehmen?«

»Ja.«

»Danke. Wann und wo hast du Melina zuletzt gesehen?«

»Dienstag früh, als ich den Laden abgeschlossen hab. Gegen halb zwei. Sie wollte ins Bett, war so müde.« Er sah auf, Tränen bahnten sich ihren Weg über seine Wangen. »Ich hätte sie heimbringen müssen, oder?«

Ben legte ihm die Hand auf den Arm. »Nein. Niemand hätte sowas ahnen können. Außerdem wissen wir nicht, ob sie da bereits entführt wurde. Es ist nicht deine Schuld, hörst du?« Die letzten Worte sagte er eindringlich, wusste aber, dass sie nicht ankamen. Das kamen sie nie. Dieses Gefühl blieb und fraß einen innerlich auf.

Er seufzte. »Theo, wenn du uns noch die Adressen geben könntest ...«

Nach kurzem Zögern nickte er kaum merklich und schlich zum Schrank. In Zeitlupentempo zog er die Schublade auf und nahm ein kleines Buch heraus. Gedankenverloren strich er über den verblichenen, roten Samteinband und hielt es Ben zitternd hin. »Mehr hab ich nicht. Und Melina hat nur mich. Geht jetzt bitte.« Mit diesen Worten wandte er sich ab. Nach einigen Schritten stockte er jedoch, drehte sich um und sah Ben mit schmerzerfüllten Augen an. »Du schuldest mir was, erinnerst du dich? Ich will, dass du diese Schuld jetzt begleichst. Verstanden?«

Ben schluckte und nickte. »Glaub mir, ich will gerade nichts mehr, als sie ganz schnell zu finden.«

Der alte Mann musterte ihn und verließ ohne weiteren Kommentar den Raum. Leise schloss er die Tür hinter sich und ward nicht länger gesehen.

Mit einem tiefen Seufzer schlug Ben das Buch auf. Es war gefüllt von alphabetisch sortierten Namen mit Adressen und Telefonnummern.

Chiara trat neben ihn und warf einen Blick hinein. »Sind das alles Gäste oder auch Familie und so?«

Ben zuckte mit den Schultern. Er nannte ihn zwar einen Freund, wusste aber nicht mal, ob er Verwandtschaft hatte. Kurz sah er zur Tür, hinter der Theo verschwunden war. Konnte er ihn jetzt danach fragen?

Nein, sie durften ihn nicht länger belästigen. Der arme Kerl hatte schon genug zu verarbeiten. Wenigstens *ihm* sollte die Zeit dafür gegönnt sein.

Kapitel 16

Auf dem Weg zum Auto hielt Chiara Ben am Ärmel zurück. Sie stellte sich vor ihn, legte die Hände auf seine Schultern und sah ihm fest in die Augen. »Ben, ich werde dich jetzt nach Hause bringen. Da trinken wir zusammen einen Kaffee und du heulst dich mal richtig bei mir aus. Wenn es dir danach besser geht, fahren wir zusammen zur Wache. Wenn nicht, melde ich dich krank. Jeder hätte Verständnis dafür. Es wundert mich sowieso, dass Schnaider dich noch ermitteln lässt.«

Es schmeichelte ihm und klang durchaus verlockend. Dennoch war es nicht möglich, denn wenn eine *Überraschung* im Haus auf ihn wartete, wäre Chiara in Gefahr. Das durfte niemals passieren.

Entschieden schüttelte er den Kopf. »Danke, aber mir geht's gut. Noch besser wird es erst, wenn wir den Wichser dingfest gemacht haben. Und die Zeit drängt. Wenn Melina noch lebt, muss sie sofort da raus. Ach was, vor zwei Tagen schon. Also, an die Arbeit.« Er schob sie sanft zur Seite und hinkte zum Auto. Sein Versuch, die Tür zu öffnen, scheiterte. Er warf Chiara einen fragenden Blick zu.

Sie war stehen geblieben und musterte ihn gedankenverloren. Langsam nervte es ihn, ständig von allen angestarrt zu werden, selbst, wenn sie es war. »Können wir jetzt?«

Sie verzog den Mund, scheinbar war sie noch nicht fertig. *Bitte nicht.*

Ungeduldig hob er die Hände, bis sie sich langsam in Bewegung setzte. Endlich entriegelte sie die Tür, wobei er ihr ansah, dass es ihr nicht passte. Aber sein Befinden war zweitrangig. Er konnte zusammenbrechen, wenn Melina befreit war. Nicht eher.

Nachdem sie den Zündschlüssel ins Schloss gesteckt hatte, zögerte sie erneut. Ben überkam ein Schauer. Sie wollte ihn nicht hier und jetzt ausquetschen, oder?

Eilig kam er ihr zuvor, indem er mit zittrigen Fingern das Notizbuch aus der Tasche zog und darin herumblätterte, auf der Suche nach Melinas Namen. Ehe er sie gefunden hatte, startete Chiara den Motor und rollte langsam los. Erleichtert atmete er auf. Noch mehr Gerede ertrug er nämlich gerade nicht.

»Ich hab sie gefunden. Sie wohnt hier gleich um die Ecke. Am Michaelweg, da vorne links.« Er deutete in die besagte Richtung.

Chiara schüttelte den Kopf. »Ohne einen Beschluss können wir da nicht rein. Aber was hattest du mit der Nachricht? Dir ist was aufgefallen, oder?«

Langsam nickte er. »Sie hat es gehasst, Lina genannt zu werden.« Er schluckte. »Und sie hat sich verabschiedet.« Frustriert rammte er die Faust gegen das Armaturenbrett. »*Fuck*! Warum hab ich mir die Nachrichten nicht eher zeigen lassen? Nicht gecheckt, ob sie wirklich zu Hause war?«

Er ließ das (Adress-) Buch auf sein Bein fallen, fuhr sich mit beiden Händen durch die Haare. Krallte sich daran fest. Riss daran, als könnte er seine Dummheit dadurch rückgängig machen.

Chiara sah kurz zu ihm, setzte den Blinker und stoppte am Seitenstreifen. Drehte seinen Kopf zu sich und sah ihm ernst in die Augen. Wieder glänzten Tränen in ihnen, sodass er eilig den Blick senkte und versuchte, sein Gesicht aus ihrem Griff zu befreien.

Sie ließ es nicht zu. »Ben, sieh mich an und hör mir mal ganz genau zu. Es ist *nicht* dein Fehler. Lass dir das nicht einreden. Auf die Idee, ihre Krankheit zu kontrollieren, hätten wir genauso kommen müssen. Oder auch nicht, immerhin kamen ja Nachrichten von ihr nach dem Video. Also, hör auf, dir die Schuld zu geben, klar? Das hilft weder dir noch ihr in irgendeiner Weise. Wir fahren jetzt aufs Revier, geben Harmann das Handy und sehen dann weiter.«

Ben nickte und starrte aus dem Fenster. Auch mit diesem Versagen würde er leben müssen. Egal, was Chiara sagte.

Kapitel 17

Der Fall kristallisierte sich als Katastrophe heraus, zumindest, was auch nur den Hauch einer Spur anging. Harmann hatte keinerlei Anhaltspunkte zum Tatort gefunden und wie befürchtet, genauso wenig den Stimmenverzerrer entfernen können. Hoffentlich brachte wenigstens das Handy einen Hinweis, dem sie nachgehen konnten.

Eine Sache gab es noch, die er an den Aufnahmen testen wollte, ehe er sie dem LKA schickte. Er konnte die Niederlage nicht auf sich sitzen lassen, was Ben einerseits verstehen konnte, andererseits brauchte Melina *jetzt* Hilfe. Es war zum Verzweifeln.

Etwa zehn Minuten nach ihrer Rückkehr rief Schnaider Ben in sein Büro. Allein, ohne Chiara. Es war also so weit, jetzt würde er ihn von dem Fall abziehen. Er spielte mit dem Gedanken, sich mit vermeintlichem Durchfall auf dem Klo einzuschließen.

Aber er war kein Feigling. Geplagt von innerer Unruhe, betrat er sein Büro und schloss zögernd die Tür hinter sich. Lees Anwesenheit machte es nicht besser. Mit aufeinandergepressten Lippen ließ er sich auf den Stuhl sinken, auf den Schnaider deutete.

»Was gibt's?«, knurrte er und ärgerte sich selbst über seinen Tonfall. Wenn er eine Chance haben wollte, weiterzuarbeiten, musste er sich am Riemen reißen.

»Wie genau ist der Unfall passiert?«, fragte sein Boss.

»Welcher Unfall?«

Schnaider deutete sich an seine Stirn und hob den Fuß – Bens verletzte Körperstellen. Zumindest die offensichtlichen.

Sein Chef lehnte sich zurück und verschränkte die Arme, ohne den Blick von ihm abzuwenden.

Lee sprach, ehe Ben den Mund aufmachen konnte. »Haben Sie die Daten des Verursachers aufgenommen?«

Ben runzelte die Stirn. Sie wussten Bescheid. Woher? Wieso? Und warum zur Hölle nervten sie ihn jetzt damit? »Haben wir nichts Wichtigeres zu tun?«

Schnaider beugte sich vor und stützte beide Hände am Schreibtisch ab. »Kollang, Sie sind *Kriminalkommissar*! Haben Sie den Titel im Lotto gewonnen, oder was ist los? Herrgott noch mal, das kann der Täter gewesen sein!« Er atmete tief durch und rang offenbar um Fassung. Rieb sich das Gesicht und fuhr nur unwesentlich ruhiger fort: »Ich verstehe, dass Sie gerade neben der Spur sind, aber ein Elektroroller, der sie über den Haufen fährt und dann flüchtet – Mensch, Kollang! Dem müssen Sie doch nachgehen in dieser Situation! Da will Sie jemand fertigmachen – sehr wahrscheinlich dieser Rollerfahrer! Oder er steckt zumindest mit drin! Das muss Ihnen doch auch klar sein!«

Bens Gesicht nahm die Farbe von Schnaiders Bürowand an. Er hatte zwar einen Zusammenhang gesehen, ihn jedoch nicht weiterverfolgt, da der Täter ohnehin ungesehen geflüchtet war. Aber ja, er hätte es wirklich direkt weitergeben müssen. Auch auf die Gefahr hin, dass er dann abgezogen wurde. Genau wie die erste Ratte ins Labor gehört hätte anstatt in seine Mülltonne.

Gott, was war er für ein egoistischer Idiot! Hatte nur seine Angst im Kopf gehabt, nicht an dem Fall weiterarbeiten zu können, und deswegen wichtige Beweismittel einfach entsorgt. Wie ein blutiger Anfänger.

Lee riss ihn aus den Gedanken. »Wo sind Sie noch verletzt?«

Musste er das jetzt wirklich sagen?

Ganz klar. Weitere Lügen konnte er sich nicht erlauben. »Die Rippen sind geprellt.«

»Bei welchem Arzt waren Sie?«

Na super. Ben presste die Lippen aufeinander und wandte sich ab.

»Das werden Sie gleich nachholen.«

Ben ignorierte die Ansage. »Woher wissen Sie von dem E-Roller?«

Schnaider entwich ein Schnauben. »Traurigerweise nicht von Ihnen. Es gab einen Zeugen, der den Vorfall beobachtet hat und im ersten Moment weitergefahren ist. Dann hat ihn wohl das schlechte Gewissen übermannt und er hat sich bei den Kollegen gemeldet. Die haben sich die Verkehrskameras und alle Weiteren in der Umgebung vorgenommen und den Unfall überprüft. Ein Freund von mir hat Sie erkannt und mich informiert, um sich nach Ihrem Befinden zu erkundigen. Nun hat er eine doppelt gute Tat getan.«

Mist verdammter! Er hatte dort keine Kamera registriert. Und jetzt würde das Video garantiert herumgezeigt werden. An alle hier ... auch an Martin. Bens Herz raste, seine Eingeweide rumorten. Heiße Wut vermischte sich mit seinem Blut und stieg ihm ungebremst in den Kopf.

Lees nächste Worte holten ihn zurück in die Realität, ehe er platzen konnte. »Hätten Sie es uns sofort erzählt, wären wir in dem Fall vielleicht schon weiter.«

Die Hitze nahm ab, stattdessen fröstelte er nun. Lee hatte recht. Wenn es geholfen hätte, wäre es seine Schuld, dass Melina länger als nötig litt. »Hat man den Kerl erkannt?«

»Nein, er war vermummt. Schwarze Kapuze, schwarzer Schal über Mund und Nase, Sonnenbrille, Handschuhe. Alles markenlos. Der Roller war ein Standardmodell ohne Extras, geschweige denn einem Kennzeichen. Abgesehen davon, dass der Kerl recht hager war, wissen wir nur, dass er in Richtung Gievenbeck geflüchtet ist, aber auf der weiteren Strecke fehlen uns Kameras. Allerdings kann es sein, dass er im gleichen Ortsteil wohnt, wie Sie. Wir überprüfen gerade jeden, der aus der Gegend einen solchen Roller angemeldet hat. Hatten Sie danach noch einen ungebetenen Gast?«

Okay, das war's. Wenn er jetzt log, war ihm die Suspendierung sicher. Blieb er bei der Wahrheit, wurde er trotzdem abgezogen. Aber eben nur das und das war ihm wesentlich lieber.

Er knickte ein und erzählte ihnen alles. Angefangen bei den toten Tieren bis hin zum Unfall und dem fraglichen Eindringling im Haus. Wobei er diesbezüglich an seinem Verstand zweifelte, was er auch offen zugab.

Beide Vorgesetzten hörten gespannt zu, die Sorge in Schnaiders Gesicht nahm stetig zu. Ob das besser war als die vorherige Wut, wusste Ben selbst nicht, aber er konnte es ohnehin nicht ändern. Es war gelaufen, er hatte alles erzählt. Was sogar bei Lee eine beunruhigte Miene verursachte.

Er endete mit einem Erklärungsversuch. »Ich habe nichts gesagt, weil ich weder unter besonderen Schutz gestellt noch abgezogen werden will. Ich will mit recherchieren. Das bin ich Melina schuldig und auch mir selbst. Ich lasse mich nicht von so einem durchgeknallten Idioten einschüchtern!«

Schnaider saß einen Moment lang einfach nur da. Dann nickte er. »Das kann ich sogar verstehen. Aber durch Ihre Geheimnistuerei haben Sie wichtige Hinweise entweder entsorgt oder zumindest viel zu lange zurückgehalten. Das darf nicht sein, Kollang. Es geht hier um ein Menschenleben! Da haben persönliche Gefühle nichts zu suchen!«

Ben nickte und senkte den Blick. Das hatte er wirklich verbockt.

»Weiß Omando davon?«

»Nur einen Bruchteil.«

»Hätte mich auch gewundert. Kollang, Sie können ihr vertrauen. Das wissen Sie, oder?«

»Natürlich! Aber ich hätte sie damit vor die Wahl gestellt, es sich mit Ihnen oder mir zu versauen.«

Schnaider seufzte. »Traurig, dass ich einen derart schlechten Eindruck auf Sie mache. Dennoch müssen Sie mehr Bereitschaft für Teamarbeit zeigen, anders funktioniert das hier nicht. Bisher haben Sie wunderbar mit Omando zusammengearbeitet, darum habe ich noch nichts gesagt. Wenn sich das jetzt allerdings ändert, weil es persönlich ist, sind Sie ganz schnell raus.«

Bens Kiefer mahlten. Ja, er war ein Eigenbrötler. Das war er immer gewesen, schließlich hatte er schon als Kind allein klarkommen müssen. Es hatte ihn anfangs selbst gewundert, dass er mit Chiara so gut zusammenarbeiten konnte. Vermutlich, weil sie sich von früher kannten und sie mit seinen teils anstrengenden Eigenarten umzugehen wusste. Inzwischen dachte er darüber gar nicht mehr nach, aber Schnaider hatte recht. In diesem Job musste er mit offenen Karten spielen.

Lee übernahm das Wort. »Haben Sie die Adresse des Opfers und den letzten Aufenthaltsort?«

»Ja.«

»Gut, dann ordere ich die Hundestaffel. Vielleicht finden die Mantrailer noch eine Spur. Sie werden gemeinsam mit Omando überlegen, wer als Täter infrage kommen könnte. Schnaider, wir beide trommeln noch einige Leute zusammen und machen aus der SoKo eine MoKo. Auch wenn ich hoffe, dass es unnötig ist. In drei Stunden halten wir eine Besprechung mit allen ab. Kollang, wenn Sie zu einem Ergebnis gekommen sind, werden wir hier recherchieren, während Sie ins Krankenhaus fahren.«

»Und das Meeting? Ich gehöre auch zum Team!«

»Wenn Sie bis dahin vom Arzt zurück sind und eine Bescheinigung über Ihre Einsatzfähigkeit vorweisen können, sind Sie dabei.«

Dann sollte er sich wohl sputen.

Kapitel 18

Ben durchsuchte Theos Adressbuch nach ihm bekannten Namen. Es waren ganze sechs, die er an Lee und Schnaider weitergeben konnte. Zusammen mit der wesentlich längeren Liste von potenziell Verdächtigen in seinem Bekanntenkreis, die er zuvor angefertigt hatte.

Anstatt Chiara und ihn zu den Adressen zu schicken, jagten die beiden jedoch andere Kollegen dorthin. Ben könnte platzen vor Wut. Alles wegen eines überflüssigen Arztbesuchs. Wenn er daran dachte, wurde ihm übel.

Er wandte sich an Chiara. »Frag mal bitte Martin, ob der noch welche kennt. Harmann nehme ich mir dann gleich vor. Die hängen ja auch ständig bei Theo rum und unterhalten sich mehr mit den Leuten als ich.«

»Frag ihn doch selbst.«

Ein Blick von ihm reichte, dass sie seufzend aufstand und das Adressbuch nahm. »Ihr zwei benehmt euch echt wie die Kleinkinder. Hast du ihm eigentlich ernsthaft Kaffee aufs Hemd gekippt?«

Oh, diese Version ging also rum. War ja klar. »Nein, nur ein paar Tropfen Wasser, nachdem er mich beim Maschine auffüllen angerempelt hat. Dafür, dass er sabbert, kann ich nichts.« Wenn Wiegesal Scheiße erzählen konnte, durfte er das auch. Dieser Arsch.

Chiara schaffte es nicht, das Grinsen zu unterdrücken. Kommentarlos verschwand sie in Richtung von

Martins Büro, während Ben den Monitor anstarrte. Er klickte sich durch die Fallakte und betrachtete gedankenverloren die Namen der anderen Verdächtigen.

Dann traf es ihn wie ein Blitzschlag. Er schlug sich mit der flachen Hand vor die Stirn. Wie viel Scheiße wollte er noch bauen? Es ging um Melinas Leben, verflucht!

»War da `ne Fliege?«, erkundigte sich Chiara, die gerade in Begleitung von Schnaider zurückkkam.

Irritiert sah Ben auf. »Hä?«

»Wieso schlägst du dich sonst? Oder juckt dein Cut?«

Augenrollend schüttelte er den Kopf. »Karl Knauk. Der Spinner, der in der Lagerhalle in den Tod gesprungen ist. Er hatte einen Sohn, der irgendwie seltsam ist. Ich weiß nicht mehr, was mit ihm war, aber er war vollkommen fixiert auf seinen Alten und daher stinksauer auf mich. Vermutlich denkt er immer noch, ich hätte ihn gestoßen. Vom Alter her könnte es auch passen, er müsste jetzt gute zwanzig sein.«

Schnaider schlug die Faust auf den Tisch, was Ben zusammenzucken ließ. »Aber natürlich! Der Junge war traumatisiert und kam in Behandlung. Dass er jetzt auf Rache aus ist, passt wunderbar. Sehr gut, Kollang. Sie können es ja doch noch.«

Wirklich witzig. Hat lange genug gedauert, dachte Ben. »Ich suche seine aktuelle Adresse.«

»Das übernimmt Omando. Sie fahren jetzt ins Krankenhaus und melden sich danach bei mir. Sind Sie arbeitsfähig, möchte ich das schriftlich haben!« Er hob die Hand, ehe Ben protestieren konnte. »Wollen Sie, dass Sie jemand begleitet?«

Ganz bestimmt. »Nein, ich bin schon groß.«

»Den Eindruck hab ich in letzter Zeit selten. Aber gut, sehen Sie zu. Omando, Sie kümmern sich um die Adresse und melden sich damit bei mir.«

»Natürlich.« Sie nickte und sah Ben an. »Ich kann dich trotzdem wenigstens fahren.«

»Nein, kümmere du dich mal um die wichtigen Dinge. Ich beeile mich und helfe dir dann.«

Mit diesen Worten verließ er den Raum. Im Flur kam ihm Wiegesal entgegen und sah ihn an, als hätte er was zu sagen. Vielleicht hatte er ja mal gute Neuigkeiten. »Was Neues?«

Ohne jegliche Regung im Gesicht nickte er. »Ja, dein Roller-Stunt sah gut aus. Tat sicher weh.«

Für einen kurzen Moment war Ben sprachlos, was Martin nutzte, um sich an ihm vorbei zu drängen und ihn dabei kräftig anzurempeln. Was sollte das immer? Sah er aus wie eine Tür, dass ihn alle anstoßen mussten?

Das süffisante Grinsen, das auf das Gesicht des verhassten Kollegen getreten war, gab Ben den Rest. Dennoch hielt er sich zurück – nicht zuletzt wegen der Schmerzen, die der Rempler verursacht hatte. Mühsam kämpfte er seine Wut und den Hass herunter und setzte seinen Weg fort.

Stolz erfüllte ihn. Gestern noch hätte er auf den Idioten eingeprügelt, obwohl es nur seine üblichen Sticheleien waren. Vom Anstoßen mal abgesehen und das würde er zurückbekommen. Später, wenn Ben wieder fit genug war, dann aber richtig.

Er ging zu seinem Auto, stieg ein und blieb einen Moment lang einfach sitzen. Schloss die Augen und ließ den bisherigen Tag Revue passieren. Dabei setzte er seine ganze Hoffnung in Chiara, dass diese sich um den Knauk-Sohn kümmerte, sollte er wirklich der Täter sein. Eigentlich konnte er es sich nicht vorstellen, er hatte ihn eher ängstlich und schüchtern in Erinnerung und auch zurückgeblieben. Dennoch wünschte er sich von Herzen, dass dieser endlich die so lang gesuchte Spur war.

Ebenso hoffte er inständig, dass der Arzt ihn nicht krankschrieb. Er wollte nicht in sein Haus zurück. Nicht nach dieser Nacht. Obwohl es unwahrscheinlich war, machte ihn allein der Gedanke an einen Fremden in seiner Wohnung nervös. Das würde ihm den letzten Rest Erholung rauben, den seine Albträume ihm noch ließen.

Aber selbst, wenn er arbeiten durfte – wo sollte er die Nacht verbringen? Er konnte ja schlecht auf der Wache schlafen.

Wobei – warum eigentlich nicht? Es gab dort eine Liege im Krankenzimmer. Die könnte er sich reservieren, so häufig wurde die nicht benötigt. Alternativ war ihm sogar der Fußboden lieber als sein Zuhause.

Dennoch konnte er das nicht bringen. Schnaider würde ihn fristlos entlassen, wenn er das mitbekam.

Darüber würde er nachdenken, sobald er in der Klinik fertig war.

Er startete den Motor und fuhr los. Auf dem Weg zu seinem Stammkrankenhaus schweiften seine Gedanken wieder ab. Wie es Theo jetzt wohl ging? Hatte er jemanden, mit dem er reden konnte? Er könnte später ja noch mal hinfahren und es ihm anbieten. Und vielleicht wirklich ein Zimmer bei ihm nehmen.

Womit er ihn allerdings in Gefahr brachte. Selbiges bei Hillie, die ihn sicher mit Kusshand aufnehmen würde.

Tja, so wie es aussah, musste er doch nach Hause. Großartig.

Endlich war er aus der überfüllten Innenstadt raus. Hier gab es kaum Gebäude und wesentlich weniger Verkehr. Traumhaft.

Wie ruhig Gievenbeck im Vergleich zu Münster City war! Und jetzt versaute ihm irgendein Idiot seine Wohlfühloase zu Hause. Als hätte er nicht schon genug …

Er sah den Lkw aus dem Augenwinkel. Von links. Viel zu schnell. Er kam direkt auf ihn zu! Aus Reflex trat er das Gaspedal voll durch.

Zu spät. Glas zerbarst. Ein heftiger Schlag gegen seinen Kopf folgte, kurz wurde es dunkel. Aber nicht lange. Das ohrenbetäubende Knirschen von stauchendem Blech brachte sein Trommelfell zum Vibrieren. Bilder von einem Auto in der Schrottpresse schossen ihm durch den Kopf, gleichzeitig fühlte er sich wie im Karussell. Hilflos. Machtlos. Ausgeliefert.

Ein Knallen, ähnlich einer detonierenden Bombe, übertönte auch das. Ließ alles um ihn herum nur noch dumpf in sein Gehirn dringen. Vom zunehmenden Piepen in seinen Ohren abgesehen.

Ohne etwas dagegen tun zu können, wurde er hin und her geschleudert wie eine Marionette in den Händen eines besoffenen Irren. Ben kniff die Augen zu, suchte verzweifelt nach irgendeinem Halt. Er war sich sicher, zu Mus verarbeitet zu werden. Gleich würde er festsitzen. Eingequetscht in einem metallischen Sarg.

Er wartete auf den alles zerreißenden Schmerz. Wenn er Glück hatte, ein Taubheitsgefühl. Irgendetwas in der Richtung. Sein Puls raste, jeder Muskel war zum Zerbersten angespannt.

Plötzlich war es totenstill. Brandgeruch stieg ihm in die Nase, setzte seiner Panik noch eins drauf. Er wollte nicht verbrennen! Seine Lider schossen hoch, wild warf er den Kopf hin und her. Der Schwindel nahm ihm die Sicht. Er suchte das Feuer, fand aber keins. Woher zum Teufel kam der Gestank?

Ein Motor, einige Meter von ihm entfernt, heulte auf und ließ ihn herumfahren. Er starrte durch die verbogene Öffnung, in der bis gerade eine Scheibe gesteckt hatte. Sah den Lkw, der zurücksetzte - und davonraste. Der haute einfach ab? Er konnte ihn doch nicht hier zurücklassen!

Ein Geistesblitz durchzuckte ihn, seine Lunge verkrampfte.

Er fuhr nur weg, um neuen Schwung zu holen. Um ihn endgültig umzubringen, denn genau das war der Plan gewesen.

Nein, nein, nein! Panisch riss er am Türgriff. Er brüllte, warf sich in seinen Gurt, als könnte er ihn so kaputtreißen.

Und sackte in sich zusammen.

Er kam hier nie wieder raus. Jeder Zentimeter des Autos war verbeult.

Vielleicht war der erneute Lkw-Angriff angenehmer, als zu verbrennen. Verloren hatte er so oder so.

Hilflos saß er da und wartete auf seinen Tod.

Kapitel 19

Sein Gehirn rotierte. Verzweifelt suchte er nach einem klaren Gedanken. Wie viel Anlauf holte dieser verfluchte Lkw, bis er ihn zu Brei verarbeitete? Wieso breitete sich das Feuer nicht weiter aus? Wenigstens so, dass er es sah. Dann könnte er zumindest einschätzen, wann er diese Hölle, die sich Leben nannte, verlassen musste.

Flackerndes Blaulicht blendete ihn, brachte seinen Kopf an die Schmerzgrenze. Wie gern würde er die Augen zukneifen, doch die Angst hinderte ihn daran. Auf keinen Fall wollte er verpassen, wenn der Lkw zurückkam.

Um dann was zu tun? Er steckte fest. War ausgeliefert. Saß auf dem Präsentierteller für das nächste Attentat. Ohne jegliche Chance zu fliehen.

Er wollte nicht sterben! Nicht jetzt, nicht so. Erneut überrollte ihn die Panik. Brüllend zerrte er am Türgriff. Erfolglos. Scheißdreck, er musste hier raus!

Aber das kam er nicht, nicht mal durch das Fensterloch, denn er bekam den Gurt nicht ab. Ohne Hilfe würde er es nicht schaffen.

Tränen brannten in seinen Augen, als er sich zurücksinken ließ und auf sein Ende wartete.

Wer hätte gedacht, dass er so wenig bereit dafür war. Was hatte er denn von seinem Leben? Es bestand aus Arbeit, das Gehirn volldröhnen, sobald er frei hatte, und irgendwie die Zeit rumzubekommen. Bestenfalls ohne Schlaf, um nicht von den Albträumen gefoltert zu werden. Selbst die Partys, auf denen er sich herumtrieb, nutzte er lediglich als Ausrede für mehr Alkohol. Wofür sollte er also weiterleben?

Dennoch weigerte sich etwas in ihm, seinen Tod zu akzeptieren. Scheinbar hatte er die Hoffnung nicht aufgegeben, dass es irgendwann erträglicher wurde. Dass alles einen Sinn ergab.

Den gab es. Er musste Melina da rausholen. Unbedingt. Das war er ihr schuldig. Danach konnte er abdanken, aber nicht vorher!

Andererseits würde er mit seinem Tod Chiara schützen und vielleicht auch Hillie, Theo und die Jungs aus seiner Clique, obwohl die ihm nichts bedeuteten. Es waren Sportkameraden und Saufkumpanen, nicht mehr. Niemand, mit dem er mal ein Problem ansprechen würde. Aber wusste das sein Widersacher? Wie gut kannte er ihn?

Die Zeit verging, die Fragen nahmen zu. Antworten fand er nicht eine. Lediglich die Herkunft des Brandgeruchs war ihm inzwischen klar: Die Airbags hatten ihn verursacht. Wenigstens verbrennen würde er nicht.

Erneut sah er durch die Seitenscheibe, sein Blick klarte langsam auf. Er erkannte Menschen, die um ihn herumwuselten. Ihm irgendetwas zubrüllten, was sein Hirn nicht verarbeiten konnte. Jemand riss sinnlos an seiner verformten Tür. Waren die alle lebensmüde? Wenn der Lkw zurückkam, würde er auch sie zermatschen!

Scheinbar kam er aber nicht zurück. Sonst wäre er längst wieder hier, oder? Wie viel Zeit war vergangen?

Sicher einige Minuten, die er für den Anlauf nicht brauchen sollte.

Wieso setzte er dem Ganzen kein richtiges Ende? Hielt er ihn bereits für tot oder hatte das Ganze nur als Warnung gedient?

Nein. Hätte Ben das Gaspedal nicht durchgetreten, wäre er voll von dem Zwölftonner erwischt worden. Es war ernst gewesen. Vermutlich hatte der Kerl kalte Füße bekommen und würde es auf eine andere, noch hinterlistigere Weise erneut versuchen.

Oder er hielt die Mission tatsächlich für erfolgreich. Die Möglichkeit sollte er im Hinterkopf behalten und sich entsprechend verhalten.

Ben war dankbar für die klaren Gedanken. Offensichtlich arbeitete sein Gehirn wieder. Er spürte in sich hinein. Sein Herz raste wie ein Maschinengewehr, aber es schlug. Er bewegte die Arme und Beine. Es war mit Schmerzen verbunden, funktionierte jedoch.

Erschöpft lehnte er den Kopf zurück und richtete sich stöhnend wieder auf. Es durfte nicht so aussehen, als wäre er bewusstlos, sonst würden die da draußen noch mehr Stress machen. Aber hey, er lebte. Da war das Glück wohl einmal auf seiner Seite.

Zitternd hob er die Hand, um den besorgten Menschen neben seinem Schrotthaufen zu signalisieren, dass er so weit okay war. Wieder eine Lüge. Scheiße, er hatte gerade einen Mordanschlag überlebt! Wer auch immer es auf ihn abgesehen hatte, meinte es bitterernst.

Immerhin dürfte er diese Nacht in Sicherheit verbringen – nämlich im Krankenhaus.

»Wir holen Sie da raus!«, hörte er einen der Menschen sagen. Er trug dunkelblau-gelbe Kleidung mit Leuchtstreifen. Von der Feuerwehr? Klar. Sie würden ihn hier wohl rausschneiden müssen. Allein der Gedanke an die kreischenden Geräusche dabei, wie eben, als der Lkw das Blech zusammengepresst hatte, ließ seine Kopfschmerzen weiter anschwellen. Wobei ihm auffiel, dass das Piepen und die vermeintlichen Wattebäusche aus seinen Ohren nahezu verschwunden waren. Immerhin.

»Verstehen Sie mich?«

Ein anderer Mann mit orangefarbener Warnjacke. Sicher der Notarzt.

»Ja«, presste er hervor und räusperte sich. Seine Stimme klang wie ein Reibeisen.

»Sind Sie eingeklemmt?«

Er sah an sich herab, bewegte die Hüften und Beine. »Nein.«

»Sehr gut. Bluten Sie irgendwo stark?«

Die Fragestunde zog sich hin, bis die Feuerwehr endlich mit schwerem Gerät ankam und ihn aus seinem Gefängnis befreite. Wieder schossen Ben die Tränen in die Augen. Ihm war nicht klar gewesen, wie groß die Erleichterung sein würde, aus der Konservenbüchse heraus zu sein. Er wurde von unzähligen Händen auf eine Art Luftmatratze gelegt, die ihn wieder einengte. Aber er wusste, dass es zu seiner eigenen Sicherheit war und außerdem konnte er immer noch aufstehen und flüchten.

Zumindest, bis sie ihm nach einer groben Untersuchung die Sicherheitsgurte umschnallten. »Muss das sein?«

»Tut mir leid, ja.«

Toll. Misstrauisch musterte er jeden einzelnen Helfer. Was, wenn sich sein Angreifer unter sie gemischt hatte?

Niemand fiel ihm auf. Alle erledigten ihre Aufgaben, als würden sie seit Jahren Hand in Hand zusammenarbeiten. Wenn sein Widersacher dabei sein sollte, war er definitiv Feuerwehrmann oder im Rettungsdienst tätig.

Er wurde in den Rettungswagen geschoben und ins Krankenhaus gebracht, wo er von einer neuen Meute empfangen wurde. Alle fummelten an ihm herum. Entkleideten ihn bis auf die Unterhose, zogen Splitter aus ihm heraus, versorgten jede Menge kleine und größere Wunden, stellten nervige Fragen oder jagten Medikamente in ihn rein.

»Ich hab´ne Allergie gegen Oxycodon!«, war der einzige sinnvolle Kommentar, zu dem er in diesem Wirrwarr in der Lage war. Vermutlich auch das einzig Wichtige, denn mit dem Sauzeug würde es nicht länger interessieren, dass er einen Anschlag mit einem Lkw überlebt hatte. Eine Pille reichte aus, um ihn umzubringen, wenn sie nicht schnell das Gegenmittel spritzten.

Als er zum Röntgen gebracht wurde, keimte die Hoffnung auf etwas Ruhe in ihm auf.

Weit gefehlt, selbst da wuselten drei Kasak-Träger um ihn herum, wenn nicht gerade ein Bild gemacht wurde. Ben fühlte sich wie in einem Ameisenhaufen. Die Situation überforderte ihn maßlos, sodass er irgendwann dagegen ankämpfen musste, die Menschen nicht von sich weg zu prügeln.

Stattdessen redete er mit zitternder Stimme auf sie ein. »Leute, könntet ihr mich nicht einfach in Ruhe lassen? Ich hab gerade in meinem Autowrack festgesessen, da täte mir etwas Abstand mal ganz gut!«

Keine Chance. Anstatt den Raum zu verlassen, spritzten sie ihm irgendein Zeug, was ihn immerhin ein wenig runterkommen ließ. Er erkannte, dass er chancenlos war, und entschied sich dazu, einfach die Augen zu schließen und sie machen zu lassen.

Auch nicht richtig. »Herr Kollang, bitte sehen Sie mich an. Sind Sie müde? Ist Ihnen schwindelig? Sind die Kopfschmerzen schlimmer geworden?«

Ehe er auch nur die Chance für eine Antwort hatte, leuchtete ihm der Arzt in die Augen, was seinem Schädel massenhaft Messer zu implantieren schien. Dann warf er irgendwas von einem Ganzkörper-CT in den Raum. Du liebe Güte, jetzt hatten sie es aber vor mit ihm. War er nicht schon genug verstrahlt?

Als er in die Röhre gefahren wurde, änderte sich seine Meinung dazu, und das trotz der nahezu unerträglichen Enge, denn er hatte endlich Ruhe. Keine hetzenden Menschen, grapschenden Hände, nervige Fragen. Langsam fragte er sich, was schlimmer war – der Unfall oder die Zeit danach. Noch länger hielt er das nicht aus.

Musste er auch nicht. Der Arzt, Doktor Simann, wertete die CT-Bilder in Echtzeit aus. »Sie hatten mehr Glück als Verstand. Lediglich eine Rippe ist gebrochen, innere Blutungen sind nicht zu sehen. Wegen der Wucht des Aufpralls, der Rippe und der Gehirnerschütterung würde ich Sie aber gern mindestens über Nacht hierbehalten. Zumal auch die Prellungen und Stauchungen, mit denen Sie übersät sind, sehr schmerzhaft

sind. Hier werden wir darauf besser reagieren können.«

»Aber nicht mit Oxycodon!«

Der Arzt tippte auf der Tastatur herum und nickte.
»Die Allergie dagegen ist eingetragen, für den Bedarf
habe ich Capros aufgeschrieben. Machen Sie sich keine
Sorgen. Ach ja, und für den Bänderriss im Sprungge-
lenk bekommen Sie eine Orthese, die für besseren Halt
sorgt.«

Scheiße, also doch. Dennoch erleichtert setzte sich
Ben auf. »Dann brauche ich nur noch eine Bescheinigung, dass ich morgen wieder arbeiten darf.«

Der Arzt runzelte die Stirn. »Sie meinen, dass Sie *nicht*
arbeiten müssen.«

»Nein, ich möchte morgen wieder los. Mein Boss will
aber eine schriftliche Bestätigung von Ihnen, dass das
klar geht.«

»Ähm … muss ich mir die Bilder von Ihrem Kopf noch
mal ansehen?«

Das entlockte Ben ein Grinsen. »Lohnt nicht, ist eine
Schädelleeraufnahme. Aber ernsthaft. Ich hab einen
wichtigen Fall und wir sind schon unterbesetzt. Es geht
um Menschenleben. Da sollten gerade Sie mich doch
verstehen.«

Immer noch musterte Simann ihn, verschränkte die
Arme vor der Brust und runzelte die Stirn. »Sie haben
gerade einen Horrorcrash überlebt und wollen nun
verletzt als Polizist arbeiten gehen? Sorry, aber der
Schlag gegen den Kopf scheint Ihnen nicht bekommen
zu sein.«

»Das liegt nicht an dem Schlag, den Dachschaden hab ich schon länger. Was ist jetzt? Der Boss muss planen. Krieg ich die Bescheinigung?«

Er kratzte sich im Nacken. »Ich muss sagen, dass mir das ernsthaft Sorgen bereitet. Einerseits akzeptieren Sie, dass Sie die Nacht hier verbringen sollen, andererseits drängen Sie darauf, arbeiten zu dürfen. Da passt doch was nicht zusammen!«

»Was passt denn da nicht? Wenn über Nacht alles okay ist, bin ich auch fit genug für den Job. Ich sehe das Problem nicht.«

»Sie haben eine Gehirnerschütterung.«

»Wie gesagt, da ist nichts, was erschüttern könnte. Kommen Sie schon. Der Boss muss wirklich planen.«

»Dann können Sie ihm jetzt schon mitteilen, dass Sie im Außendienst für mindestens sechs Wochen ausfallen.«

»*Sechs*? Ich hab Prellungen, mehr nicht!«

»Ach, und die Rippe und der Bänderriss erfahren eine Wunderheilung?«

Mist verdammter! »Nein. Okay. Aber es spricht nichts gegen Schreibtischarbeit.« *Von meinen Nerven mal abgesehen.* »Dann machen Sie wenigstens dafür was fertig. Bitte!«

Erneut zögerte Simann und schüttelte den Kopf. »Nicht mit der Gehirnerschütterung. Übrigens kann ich Sie beruhigen, tatsächlich hab ich da etwas graue Masse in Ihrem Schädel entdeckt. Und die scheint mir mehr gelitten zu haben, als es auf den ersten Blick aussieht. Wie auch immer. Jetzt werden Sie erst mal von Ihren Kollegen befragt und dann aufs Zimmer verlegt. Bis zur Visite morgen früh um halb zehn haben Sie Zeit,

sich zu erholen. Dann sehen wir weiter.« Mit diesen
Worten verschwand er.

Kapitel 20

Frustriert ließ sich Ben zurückfallen und wurde direkt mit einem dröhnenden Presslufthammer im Kopf bestraft.

Vermutlich sollte er über die Ruhe froh sein. Vielleicht konnte er nach dem Beruhigungsmittel von eben sogar schlafen. Dann würde er morgen sicher erholt genug sein, um den Arzt zu überzeugen, dass er wenigstens übermorgen wieder loslegen durfte.

Er wurde zurück in die Notaufnahme gebracht, wo ihn ein ehemaliger Kollege erwartete. »Roland! Wie geht's dir?«

Der junge Polizist hob eine Augenbraue. »Offensichtlich besser als dir. Siehst scheiße aus, Mann.«

»Das ist nicht neu. Du musst mich also ausquetschen?«

»Ja, da musst du jetzt noch durch.«

»Allein?« Das war seltsam, normalerweise kamen sie immer zu zweit.

»Unterbesetzt, wie überall. Erzählst du mir, was da passiert ist?«

Das machte Ben, wobei er sich bemühte, es wie einen Unfall mit Fahrerflucht aussehen zu lassen. Denn sobald zur Sprache kam, dass er von einem Anschlag ausging, würde sein Ex-Kollege ihn noch stundenlang mit Fragen löchern. Dabei wollte er einfach nur schlafen.

Außerdem reichte es, wenn Schnaider davon erfuhr, der für diesen Fall wohl eher zuständig war als Roland.

Dieser schrieb fleißig mit und sah auf, als Ben geendet hatte. »Zeugen haben ausgesagt, dass es nach Absicht ausgesehen hat. Was meinst du?«

Das klappte ja wunderbar. »Ich meine, dass die Zeugen unter Schock stehen. Es war ein Unfall, der Fahrer hat Panik bekommen und ist abgehauen. Das ist alles.«

»Mhm. Könnte es jemanden geben, der es auf dich abgesehen hat?«

Na großartig. Das ging in die falsche Richtung. »Roland, die haben wir alle, oder? Komm schon, das ist lächerlich. Vor all den Zeugen macht das erst recht keinen Sinn. Außerdem – woher sollte er wissen, dass ich ausgerechnet zu der Zeit ausgerechnet da lang fahre? Das ist nicht meine normale Strecke und zudem war ich im Dienst. Das passt nicht.« Jetzt, wo er darüber nachdachte, stimmte er sich selbst zu. Es konnte kein Anschlag gewesen sein. Zumindest kein geplanter.

»Du warst im Dienst? Also auf dem Weg zu einem Einsatz? Aber du warst doch mit deinem Privatauto unterwegs, oder nicht?«

»Der Boss hat mich wegen eines umgeknickten Fußes vom Revier aus zum Krankenhaus geschickt. Also war ich offiziell nicht mehr im Dienst. Das konnte aber keiner wissen. Hat sich einer der Zeugen das Kennzeichen gemerkt?«

Roland kratzte sich die glattrasierte Wange. »Es gab scheinbar keins. Ebenso wenig Werbung. Aus der Richtung haben die leider auch an Verkehrskameras gespart. Wir durchforsten die anderen in der Umgebung, aber das wird echt schwer werden, den Täter zu finden.«

Diese Tatsache schürte doch wieder Zweifel in ihm. Denn sein Widersacher hatte davon ausgehen können, dass er mit dem Fuß zum Arzt musste. Wenn er über Ben recherchiert hatte, sollte er auch wissen, dass dieses hier sein Stammkrankenhaus war. Er hätte also in seinem Lkw warten können. Die Kreuzung war eine der übersichtlichsten in ganz Münster, sodass er Zeit genug gehabt hätte, den Motor zu starten und passend Schwung zu holen.

Eine Idee schoss ihm in den Kopf und spornte sein Herz zu Höchstleistungen an.

Das wirst du bitter bereuen.

Hatte Martin seine Drohung wahr gemacht? Dieser Gedanke quetschte seine Eingeweide zusammen, ihm brach der Schweiß aus. Wiegesal wusste, wann er wo hinmusste, wenn sie gemeinsam Dienst hatten. Wann er Feierabend machte. Wo er sich in seiner Freizeit aufhielt. Er kannte sein Stammkrankenhaus genauso, wie Ben bekannt war, dass Martin im Bedarfsfall immer direkt zur Uniklinik fuhr. Es passte alles.

Ein eisiger Schauer ließ ihn frösteln. Das wäre krass, aber leider nicht abwegig.

Doch. Immerhin hatte er ihn auf der Wache angerempelt, kurz bevor Ben gefahren war. Außerdem war er größer, was nicht zu Hillies Beobachtung passte. Er konnte es nicht gewesen sein. Zudem war er Polizist. Ein Arschloch, aber Polizist. Nein, er war nicht der Attentäter.

»Wo bist du mit deinen Gedanken?«

Erschrocken sah Ben auf. Roland hatte er schon ganz vergessen. »Ich versuche mich an irgendwelche Hinweise zu erinnern, aber da war nichts. Die Zeugen wussten auch nicht mehr?«

»Es saß wohl ein junger Kerl am Steuer, allerdings mit Sonnenbrille und Käppi auf dem Kopf. Mehr hab ich nicht.«

Ben nickte gedankenverloren. Es passte doch alles zu einem Anschlag. Wer auch immer das gewesen war – Keno Knauk? – wollte ihn tot sehen. Was wohl bedeutete, dass Melina nicht mehr lebte. Sie hatte ihren Zweck erfüllt, er brauchte sie nicht länger.

Unwillkürlich schossen ihm die Tränen in die Augen, die er eilig wegwischte.

Zu langsam offenbar, denn Roland warf ihm einen mitleidigen Blick zu. »Kommt jetzt erst hoch, was da passiert ist? War auch krass. Aber hey, du hast echt Glück gehabt. Bald kommt dein Kopf auch wieder klar.«

Ben verstand kein Wort von dem, was er ihm sagen wollte, nickte jedoch. »Hast du sonst noch was? Sonst würde ich jetzt gerne pennen.«

»Alles klar, mach das. Wenn noch Fragen aufkommen, melde ich mich. Gute Besserung, Mann.«

»Wird schon.«

Gott sei Dank. Jetzt dürfte alles geklärt sein und er bekam hoffentlich endlich die bitternötige Zeit, die letzten Stunden zu verarbeiten.

Sobald er in das Zimmer geschoben wurde, änderte er seine Meinung. Es war ein Dreibettzimmer, sein Platz war in der Mitte. Keine Chance, sich einfach mal abzuwenden und lediglich die Wand vor sich anzustarren. Stattdessen murmelte der ältere Mann rechts von ihm die ganze Zeit über irgendwas in seinen Bart, schien aber dabei in seiner eigenen Welt zu leben.

Der andere Typ war nicht älter als sechzehn und in sein Smartphone vertieft. Wenigstens vor dem könnte er Ruhe haben. Hoffte er.

Ben schloss die Augen und war fast eingeschlafen, als der Junge lautstark begann, sein Handy voll-zuquatschen.

Er musste hier raus. Sofort.

Kapitel 21

Ächzend quälte er sich hoch und wunderte sich dabei, dass er trotz der Medikamente, die sie ihm verpasst hatten, immer noch solche Schmerzen hatte. Da würde er tatsächlich länger Spaß dran haben.

Aber das tat jetzt nichts zur Sache. Viel schlimmer war, dass man seine Kleidung zerschnitten hatte. Wie sollte er denn nun rausgehen, oder übermorgen zur Arbeit kommen?

Mist, er hatte vergessen, Schnaider zu informieren. Das musste er direkt nachholen. Sobald der Schnösel im Nachbarbett Ruhe gab. Ben musterte ihn und suchte nach einer Verletzung. Der Arm war in Gips. Sehr gut. »Hey!«

Er ignorierte ihn und kümmerte sich weiter um sein Handy.

»Junge, kannst du nicht draußen telefonieren?«

Nun sah er doch auf. Mit einem Blick, als wolle er ihn lynchen. »Sekunde mal, ich muss hier was klären.« Er senkte die Handyhand und funkelte Ben an. »Du alter Penner, wenn du ein Problem hast, verpiss dich selbst. Du hast es näher bis zur Tür.«

Wow, da war jemand auf Ärger aus. Wut stieg in ihm auf. Wie unverschämt war die Jugend von heute eigentlich?

Seine bis gerade noch freundliche Stimme nahm eine Eiseskälte an. »Du kindisches Mistblag, da *du* mein

Problem bist, muss nicht *ich* hier raus. Haben dir deine Eltern keinen Respekt beigebracht?«

»Ich respektiere nur Leute, die mich auch respektieren.«

»Dann arbeite mal an dir, sonst wird das nie jemand tun. Und jetzt sieh zu, dass du Land gewinnst. Oder leg auf.«

Der Junge schnaubte. »Du hast mir gar nichts zu sagen!«

»Nein, aber ich gebe dir den gut gemeinten Rat, auf mich zu hören. Sonst könnte das noch Probleme für dich geben.«

»Willst du mir drohen?«

»Das ist keine Drohung, sondern ein Versprechen.«
»Verpiss dich.«

Er hob das Handy wieder ans Ohr und schimpfte lauthals und von Kraftausdrücken strotzend über Ben.

So nicht, mein Freund.

Er stand auf und stellte sich ans Bett des Jungen. Demonstrativ betrachtete er den Aufkleber mit seinem Namen am Fußende, nahm sein Smartphone vom Nachtschränkchen und fotografierte den Zettel ab. Er löschte die Aufnahme natürlich sofort, was dem Blag – Frank – allerdings entging. Dessen Augen wurden immer größer. Ben glaubte, Angst darin zu erkennen. Jedenfalls hoffte er das, als er sich wieder hinlegte.

Mit unsicherer Stimme beendete Frank sein Gespräch, was Ben innerlich grinsen ließ, während er seinerseits Schnaiders Nummer wählte.

Dieser hob sofort ab. »Und?«

»Ich hatte einen Unfall und bleibe über Nacht im Krankenhaus. Roland Mangalt hat ihn aufgenommen.

Morgen klärt sich, ob ich übermorgen wieder arbeiten kann.«

Am anderen Ende herrschte Schweigen. Stattdessen zeterte Frank los, was Ben gelegen kam. Denn so hatte er einen Grund, das Telefonat fix zu beenden. »Ich muss aufhören, hier ist ein Blag, das Anstand lernen will. Melde mich morgen nach der Visite.«

Ohne Schnaiders Reaktion abzuwarten, legte er auf und wandte sich an Frank. »So schnell kann man telefonieren. Und jetzt halt die Klappe, ich muss schlafen.«

Da war der Junge anderer Meinung. Er sabbelte ihn voll, sparte nicht an Beschimpfungen und bekam den Mund gar nicht mehr zu. Ben war dankbar für sein Beruhigungsmittel, sonst hätte er für nichts garantieren können. Nun brachte er es mit Mühe zustande, die Augen zu schließen und den aufgebrachten Jungen zu ignorieren.

Die Tür holte ihn aus dem Halbschlaf. Das war doch wohl nicht deren Ernst!

Er blinzelte mit einem Auge in die Richtung und riss dann beide auf.

Chiara stand an seinem Bett. Es freute ihn, dennoch wollten die Schmetterlinge im Bauch nicht so richtig in Fahrt kommen. Fakt war nun mal, dass er endlich Ruhe brauchte, ehe die Wirkung der Medikamente nachließ. Eine weitere Dosis kam für ihn nicht infrage, dieser dadurch bedingte Nebel im Kopf machte ihn nämlich nervös.

Entsprechend genervt war sein Kommentar. »Was machst du denn hier?«

»Deine Begrüßungen waren auch schon mal netter.« Sie zog sich einen Stuhl ans Bett und warf ihm einen

Rucksack auf den Bauch. »Hier, hab dir ein paar Klamotten besorgt.«

Sie ging also ungefragt in sein Hau… *Verdammt!* Damit hatte sie sich in Gefahr gebracht! Oder nicht? Galt er jetzt als tot bei seinem Gegner?

Ben musterte sie, suchte nach einem Anhaltspunkt in ihrer Mimik, ob ihr irgendetwas aufgefallen war. Aber abgesehen vom Stirnrunzeln erkannte er nichts.

»Hab ich was im Gesicht oder warum starrst du mich so an?«

»Du hast mir noch nicht gesagt, warum du hier bist.«

»Doch, ich hab dir Klamotten gebracht. Oder willst du im OP-Hemd auf die Straße? So schön ist dein Arsch jetzt auch nicht, dass du den öffentlich präsentieren musst.«

Er ignorierte den durchaus schmerzhaften Dämpfer. »Woher weißt du, dass ich hier bin?«

»Schätzchen, hast du vergessen, wo wir arbeiten? Oder hat dein Kopf zu viel abgekriegt?«

Bens Augen glitten gen Decke. Den Spruch konnte er langsam nicht mehr hören. »Deine Laune ist ja grandios.«

Sie funkelte ihn an. »Nicht schlimmer als deine.« Seufzend wandte sie sich ab. »Sorry, aber ich muss jetzt mit Martin los, solange du hier festhängst.«

»*Fuck*!« Das war nicht nur die Höchststrafe für Chiara, sondern auch gefährlich, sollte er mit seinem Verdacht recht behalten.

Den konnte er jetzt und hier allerdings nicht äußern, zumal diese Unterstellung echt eine Hausnummer war und es durchaus Fragen gab.

Vor allem, weil das totaler Bullshit war. Ben hatte eindeutig doch einen Dachschaden erlitten.

Unbeirrt redete Chiara weiter. »Du bist dran. Was ist passiert?«

Super Frage. Er hatte keinerlei Interesse daran, den Mist noch mal zu wiederholen. »Ich darf hier eine Nacht verbringen und morgen wieder nach Hause.«

Sie verengte die Augen zu kleinen Schlitzen. »Okay, und jetzt will ich jede Kleinigkeit hören. Wenn du schon so anfängst, willst du was verschweigen. War es wirklich ein Anschlag auf dich?«

Ben hob eine Braue. »Das hat sich ja schnell rumgesprochen.«

Chiara hob stöhnend die Hände. »Himmeldonnerwetter! Natürlich! Weil es eine verfluchte Hausnummer ist, was hier gerade bei dir abgeht! Jetzt erzähl mir endlich, was passiert ist. Und wag es ja nicht, mich so anzulügen, wie Roland!«

Toll. Er sollte vor dem Kindskopf im Nachbarbett auspacken? Niemals. »Ich hab nicht gelogen, so ist es gewesen. Ob das ein Anschlag war oder nicht, kann ich dir nicht sagen.«

Sie seufzte tief. »Mann, Ben. Da will dich jemand tot sehen! Nimm die Hilfe an, die du kriegen kannst. Übrigens war deine Haustür nicht abgeschlossen, wo wir gerade beim Thema sind.«

Erneut erschauerte er, fuhr im Bett hoch und vergaß Frank dabei ganz. »Ist dir in der Wohnung was aufgefallen? Oder lag wieder was vor der Tür?«

»Nein. Trotzdem solltest du dich da fernhalten.«

Ben nickte voller Sarkasmus. »Natürlich. Und wo übernachte ich ab morgen? Meine Karre ist Schrott, unter der Brücke ist es mir zu kalt.«

»Komm zu mir.«

Unwillkürlich schluckte er. Das klang fast zu verlockend, um es abzulehnen. Dennoch ... »Damit würde ich dich auch in Gefahr bringen. Ich denke nicht, dass du enden willst wie ...« Er verkniff sich Melinas Namen und fuhr zu Frank herum, der ihn mit offenem Mund anstarrte.

Seufzend wandte er sich wieder an Chiara. »Lass uns woanders weiterreden.« Er schnappte sich den Rucksack und zog seine Jogginghose heraus. Das war schon mal ein guter Anfang. Dazu sein grauer Hoodie – perfekt. Mit zusammengepressten Lippen, um nicht aufzustöhnen, streifte er sich das Flügelhemd ab, und kassierte ein scharfes Einatmen von Chiara. »Autsch.«

»Tut dir mein Anblick schon körperlich weh? Dann musst du weggucken.«

Einen Moment lang sah sie ihn irritiert an, dann hob sie eine Augenbraue. »Ich meine deine Hämatome. Der Rest interessiert mich herzlich wenig.«

Tiefschlag. Der hatte gesessen. Aber Ben ließ sich nichts anmerken. »Dann kann ich ja beruhigt auch meine Hose tauschen.«

Prompt drehte sie sich weg. Besser so, denn seinem Herzschlag nach zu urteilen, hätten ihm ihre Blicke ganz schön eingeheizt. Wobei – der hohe Puls kam bestimmt nur von den Schmerzen.

Er tauschte gar nichts, sondern zog die Hose über die Shorts und kämpfte sich auf die Bettkante. Sofort breitete sich ein fieser Druck in seinem Kopf aus, aber den ignorierte er. »Siehst du meine Schuhe?«

Sie fischte sie unter der Matratze hervor und drückte sie ihm in die Hand. »Anziehen kannst du die allein?«

»Schaff ich so gerade.«

Treffender hätte er es nicht formulieren können, denn sobald er sich bückte, blieb ihm die Luft weg. Die Rippe ärgerte ihn genauso wie der Kopf, was seine Laune nicht besserte. Aber er wollte sich nicht die Blöße geben, sie um Hilfe zu bitten. So weit kam das noch. Gut, dass es nur ein Schuh war. Am anderen Fuß trug er diese seltsame Schiene, die musste reichen.

Als er es endlich geschafft hatte, war er nassgeschwitzt, was auch Chiara nicht entging. »Sollen wir lieber hierbleiben?«

»Wozu hab ich mir dann den Schuh angezogen?« Mit aufeinandergepressten Kiefern stellte er sich hin und hätte gerne tief durchgeatmet. Wieder mal blieb es bei dem Wunsch. »Dann mal los.«

Kapitel 22

Er schaffte es nicht, Chiaras Geschwindigkeit mitzugehen. Wenigstens verkniff sie sich einen Kommentar, als sie es bemerkte, und passte sich seinem Tempo an. Der sterile Flur zog sich schier endlos hin, Ben war mehrmals kurz davor, sich an einer der Haltestangen an der Wand festzuhalten und eine Pause einzulegen. Aber diese Blöße wollte er sich nicht geben.

Am Schwesternzimmer hielt Chiara an. »Mein Kollege braucht etwas gegen die Schmerzen. Ben Kollang.«

Er öffnete den Mund – und klappte ihn wieder zu. Sie hatte ja recht. Wenigstens hatte er nicht darum gebettelt.

Eine ihm bisher unbekannte Schwester nickte, tippte im PC herum und sah ihn an. »Sekunde, ich hole Ihr Schmerzmittel.« Keine Minute später drückte sie ihm eine Tablette in die Hand. »Das glaub ich, dass Sie Schmerzen haben. Zwei Türen weiter finden Sie Wasser zum Herunterspülen.«

Er warf die Kapsel in den Mund und schluckte. »Schon weg. Danke.«

Nachdem die Schwester lächelnd verschwunden war, gingen sie langsam weiter. Zunächst schwiegen sie, aber im Aufzug verschränkte Chiara die Arme vor der Brust. »So, und jetzt erzählst du mir, was wirklich passiert ist.«

»Was sagt denn Roland?«

»Er redet von einem üblen Crash mit einem Lkw, aber er kennt ja die Hintergrundgeschichte nicht. Da der Fahrer geflohen ist, stand Schnaiders Verdacht direkt fest.«

Ben rieb sich den Kopf. Obwohl er der gleichen Meinung war, hörte es sich aus ihrem Mund noch erschreckender an. »Hat er dich hergeschickt, um mich auszuhorchen?«

»Nein, um dir Klamotten zu bringen. Aber natürlich wird er mich fragen, was du erzählt hast.« Sie fasste ihn an beiden Schultern und sah ihm ernst in die Augen. »Wenn du mich jetzt anlügst, sind wir geschiedene Leute.«

»Seit wann sind wir verheiratet?«

Sie ballte die Faust, um ihn zu boxen, stoppte aber im letzten Moment. Dennoch zuckte Ben zur Seite und hielt die Luft an, um nicht laut aufzustöhnen, was ihm den nächsten besorgten Blick von Chiara einbrockte. »Geht's?«

»Solange du mich nicht schlägst, ist alles gut.«

»Ich hab's doch nur angedroht.«

»Ja, alles okay.« Sie stiegen im Erdgeschoss aus und Ben wandte sich nach links in Richtung Ausgang. »Gehen wir in den Park? Ich könnte mal aus diesem Mief hier raus.«

Chiara zögerte. »Bist du dir sicher? Was, wenn dieser Wahnsinnige dir da auflauert?«

»Dann habe ich meinen weiblichen Bodyguard an der Seite. Außerdem glaubt er sicher, dass er mich erledigt hat. Nach dem Crash wundert mich selbst, dass nicht mehr passiert ist.« Die desinfektionsmittelgeschwängerte Luft schien sekündlich an Sauerstoffgehalt zu verlieren, er musste dringend hier raus. Da führte kein Weg dran vorbei. Glücklicherweise akzeptierte Chiara seine Entscheidung.

»Der ist also voll in dich reingedonnert?«

»Ja. Hätte ich nicht reflexmäßig Gas gegeben, wäre ich jetzt ein Matschhaufen, denke ich. Vom Kofferraum ist jedenfalls nur noch ein dicker Metallklumpen übrig.«

»Wahnsinn. Wie gut, dass du so schnell reagiert hast.«

»Ja. War die richtige Intuition.« Erst jetzt wurde ihm klar, wie knapp er überlebt hatte. Eine winzige Schockstarre hätte ihm den sicheren Tod beschert.

Sein Puls stieg höher, als er sollte. Schweiß drang ihm aus allen Poren, Schwindel verschleierte seine Sicht. Genervt blinzelte er und bemühte sich, dagegen anzuatmen. Das Luftholen fiel ihm zusehends schwerer. Es lag nicht an der Luft hier drin. Das wurde ihm klar, als er zur Wand schwankte und sich dagegen lehnte. Sein Oberkörper sackte wie von selbst nach vorn. Mit zitternden Händen stützte er sich auf den Oberschenkeln ab, den Schmerz bemerkte er kaum. Wie gern würde er sich einfach hier hinsetzen, mitten in den Flur, aber allein käme er nie wieder hoch. Er musste atmen. Egal, wie anstrengend es war. Wenn er vor Chiara umkippte, konnte er seine Schicht übermorgen vergessen.

Ben legte seine volle Konzentration in die Bemühung, nicht bewusstlos zu werden. Kleine Lichtblitze flackerten vor seinen Augen, die Umgebung wurde immer dunkler. Seine Lunge pfiff bei jedem Atemzug. Fuck! Das war keine Panikattacke! Und vor allem ging das nicht mehr lange gut.

In dem Moment packte jemand seine Schultern und zog ihn nach hinten. Ihm fehlte die Kraft, gegenzuhalten, und schließlich fand er sich in einem Rollstuhl sitzend wieder. Gott sei Dank.

Angestrengt hob er die zittrige Hand und rieb sich den Schweiß aus dem Gesicht, ehe er die Ellenbogen abspreizte. Irgendwie musste er doch atmen können, zum Henker noch mal!

»Ben?« Chiaras Stimme war zwei Oktaven zu hoch, er bemerkte ihre hektischen Bewegungen neben ihm jedoch nur am Rande.

»Luft …« Es fühlte sich an, als würde seine Lunge zusammengequetscht werden.

»Alles klar. Ich bring dich schnell hoch, du brauchst was zur Beruhigung.«

»Nein«, presste er hervor, aber da schob sie ihn bereits in Windeseile zu den Aufzügen.

Er drückte sich mit zitternden Armen hoch, versuchte verzweifelt, irgendwie mehr Luft in die Lunge zu bekommen. Mit weit aufgerissenem Mund und Augen rutschte er hin und her, was ihn Kraft kostete, die er nicht hatte. Es musste doch irgendeine Lage geben, die ihm half!

Er fand keine und seine Reserven ließen sekündlich nach. Panik machte sich in ihm breit. Damals war er dem Tod nur haarscharf von der Schippe gesprungen. Aber das konnte nicht sein!

»Ben, das ist eine ausgereifte Panikattacke. Die absolut verständlich ist. Jetzt hör auf, den harten Macker zu markieren. Auch ein Ben Kollang darf mal Schwäche zeigen! Vor allem nach sowas.«

Er hörte kaum hin. Sie verkannte die Situation völlig, aber er schaffte es nicht, es ihr zu erklären. Er gab sich noch maximal eine Minute. Dann hatte der Attentäter sein Ziel doch noch erreicht.

Der Aufzug öffnete sich. Wenn Chiara ihn jetzt da reinschob, hatte er verloren. Das wusste er, aber ihm fehlte die Kraft, sie davon abzubringen. Himmelherrgott, warum war hier niemand mit Ahnung?

Ehe sich die Tür schloss, lief eine Schwester an ihnen vorbei, als hätte sie ihn gehört. Hektisch wedelte er mit der Hand in ihre Richtung. Hauptsache sie erkannte das Problem und reagierte nicht so lahmarschig wie der Arzt beim letzten Mal!

»Was ist mit Ihnen?«

»Er hatte einen Unfall«, antwortete Chiara an seiner Stelle.

»Das meine ich nicht.« Sie stellte sich vor ihn und tastete an seinem Handgelenk herum. Schob den Ärmel ein Stück hoch, wo eine dicke Blase auf der Haut zu sehen war.

»*Oh shit*!« Sie drückte Chiara zur Seite und brachte sie beide im Laufschritt zur Notaufnahme, die glücklicherweise nicht weit entfernt war.

»Allergischer Schock!«, brüllte sie über den Flur.

Gott sei Dank! Zu atmen war Ben inzwischen fast unmöglich, seine Sicht wurde zunehmend in Schwärze getaucht. Es war zu spät. Sobald ihn etliche Hände gepackt und vom Rollstuhl auf die Liege gerissen hatten, ließ er sich endgültig von ihr einsaugen.

Kapitel 23

Sein Kopf dröhnte und ihm war kotzübel. Aber die Atmung funktionierte wieder ... oder auch nicht. Ben hatte zwar nicht mehr das grauenvolle Gefühl zu ersticken, dennoch konnte er keine Atemzüge außer der Reihe machen. Der Versuch, die Zähne zusammenzubeißen, scheiterte an einem Stück Plastik in seinem Mund.

Beim letzten Mal in dieser Situation war er in Panik verfallen. Dieses Mal wusste er jedoch, was ihm blühte. Es war nicht so, dass es das wirklich besser machte. Dennoch blieb er nun etwas entspannter.

Es kostete ihn Kraft, die Lider zu öffnen. Er beließ es bei einem Blinzeln und sah an sich herab. Schläuche und Kabel bedeckten etliche Stellen seines Körpers. Es stimmte also. Er lag auf der Intensivstation an der Beatmung. Großartig.

»Ben!«

Er zuckte zusammen, sein Kopf fuhr ruckartig nach rechts. Zeitgleich piepte der Monitor. Okay, runterkommen. Ganz entspannt, alles war in Ordnung. Abgesehen davon, dass Chiara ihn in diesem desolaten Zustand sah. Das störte ihn gewaltig. Dabei sollte er gerade wohl andere Sorgen haben.

Sie legte ihm die Hand auf den Arm, was seinen Herzschlag auf faszinierende Art und Weise verlangsamte. Das Piepen verstummte.

»Hey, alles okay. Ich bin bei dir. Tut mir echt leid, dass ich die Situation dermaßen falsch eingeschätzt habe. Gut, dass die Schwester zufällig vorbeigekommen ist!«

Er nickte, froh darüber, nicht reden zu können. Sein Gehirn erinnerte ihn an einen Wattebausch, was ihm das Denken erschwerte. Da ihm das Gefühl jedoch nicht neu war, blieb er ruhig. Es kam von den Medikamenten, die in ihn hineingejagt wurden. So viel verstand er. Genauso würde er darauf wetten, dass sein Zustand kein Zufall war. Aber Chiara hatte es mitbekommen. Sie würde auf ihn aufpassen. Ganz bestimmt.

Obwohl ihn der Gedanke beruhigen sollte, fuhr er hoch, als die Tür geöffnet wurde. Es war der Arzt mit einer Schwester, die hereinkamen.

»Herr Kollang, da sind Sie ja wieder.« Der Doc ging zum Kopfende und verstellte die Beatmungsmaschine. Prompt konnte Ben selbst entscheiden, wann er Luft holte. Gott sei Dank.

Der Weißkittel wandte sich ihm zu. »Mein Name ist Doktor Wissen, ich bin der zuständige Arzt hier auf der Intensivstation. Sie hatten großes Glück, dass Schwester Katrin Sie gesehen und die Symptome gleich richtig erkannt hat. Das war ein lebensbedrohlicher anaphylaktischer Schock. Wir haben uns schon bereit gemacht für die Reanimation, aber dann hat das Gegenmittel glücklicherweise angeschlagen. Geht es Ihnen einigermaßen?«

Ben nickte.

»Wie ist es mit der Atmung? Klappt das gut?«

Erneut bejahte er.

»Wunderbar. Ich höre Sie ab, dann können wir den Schlauch aus Ihrem Hals ziehen. Das wird etwas unangenehm werden, ist aber schnell vorbei.«

Etwas unangenehm war gewaltig untertrieben. Beim letzten Mal hatte er sich dabei fast übergeben. Das würde ihm vor Chiara auf keinen Fall passieren! Warum durfte sie überhaupt dableiben? Sie waren nicht mal verwandt!

Vermutlich klebte sie die ganze Zeit an seinem Bett und weigerte sich, zu gehen. Was ja süß wäre, aber in diesem Fall …

Zu spät. Sowohl der Arzt als auch die Schwester fummelten am Schlauch und seinem Kopf herum und lenkten ihn ab. Allein diese Berührungen brachten seinen Herzschlag wieder in Wallungen. Das war zu eng, er brauchte Platz!

Ehe er der Panik verfallen konnte, war das Mistding raus. Nach einer kurzen Hustenattacke ließ er sich erschöpft zurücksinken. Alles okay. Er hatte seinen Freiraum zurück und konnte wieder selbstständig atmen. Außerdem hatte es besser geklappt als beim letzten Mal. Gott sei Dank.

Sie verpassten ihm Sauerstoff und zogen sich zurück. Ließen ihn mit Chiara allein, die sich von der Wand abstieß, an der sie gelehnt hatte, und sich auf ihren Stuhl setzte. »Geht's dir gut?«

»Klar«, krächzte er und räusperte sich. Sein Hals fühlte sich an wie Schmirgelpapier. »Was Neues von Melina?«

»Harmann hat wohl eine Spur entdeckt, die lief allerdings ins Leere. Beziehungsweise zu einem Autotreff mit über hundert Leuten, die uns eine Menge wertvolle Zeit gekostet haben.«

»Ihr habt alle befragt?«

»Zumindest die Daten aufgenommen. Allerdings war relativ schnell klar, dass uns da jemand in die Irre führen wollte, oder aber Reinhard hat irgendwas falsch interpretiert, was weiß ich. Er hat die Aufnahmen jetzt an das LKA geschickt, guckt aber selbst auch noch weiter.«

»Scheiße.« Er rieb sich das Gesicht. »Was ist mit der Hundestaffel?«

»Leider auch nichts.«

Ben schloss die Augen. Der leise – und einzige – Hoffnungsschimmer, dass die Tiere sie finden könnten, war dahin. Langsam gingen ihnen die Möglichkeiten aus. Er unterdrückte ein Fluchen und verdrängte den Gedanken. »Wie lange war ich weg?«

»Ein paar Stunden. Du hast riesiges Glück gehabt, das war wohl echt knapp.«

»Ja.« Und das machte ihm gewaltig Angst. Innerhalb weniger Stunden gleich zwei Mal fast zu sterben, war doch etwas zu viel des Guten. »Warst du die ganze Zeit über hier?«

Chiara zuckte mit den Schultern. »Wo hätte ich sonst hingehen sollen?«

Er hob eine Braue. Sogar nach dem kurzen Koma war ihm klar, dass der Spruch absoluter Schwachsinn war. Schnaider hatte sie garantiert zu seinem Schutz abgestellt. Ausgerechnet sie, die selbst gefährdet war!

Das konnte und wollte er nicht glauben. »Muss ich jetzt wirklich alles aufzählen? Chiara, mein Gehirn funktioniert noch ganz wunderbar. Also, warum bist du hiergeblieben?«

Seufzend wandte sie sich ab. »Vor ein paar Jahren, nach einem meiner ersten Einsätze bei der Streifenpolizei, bin ich nach einer Schlägerei im Krankenhaus aus der Bewusstlosigkeit erwacht und hatte direkt eine Panikattacke. Es war niemand da, der mich beruhigen konnte, sodass sie mich gleich wieder sedieren mussten. Das war echt die Hölle für mich und das wollte ich dir nicht zumuten. Nicht nach dem Horrorunfall und allem.«

Er sah sie an. Blinzelte und versuchte, einen klaren Gedanken zu fassen. Scheinbar hatte sein Gehirn doch einen Schaden erlitten, denn es fiel ihm höllisch schwer, überhaupt zu denken.

»Danke«, murmelte er schließlich. Vermutlich hätte er mehr sagen sollen, aber er hatte nicht den Hauch einer Idee, was das sein könnte.

Das Kratzen im Hals ließ ihn erneut husten. »Ist hier irgendwo Wasser?«

Sie reichte ihm ein Glas, das er dankbar leerte. Was für eine Wohltat.

Chiara nahm es wieder entgegen. »Du steckst das alles offensichtlich besser weg, als ich dachte. Sorry, dass ich es für eine Panikattacke gehalten habe.«

»Konntest du ja nicht wissen. Haben die inzwischen herausgefunden, was der Grund war?«

»Sie vermuten eine allergische Reaktion auf ein Medikament. Mehr weiß ich nicht.«

»Super hilfreich. Noch eine Allergie mehr. Wie gut, dass ich in dem Job so selten Schmerzen habe.«

Chiara lachte auf. »Na, deinen Sarkasmus hast du ja noch nicht verloren. Du denkst also an Schmerzmittel?«

»Ich wüsste nicht, was es sonst sein sollte. Was die mir gespritzt haben, hätte viel eher Probleme machen müssen. Zumindest nach meiner Logik. Und ansonsten hatte ich nur eine Schmerztablette.«

»Ja, die wird es gewesen sein. Du solltest rausfinden, was das war, damit du beim nächsten Mal alle vorwarnen kannst.«

»Tja, vielleicht sollte ich es besser ganz bleiben lassen mit den Schmerzpillen. Ist auch gesünder für die Leber. Oder war es die Niere?«

Der Arzt riss Ben aus seinen Gedanken. »Herr Kollang, wie geht's Ihnen?«

»Gut. Alles wieder okay. Welches Medikament war es dieses Mal?«

Doktor Wissen runzelte die Stirn. »Wieso dieses Mal? Hatten Sie das schon mal?«

Echt jetzt?

Ben richtete sich auf. »Natürlich! Ich hab doch bei meiner Aufnahme angegeben, dass ich auf Oxycodon auch so reagiere!«

Wissen wurde blass. »Entschuldigen Sie mich kurz, bin gleich wieder da.«

Kapitel 24

Ungläubig starrte Ben dem Arzt hinterher. Das war nicht sein Ernst! Die hatten ihm nicht wirklich dieses Sauzeug angedreht, oder?

Chiara zählte eins und eins zusammen. »Du denkst, sie haben das nicht eingetragen und es dir dann gegeben?«

»Diese Reaktion hatte ich damals auch hier. Das steht hundertpro im System. Geht gar nicht anders. Hat der Arzt nach dem CT auch gesagt und extra ein anderes Medikament für den Bedarf eingetragen. Es kann nur sein, dass die Schwester nicht darauf geachtet hat.«

»Was gar nicht geht.«

»Richtig. Aber es ist ja noch mal gut gegangen.«

Wissen kam zurück, mit einem fahrbaren PC im Schlepptau. »So, dann werden wir mal nachsehen.« Er drehte den Bildschirm so, dass Ben mit draufgucken konnte. »Hier haben wir die Allergien. Da steht, dass Sie auf Capros reagieren.«

Das konnte unmöglich sein Ernst sein! Und doch stand es da, dick und rot markiert.

Allergie auf Capros.

»Ich habe Oxy angegeben! Zwei Mal, bei zwei verschiedenen Leuten. Sehen Sie mal in die alte Akte von vor vier oder fünf Jahren. Da hab ich hier von euch Oxy bekommen und darauf reagiert. Da ging es mir ähnlich wie eben.«

»Augenblick, ich rufe die Akte auf. Vor vier Jahren, sagen Sie?«

»Ja. Vielleicht auch fünf, ich weiß es nicht mehr genau. Da hatte ich das Bein gebrochen.«

»Einen Moment.« Er tippte, fluchte, tippte weiter. »Hier haben wir es. Tibiafraktur rechts.«

»Wenn damit das Schienbein gemeint ist, passt das.«

»Genau das ist es. Gut, mal sehen. Nach der OP sind Sie auf die Station gekommen und zwei Stunden später auf die Intensiv. Das muss es sein. Sekunde.« Er klickte sich weiter durch, las und nickte schließlich. »Hier, sehen Sie. Auch da steht, dass die Reaktion nach einer Capros kam.«

»Das kann nicht sein! Das Zeug hab ich danach bekommen, nachdem Oxy nicht mehr ging.«

»Hier steht es genau andersherum. Das sehen Sie selbst, oder?«

»Ich bin nicht blind! Und auch nicht bekloppt. Da passt was nicht!«

Chiara erhob sich mit finsterer Miene und wandte sich an den Doktor. »Wer hat alles Zugriff auf das System?«

»Jeder. Sämtliche Ärzte und Pfleger in diesem Haus und natürlich die IT-Abteilung.«

»Hat auch jeder die Freigabe, Medikamente anzuordnen, Allergien einzugeben und alte Akten zu ändern?«

»Was Anordnungen angeht, nur wir Ärzte. Allergien auch die Pflege. Akten ändern ... Ich denke nicht, dass das jemand außerhalb der IT kann. Das wäre rein rechtlich sicherlich eine Grauzone.«

»Richtig. Wo finde ich die IT-Abteilung?«

»Um diese Uhrzeit finden sie die zu Hause auf ihren Sofas.«

»Haben Sie eine Telefonnummer von einem von ihnen? Da wird doch sicher jemand für den Notfall erreichbar sein, oder?«

»Ja, irgendjemand hat immer Bereitschaft. Die Nummer bekommen Sie am Empfang. Ich bin mir allerdings nicht sicher, ob Sie das einfach so dürfen.«

»Ich habe nur ein paar Fragen, keine Sorge. Ben, ich werde mal kurz zum Empfang gehen. Wenn was ist, ruf mich an.«

»Warte mal.« Stirnrunzelnd kratzte er sich am Kopf. »Kannst du erst zu mir nach Hause fahren und nach meinem Allergieausweis gucken? Ob da wirklich Oxy draufsteht und nicht das andere Zeug?«

»Ja, kann ich machen. Wo liegt der denn?«

»Wenn ich das wüsste ...«

Chiara stemmte die Hände in die Hüften. »Ach, komm schon. Ich dachte, dein Gehirn funktioniert noch.«

Er hob eine Braue. »Tut es. Ich hatte allerdings nicht geplant, mich heute gegen ´nen Lkw anzulegen.«

Wissen mischte sich ebenfalls ein. »Herr Kollang, den Allergiepass sollten Sie ständig bei sich tragen. Es kann immer mal etwas sein und bei starken Schmerzen sind Oxycodon und Capros nun einmal die Mittel der Wahl.«

»Ja ja. Guck mal in der Küche in die Schublade neben dem Kühlschrank. Da könnte er liegen.«

»Okay. Alternativorte?«

Schulterzuckend wandte er sich ab. »Er kann überall sein.«

Chiara verengte die Augen zu kleinen Schlitzen. »Vielleicht auch in deiner Geldbörse?«

Oops. »Die ist in der Innentasche meiner Jacke. Gib mal her.«

»Echt jetzt?« Augenrollend fischte sie das Portemonnaie heraus und hielt es ihm hin.

Er durchsuchte die Fächer und grinste. »Klar, soll man ja immer bei sich tragen, das Ding. Übrigens bringt das auch nichts, wie man sieht.« Er zog das Papier heraus und klappte es auf. Dann nickte er und hielt es dem Doc hin. »Hier. Oxy. Wie ich sagte. Mit ´nem Stempel von diesem Krankenhaus.«

Wissen nahm den Pass entgegen und starrte darauf. Seiner Gesichtsfarbe entwich auch der letzte Hauch rosa. »Ich kann mir das nicht erklären.«

Chiara stemmte die Hände in die Hüften. »Das kann nur Vorsatz gewesen sein, und ich bin mir sicher, dass es kein Mitarbeiter aus dem Krankenhaus war.«

»Du meinst ...« Ben vollendete den Satz nicht. Logisch, was passiert war. Der Mensch, der ihn tot sehen wollte, hatte sich hier ins System gehackt.

Wenigstens war nun klar, dass er nicht tot geglaubt wurde. Schade eigentlich.

Er raufte sich die Haare. Wie hatte – wer auch immer – so schnell reagieren können? Hier im Krankenhaus gab es reichlich sensible Daten, da war das Sicherheitssystem garantiert von der besseren Sorte. Was bedeutete, dass sein Attentäter nicht nur wissen musste, dass er hier lag, sondern sich auch verdammt gut mit Computertechnik auskannte. Was er Keno Knauk keinesfalls zutraute. Er schien die falsche Spur zu sein.

Chiara lenkte ihn ab. »Ich werde jetzt den diensthabenden ITler herbestellen und auch Reinhard. Vielleicht findet der mehr raus.«

Ben seufzte. »Damit der in meiner Akte rumschnüffelt?«

»Komm schon. Willst du das Schwein finden oder nicht? Außerdem ist so ein Beinbruch nichts Schlimmes.«

Der nicht, aber ... »Es geht ihn nichts an.«

»Soll ich lieber Martin herbestellen? Der kennt sich auch sehr gut aus.«

»Auf gar keinen Fall!« Das kam aufbrausender als geplant heraus, was Chiara aber nicht wunderte. Gott sei Dank.

»Mehr stehen nicht zur Auswahl. Du weißt, wie die Besetzung gerade aussieht. Smitti hilft hin und wieder aus, ist aber gerade an einem anderen Fall dran.«

Ben ließ sich mit einem herzhaften Aufstöhnen zurücksinken und rieb sich das Gesicht. Ihm war klar, dass sie recht hatte, und es kotzte ihn an. »Harmann.«

Ob die hier Lobotomien durchführten? Dann würde er ihn einfach dafür anmelden.

Es war zum Heulen, aber er kam nicht drum herum. Jetzt würden alle von seinem Sexunfall erfahren, den er vor ein paar Jahren gehabt hatte. Er sollte die freie Zeit hier besser nutzen und seine Versetzung beantragen.

Kapitel 25

Der Arzt untersuchte ihn, sobald Chiara den Raum verlassen hatte. Außerdem bot er ihm ein Beruhigungsmittel an, da sein Puls gar nicht mehr runterkommen wollte. Aber Ben lehnte ab, genauso wie Schmerzmittel. Zu groß war die Panik vor einer erneuten Reaktion auf das Sauzeug.

Zwei Stunden später bereute er es allerdings. Er erschrak, als die Tür schwungvoll geöffnet wurde. Mit klopfendem Herzen fuhr er hoch – und starrte in die teilnahmslose Miene von Martin, gefolgt von Chiara.

Bens Fäuste verkrampften sich um die Decke, sein Puls dröhnte in seinen Ohren und übertönte fast das Piepen des Monitors neben ihm. Martin war der Letzte, den er in seinem Zustand sehen wollte. Nun konnte er sich wieder bei den anderen über ihn auslassen.

Was er ohnehin tat. Seit wann interessierte ihn das?

Unwesentlich entspannter lehnte er sich zurück und atmete durch. Hatte er ernsthaft die Luft angehalten?

Vollidiot, reiß dich zusammen!

Der Monitor unterließ das Piepen, alles war okay.

»Warm hier?«, erkundigte sich Wiegesal zur Begrüßung.

Klasse. An den Schweiß auf seiner Stirn hatte er nicht gedacht. Den konnte Ben ohnehin nicht oft genug wegwischen.

Chiara fuhr herum und baute sich schimpfend vor Martin auf. Sie war einen Kopf kleiner als er, was vermutlich auch ein Grund für sein belustigtes Grinsen war.

»Halt doch einfach mal dein blödes Maul! Sowas wie Empathie ist ein Fremdwort für dich, oder?«

»Empawas? Niedliches Wort.« Er grinste noch breiter. Als sie ihn aber zurück schubste, verging ihm der Spaß.

»Überleg dir, was du machst!«, fauchte er. Oh ja, so etwas konnte er nicht ausstehen.

Seine finstere Grimasse hielt Chiara nicht davon ab, ihn erneut von sich zu stoßen. »Sonst *was*? Hä? Schlimmer als dein jetziges Verhalten kann es wohl kaum werden! Dein Kollege wäre heute zwei Mal fast gestorben und dir kommt anstelle einer netten Begrüßung und vielleicht sogar der Frage, wie es ihm geht, nur so ein hirnloser Dünnschiss über die Lippen? Ernsthaft, das ist mal richtig für den Arsch, was du hier abziehst! Entweder du reißt dich zusammen, oder ich schubse dich bis zum Auto!«

Stolz erfüllte Ben, auf Chiara. Sie wusste sich sogar gegen dieses Arschloch durchzusetzen. Ein Gefühl, das an Gelassenheit grenzte, verdrängte einen großen Teil seines Hasses auf ihn.

Martin funkelte sie an. »Überleg dir gut, wie du mit mir sprichst. Erst erzählst du mir, wie viel besser der Penner da vorne als Partner ist, danach holst du mich hierher – für *den*! –, obwohl ich dafür nicht eingestellt wurde, und verbietest mir dann noch den Mund? Weißt du was, du kannst mich mal. Hol doch Reinhard, der hockt eh nur in der Kneipe rum. Dann kann er nach dem Hacker suchen und du bei deinem Memmenschätzchen hier weiter Händchen halten!«

Mit diesen Worten fuhr er herum und stolzierte aus dem Zimmer.

»Wow. Was für ´ne Ansage einer beleidigten Leberwurst. Respekt.« Ben konnte sich das Grinsen nicht verkneifen, obwohl das Gelaber seine Wirkung nicht verfehlt hatte. In seinen Adern kochte heiße Wut. Hätte es der Mistkerl noch etwas hier ausgehalten, wäre sein innerer Vulkan garantiert hochgegangen, was in einer Katastrophe geendet wäre.

»Der ist echt ein Arsch.« Schnaubend ließ sich Chiara auf den Stuhl neben seinem Bett fallen. »Aber immerhin hat er herausgefunden, dass das System wirklich gehackt wurde. Von wem, muss nun Reinhard checken. Das ist ja auch gar nicht Martins Job. Keine Ahnung, warum er trotzdem zugestimmt hat und hergekommen ist, als ich Reinhard nicht erreicht hab.«

»Um mir ’nen dämlichen Spruch reinzuwürgen. Meine Akte zu lesen oder um zu sehen, wie ich heulend im Bett liege, was weiß ich. Pure Sensationsgeilheit.«

»Ja, vermutlich. Wobei ich dabei war und ihm sämtliche unnötigen Dateien untersagt habe, anzuklicken. Gleich kommt Reinhard, der wird dich aber wohl in Ruhe lassen, denke ich.«

»Wenigstens etwas Positives heute.«

Sie legte die Hand auf seinen Arm. »Wie geht’s dir denn? Also, psychisch, mein ich. Dass es körperlich gerade nicht witzig ist, sehe ich auch so.«

Ben wandte sich ab. »Ich komm schon klar.«

»Ja, bestimmt. Aber es ist leichter, wenn du deinen Mund aufmachst und mit mir redest.«

Mit erhobener Braue sah er sie an. »Und dann? Angenommen, ich jammere dir die Ohren voll. Was bringt das? Du bist genervt und ich ...«

... bringe dich in Gefahr. Genau wie Melina. Bullshit!

»Glaub mir, es hilft, darüber zu reden. Zu merken, dass du nicht allein dastehst. Dass es Menschen gibt, die dich verstehen und mit dir leiden.«

»Warum sollte ich wollen, dass du leidest?«

Chiara stöhnte auf. »Ben, du kapierst echt nichts. Ich leide sowieso schon mit dir mit, weil ich dich mag. Du bist mein Kollege, mit dem ich mir das Büro teile und im Einsatz mein Leben anvertraue. Außerdem kennen wir uns seit unserer Jugend und haben uns immer gut verstanden. Du bist mir eben wichtig! Wenn du jetzt endlich den Mund aufmachst und alles rauslässt, kann ich das auch machen und es geht uns beiden besser.«

... mein Leben anvertraue ... Und damit lief er Gefahr, es zu zerstören. Wie das von Melina. Unbeabsichtigt zwar, aber darin war er aktuell Profi.

Ben schüttelte den Kopf. Diese Gedanken waren nicht hilfreich. »In einem Punkt gebe ich dir recht: Ich kapier's nicht. Wieso leidest du? Du hast nichts damit zu tun!«

Ganz schlechte Wortwahl, was ihm leider erst auffiel, als es bereits raus war.

Chiaras Miene verdüsterte sich. Sie zog die Hand zurück und verschränkte die Arme vor der Brust. Dabei hinterließ sie einen kalten Fleck auf seiner Haut, der ihn fast frösteln ließ.

Es tat ihm leid, sie vor den Kopf gestoßen zu haben, aber er ertrug nicht mal den Gedanken daran, sie dieser Gefahr auszusetzen. Nein, nicht Chiara auch noch. Er würde es nicht verkraften, wenn sie wegen seines Gehabes ebenfalls dran glauben müsste. Da war er lieber ein Arsch.

Und verlor sie trotzdem. *Echt klasse, Kollang.*

Wie auch immer. Fakt war, dass sie niemals seinetwegen leiden durfte. Dass sie das in diesem Moment bereits tat, glaubte er nicht. Klar war es nervig, wenn ein Kollege im Fokus eines Wahnsinnigen war, aber mehr nicht. Oder?

»Kollang, du bist und bleibst ein unsensibles Arschloch, weißt du das?«

»Ähm ... Arschloch, okay, aber wieso unsensibel? Ich sage eben, was ich denke.«

»Nein, denn sonst wärst du ehrlich zu dir selbst.« Sie stand auf. »Ich werde jetzt gehen. Wenn Reinhard was erreicht, wird er sich bei mir melden. Dann gebe ich dir Bescheid.«

Kapitel 26

Ein eisiger Schauer durchfuhr ihn, von jetzt auf gleich raste sein Herz los wie ein ICE. Sie durfte ihn nicht allein lassen! Wenn sie hier war, konnten sie sich gegenseitig helfen, sollte sich jemand hier rein schleichen.

»Warte!« Trotz aller Bemühungen, ruhig zu klingen, schwang die Panik deutlich in seiner Stimme mit. Großartig, nun wurde er doch zum Waschlappen. Was allein das überflüssige Gepiepe seines Monitors bewies.

Immerhin sorgte es dafür, dass Chiara zu ihm zurückeilte und seinen Arm wieder mit ihrer Hand wärmte. »Was ist los?«

Er senkte den Blick. »Kannst du noch etwas bleiben?«

Sie setzte sich und nahm seine Finger in ihre. »Nur, wenn du endlich offen mit mir redest und diese dämlichen Sprüche lässt. Ich weiß, dass es dir beschissen geht. Du musst dazu stehen, wenn es dir irgendwann besser gehen soll. Wenn du es in dich hineinfrisst, wird es nur noch schlimmer.«

Er presste die Lippen aufeinander und rieb sich das Gesicht. »Wenn du weißt, wie es mir geht, ist doch alles geklärt.«

»Nein, es ist wichtig, dass du darüber redest, sonst frisst es dich auf. Mehr als ohnehin schon.«

Er sträubte sich mit jeder Faser seines Körpers dagegen. Aber tat er es nicht, würde sie verschwinden. Spätestens, wenn sie durch die Tür gegangen war, würde er durchdrehen und *allen* seine peinliche Mimosenhaftigkeit zeigen. Dann besser nur der Frau, der er vertraute.

Aber es ging nicht!

»Chiara, wieso verlangst du das von mir? Was hast du davon? Himmelarsch, ich bringe dich damit in Gefahr! Ist dir das nicht klar?«

Sie stockte, ihre Augen leuchteten auf. Nur einen kurzen Moment, dann wurde sie wieder ernst. »Inwiefern? Ich sehe das eher als Hilfe. Denn so bekomme ich den alten Ben zurück, der seinen scharfen Verstand nutzt, anstatt nur noch als Schatten seiner selbst vor sich hinzuvegetieren.«

»Bullshit. Ich komme schon klar. Aber die letzte Frau, der ich mich anvertraut habe, wurde gefoltert, gedemütigt und wahrscheinlich ermordet. Sollte sie noch leben, wird sie sich den Tod wünschen.« Er sah ihr fest in die Augen. »Willst du genauso enden?«

Sie seufzte. »Okay, jetzt hör mir mal zu. Der Gedanke ist süß, aber Quatsch. Ja, es hat jemand auf dich abgesehen. Ja, er will dich fertigmachen. Mit der Frau, der du dich anvertraut hast. Weißt du was? Er hat es fast geschafft. Wenn du so weitermachst, hat er dich besiegt. Gönnst du ihm das wirklich? Oder kriegst du endlich deinen Arsch hoch und lässt mich dir helfen, dieses Schwein zu schnappen?«

Mit geschlossenen Augen schluckte er. Das klang scheiße ... und leider wahr.

Chiara fuhr mit sanfter Stimme fort: »Ben, wenn du redest, über alles, was dir durch den Kopf geht, kann ich dir helfen. Genau wie Schnaider und die Kollegen. Wir brauchen all dein Wissen, was diesen Fall angeht und auch den Knauk-Fall, der dich nach wie vor auffrisst. Denn es ist ja wirklich möglich, dass der Sohn der Täter ist. Also reiß dich zusammen und lass es raus. Alles. Klar?«

Er schaffte den Ansatz eines Nickens. Sie hatte recht, das war ihm bewusst. Aber er hatte vor Melina nie jemanden gehabt, mit dem er hätte reden können. Er konnte seine Gefühle nicht mal benennen.

»Wie geht es dir jetzt?«

Super. Wie sollte er das bitte beschreiben? »Nicht gut.« Seine Stimme war kaum mehr als ein Hauchen. Er nestelte an der Decke herum und hielt den Blick gesenkt.

Chiara nickte und richtete sich auf. »Okay. Inwiefern?«

Genervt atmete er tief durch. Musste das wirklich sein? Er warf ihr einen flehenden Blick zu, aber sie blieb stur.

Also dann. Seufzend starrte er an die Zimmerdecke. »Ich hab Angst.«

»Das hätte jeder in deiner Situation. Wovor hast du am meisten Angst?«

»Vor seinem nächsten Anschlag.«

»Meinst du, er wagt es, hierher zu kommen?«

Er war schon hier.

Ben zuckte mit den Schultern. »Vermutlich. Er lässt ja scheinbar nichts unversucht.« Erneut sah er auf, in ihre verständnisvollen Augen. »Vor allem hab ich aber Angst um dich.«

Stirnrunzelnd erwiderte sie den Blick. »Wieso um mich?«

»Hab ich dir eben erklärt. Er hat Melina gekidnappt, gefoltert, vielleicht umgebracht. Nur aus dem Grund, weil wir uns gut verstanden haben. Noch weitere Fragen?«

Sie schwieg und starrte nachdenklich vor sich hin. Schließlich lächelte sie. »Das würde ja bedeuten, dass du mich magst.«

Erneut hob er eine Braue. »Ich weiß ja jetzt, dass ich ein unsensibles Arschloch bin, aber das sollte inzwischen auch bei dir angekommen sein. Warum sonst will ich Martin nicht sehen, dich aber nicht gehen lassen?«

»Weil Martin ein noch größerer Arsch ist als du?«

Das Grinsen wollte ihm nicht gelingen, stattdessen quetschten sich seine Organe zusammen. Sie musste das ernst nehmen, verdammt!

»Ja, das vielleicht auch.« Seufzend fuhr er sich mit den Händen über das Gesicht. »Ehrlich, Chiara. Ich bin froh, dich als Kollegin zu haben und ja, ich mag dich. Wenn das aber der Attentäter auch weiß, hast du ein Problem. Wenn der dir was antut, nur, weil wir uns verstehen ...« Er brach ab.

»Was schlägst du vor?«

»Für den Anfang würde es mir reichen, wenn du es endlich ernst nehmen würdest. Ich würde dich so gern beschützen, aber das ist gerade etwas kompliziert.«

Mit verschränkten Armen lehnte sie sich zurück. »Erstens kann ich auf mich selbst aufpassen. Ich bin Polizistin, kampferfahren, habe die passende Ausbildung und eine Waffe. Das alles hatte Melina nicht. Zweitens bin ich vorgewarnt. Und drittens glaube ich nicht, dass es jemand auf mich abgesehen hat. Ich meine, da ist ja bislang gar nichts in der Richtung passiert. Keine toten Tiere, keine seltsamen Unfälle, kein Einbruch in mein Haus. Wirklich *nichts*. Also musst du dir um mich keine Sorgen machen. Aber um dich schon. Die Möglichkeit, dass sich dieses Monster hier rein schleichen könnte, bereitet mir Kopfzerbrechen. Ich hoffe, dass du bald auf die Normalstation verlegt werden kannst. Da hast du wenigstens Bettnachbarn, die reagieren könnten, wenn was wäre.«

»Als ob. Frank ist ein Waschlappen, der kriegt so was nicht mal mit. Und der andere ist dement.«

»Wenn wir diesen Frank richtig impfen, wird der schon auf dich aufpassen.«

»Alter, weißt du, wie sich das anhört? Ein Rotzblag als Aufpasser für einen Kriminalkommissar? Lächerlicher geht's nicht.«

»Jetzt vergiss doch einfach mal deinen verfluchten Stolz. Er soll ja nicht deinen Bodyguard spielen, sondern lediglich aufpassen, dass es dir gut geht, und im Notfall klingeln. Das schafft sogar er.«

Ben zuckte mit den Schultern. »Keine Ahnung. Aber aktuell tut es eh noch nichts zur Sache, denn eben hat der Doc gesagt, dass ich über Nacht hierbleiben soll.«

»Okay. Dann bleibe ich auch.«

Stirnrunzelnd sah er sie an. »Du musst doch arbeiten.«

»Erst morgen früh wieder.«

»Aber ...«

»Kein Aber. Wenn du schnarchst, boxe ich dir in die Rippen. Ansonsten kommen wir schon klar. Ich klär das eben.«

Sie stand auf und hatte den Raum bereits verlassen, ehe sich Ben aus seiner Starre befreien konnte. Was auch gut war, denn sonst hätte es durchaus passieren können, dass er sie aus lauter Dankbarkeit geknutscht hätte.

Damit waren sie wenigstens für diese Nacht schon mal einigermaßen sicher, und Chiara war an seiner Seite, sodass er sie im Ernstfall warnen und vielleicht sogar unterstützen konnte.

Erleichtert ließ er sich zurücksinken und fühlte sich, als wären mindestens fünf Tonnen Geröll von seinem Herzen gefallen.

Was er natürlich nicht zeigte, als sie zurückkam. Lediglich ein Dank kam über seine Lippen, ehe er fragte: »Gibt's eigentlich was Neues von Knauk?«

»Nichts. Er ist wie vom Erdboden verschluckt. Vielleicht im Ausland untergetaucht. Aber die anderen sind dran.«

Na dann.

Kapitel 27

Die Nacht verlief ohne Katastrophen, von Reinhard hörten sie allerdings nichts. Offensichtlich war er nicht erfolgreich gewesen oder hatte noch gar nicht daran gearbeitet. Was wohl am wahrscheinlichsten war.

Früh am nächsten Morgen zog sich Chiara zurück, um mit Schnaider zu telefonieren. Ben nutzte die Zeit für eine Katzenwäsche, die ihn bereits an die Grenzen seiner Kräfte brachte. Es war wirklich beängstigend, was ein Tag ohne Bewegung und ein paar Schmerzen in einem auslösten.

Kaum wankte er zurück in Richtung Bett, kam Chiara rein und stützte ihn eilig. Glücklicherweise, denn sein Kreislauf hatte gar keine Lust. So froh, wieder zu liegen, war er nicht oft gewesen.

»Ich bleibe hier, bis du nach oben verlegt wirst. Laut Arzt soll das innerhalb der nächsten Stunde passieren. Dann muss ich aber wirklich los.«

»Klar. Danke, dass du hiergeblieben bist.«

»Kein Problem. Reinhard hat übrigens nichts herausfinden können, obwohl er sechs Stunden dran gesessen hat. Dann sind ihm die Augen zugefallen.« Sie seufzte. »Dieser Bastard ist wirklich gut.«

»Ja, ist er. Was es nicht besser macht.«

»Nein, aber wir werden ihn trotzdem erwischen. Definitiv. Und dann kann er was erleben.« Gedankenverloren nestelte sie an seiner Decke herum. »Harmann ist einer unserer Besten. Um den zu verarschen, muss ein Profi am Werk sein. Womit Knauk raus wäre, wenn ich den Berichten von vor drei Jahren Glauben schenken darf. Es gibt irgendjemand anderen, und genau den werde ich gleich suchen.«

Die altbekannte Nervosität hatte Ben schlagartig wieder im Griff. Jetzt blieb ihm nur noch zu hoffen, dass Wiegesal nicht doch der Böse war. Aber dann müssten sie erneut von vorne anfangen. »Vor allem sollte Harmann mal langsam aus dem Arsch kommen. Der findet ja gar nichts raus!«

»Hey, komm runter, Reinhard kann nichts dafür. Er versteht seinen Job, aber er ist auch kein Gott. Irgendwann wird er eine kleine Spur finden und diese weiterverfolgen. Dann haben wir das Monster ganz schnell. Außerdem hilft ihm Smitti immer wieder und sogar das LKA ist dran, schon vergessen?«

»Nein.« Ben seufzte tief und rieb sich das Gesicht. Es war wieder schweißnass. Langsam nervte das.

Chiara musterte ihn. »Wann hast du das letzte Mal was gegen die Schmerzen bekommen?«

»Keine Ahnung. Alles gut.«

»Nein, Ben. Wenn du schnell wieder auf die Beine kommen willst, darfst du nicht mit irgendeiner Schonhaltung anfangen. Das machst du automatisch, wenn die Schmerzen zu stark sind. Ich werde dir jetzt was holen. Etwas, gegen das du nicht allergisch bist.«

»Woher weißt du, dass ich es nicht bin?«

Sie stand auf. »Weil es hier zwei Hammermittel zur Auswahl gibt. Beide hast du schon getestet und nur das Oxy nicht vertragen. Also werde ich mich jetzt hinter

die Schwester stellen, wenn die es aus ihrem Gift-
schrank holt, und genau darauf achten, dass es *kein*
Oxy ist.« Sie seufzte. »Du musst es ja nicht direkt nehmen, aber dann hast du es immerhin da und weißt,
dass es das richtige Zeug ist.«

Der Gedanke war so verlockend, dass er zustimmte.
Die Schmerzen sorgten neben einer ausgeprägten inneren Unruhe nicht nur für verkrampfte Muskeln, sondern beeinträchtigten auch sein Denkvermögen. Zumindest war es noch anstrengender als ohnehin schon.
Wie gern würde er jetzt etwas schlafen. Aber das würde
er so niemals schaffen. Auch in der Nacht hatte er die
meiste Zeit über wach gelegen, aus Angst vor Albträumen, die Chiara mitbekommen könnte. Fürs Erste
hatte er genug vor ihr gememmt.

Sie kam mit der Schwester zusammen zurück. »Guten
Morgen, Herr Kollang. Doktor Keiler untersucht Sie sofort noch mal und dann geht es hoch auf die Station.
Nur noch eine Sache: Nehmen Sie die Capros bitte sofort ein, denn hier müssen wir alles haargenau eintra-
gen. Es ist ein Betäubungsmittel, da herrschen andere
Regeln als bei Ibuprofen oder etwas in der Art.«

Er sah Chiara an, die nickte. Na dann.

Nachdem die Pille geschluckt war, lächelte die
Schwester zufrieden und ließ sie allein.

»Wenn du willst, kannst du schon gehen.«

Chiara schüttelte den Kopf. »Den Arzt kennen wir
nicht, oder hat der sich bei dir vorgestellt?«

»Nein.«

»Dann warte ich, bis er fertig ist.«

Er sah ihrem Gesicht an, dass er gar nicht versuchen brauchte, sie vom Gegenteil zu überzeugen. Wieder war er ihr dankbar. Er hatte sie echt nicht verdient.

Sie wich bei der Untersuchung nicht von seiner Seite und brachte ihn sogar bis auf sein altes Zimmer hoch. Dort verabschiedete sie sich aber doch, nachdem sie einige deutliche Worte für Frank gefunden hatte. Sie schienen angekommen zu sein, zumindest versprach er glaubhaft, aufzupassen und bei der kleinsten Ungereimtheit Alarm zu schlagen.

Zufrieden ging Chiara zur Arbeit, während sich Ben im Bett herumwälzte. Gerade als er eine halbwegs schmerzfreie Position gefunden hatte, sprach Frank ihn an. »Du hast echt einen Mordanschlag überlebt?«

Oh, seine Stimme strotzte plötzlich vor Respekt. Wie hatte das passieren können? »Nein, zwei. Augen auf bei der Berufswahl. Manchmal macht man sich Feinde.«

»Du bist Polizist?«

»Exakt, und zwar einer, der hundemüde ist, weil er gerade zwei Mordanschläge hinter sich hat. Also, gute Nacht.«

»Es ist Vormittag.«

»Wen interessiert das?« Mit diesen Worten schloss er die Lider und ignorierte die Blicke des Jungen. Wenigstens sah es so aus, als würde er endlich mit dem Gezicke aufhören ... und hoffentlich sein Umfeld im Auge behalten.

Stattdessen verließ er das Zimmer. So viel zum Thema aufpassen. Dennoch war es Ben so wesentlich lieber.

Kapitel 28

Die Ruhe war ihm nicht vergönnt, nach ein paar Minuten riss ihn die Tür erneut aus seinem Dämmerzustand. Dieses Mal war es Smitti.

Überrascht setzte sich Ben auf. Mit ihm hatte er nicht gerechnet. Es sei denn …

»Gibt es Neuigkeiten?«

Kurz sah Smitti irritiert aus, dann grinste er. »Hallo erst mal.«

»Sorry, hi. Und?« Ben stellte das Kopfteil seines Bettes hoch, um etwas Halt beim Sitzen zu haben. Dabei sah er seinen Besucher unverwandt an.

Dieser zog sich einen Stuhl ans Fußende und setzte sich. »Wenn du Melina meinst, da gibt es nichts Neues. Wobei es mich fast schon beruhigt, dass das LKA auch nicht mehr findet als Reinhard und ich. Andererseits wäre es durchaus sinnvoll.«

»Allerdings.« Ben ließ sich mit zusammengepressten Lippen zurücksinken, während Smitti weitersprach.

»Aber dass das Krankenhaussystem gehackt wurde, steht fest. Wieder derart professionell, dass Reinhard und ich nichts zu dem Täter herausfinden konnten. Es ist echt frustrierend.«

»Treffend formuliert.« Das war es wirklich. Wieso machte das Schwein keine Fehler? Oder schickte wenigstens eine Lösegeldforderung? Irgendwas in der

Richtung. Er würde sich sogar zum Austausch anbieten. Hauptsache, es musste niemand mehr seinetwegen leiden. Das war das Schlimmste, was man ihm antun konnte.

Was dieser Wichser ganz genau wusste. Weil er ihn kannte.

»Alles klar bei dir?«

Bens Kopf schoss hoch. Smitti hatte er völlig vergessen.

»Klar.« Wieso war er so außer Atem?

Weil er kurz vor der Hyperventilation stand. Das erklärte auch sein plötzlich schweißnasses Shirt. Gott, dieses Schwein machte ihn fertig, ohne hier zu sein. Dabei bekam er es nicht mal mit. Es sei denn – scheiße, gab es hier Kameras?

Sein Kopf flog von einer Ecke in die nächste, er nahm jeden Zentimeter in seinem Zimmer in Augenschein, fand aber nichts.

Irgendwann fiel sein Blick auf Smitti, der ihn anstarrte. »Soll ich den Arzt holen?«

»Was?« Ben blinzelte und schüttelte den Kopf, wie um seine Gedanken zu sortieren. »Nein, alles okay. Mir kam nur gerade eine dämliche Idee. Geht schon wieder.«

»Na dann ...« Mit zweifelnder Miene lehnte sich Smitti zurück und räusperte sich. »Ich wollte nur mal nach dir sehen. Ist ja schon heftig, was du da erleben musstest.«

»Das ist nett, danke. Ja, reicht.«

»Kann ich dir irgendwie helfen? Brauchst du Klamotten, oder soll ich mir mal deinen Laptop ansehen? Vielleicht fällt mir durch die andere Perspektive noch irgendwas auf.«

Ben rang sich ein müdes Lächeln ab. »Als ob das was bringt.«

»Du gibst auf?«

»Nein!« Doch. Zumindest war er kurz davor. Es frustrierte ihn, nicht voranzukommen. Dennoch musste er weitermachen, er konnte Melina nicht im Stich lassen. Nicht noch länger. »Ich gebe nicht auf. Es fällt mir nur langsam schwer, die Hoffnung zu behalten.«

»Ja, verstehe ich. Vor allem nach dem letzten Video. Das sah ja schon so aus, als ob sie ...« Er ließ den Satz unvollendet. Dennoch versetzte es Ben einen heftigen Stich. Ihm war die Wahrscheinlichkeit ihres Todes durchaus bewusst. Das jedoch aus dem Mund eines anderen zu hören, machte es ungleich schwerer, denn dadurch wurde es real. Das durfte es aber nicht sein, denn es wäre seine Schuld. Seit Knauks Tod hatte er genug Last auf seinen Schultern zu tragen. Mehr ertrug er nicht. Schon gar nicht von Melina. Wie oft hatte sie ihn aus seinem Loch geholt? Ihn im Arm gehalten und getröstet, während er Rotz und Wasser geheult hatte?

Nun sah er das Ergebnis. Ihre Folter, Demütigung, wahrscheinlich ihren Tod. Nur, weil er sich geöffnet und sie ihm zugehört hatte. Und das sollte er bei Chiara wiederholen? Niemals.

»Möchtest du lieber allein sein?«

Erneut erschrak Ben über Smittis Anwesenheit. »Entschuldige, es fällt mir gerade schwer, mich zu konzentrieren. Die Medikamente wirken noch nach. Denkst du wirklich, dass es hilft, wenn du meinen Laptop checkst?«

Smitti seufzte. »Vermutlich nicht. Reinhard und ich greifen nur nach jedem Strohhalm, den wir kriegen können. Wenn man gar nicht vorankommt, ist das echt mehr als nervig.«

»Allerdings.«

»Okay, dann lass ich dich mal in Ruhe. Vielleicht findest du ja etwas Schlaf. Also, wenn du etwas brauchst, melde dich. Meine Nummer hast du?«

»Nein, aber Chiara wird sie haben. Danke dir.«

»Alles klar. Gute Besserung. Pass auf dich auf.«

Ben nickte lediglich und stellte sein Kopfteil wieder flach. Sobald die Tür hinter Smitti geschlossen war, startete er einen neuen Schlafversuch.

***

Nicht nur jetzt, sondern den restlichen Tag wie auch die komplette Nacht war daran nicht zu denken. Immer wieder tauchten die Bilder des heranrasenden Lkws vor seinem inneren Auge auf. Die Geräusche, der Gestank, das Gefühlschaos – alles war präsent. Wieder und wieder musste er den Moment noch einmal erleben. Es trieb ihn in den Wahnsinn.

Chiara meldete sich nur telefonisch, weil sie lieber akribisch nach einem IT-Profi suchte, um dem ganzen Mist ein baldiges Ende zu bereiten. Bisher leider erfolglos.

Sie fehlte ihm. Mehr als er je erwartet hätte.

Gegen drei Uhr nachts ließ er sich mit viel Überwindung eine Beruhigungstablette geben – im Blister, um zu sehen, was es war. Das Zeug machte die Bilder unwesentlich erträglicher. Schlafen konnte er dennoch nicht. Was nicht zuletzt an der Angst vor Albträumen lag. Er wollte sich nicht auch noch Frank gegenüber zum Affen machen.

Es war zum Kotzen. Er hatte so sehr gehofft, wenigstens in diesem vermeintlich sicheren Umfeld den bitternötigen Schlaf zu bekommen. Stattdessen erschrak er jedes Mal fürchterlich, wenn die Nachtschwester hereinkam. Das ging so weit, dass er in den nächsten Tagen gar nicht arbeiten wollte, sondern einfach nur hier raus und seine Ruhe haben.

Nur wo sollte er hin? Sein Haus war nicht sicher. Zu anderen konnte er nicht, ohne sie in Gefahr zu bringen. Blieb noch die Zelle. Da würde er allerdings nicht eine Nacht verbringen. Zumal er auch dort keine Ruhe haben würde.

Ob er hier ein Einzelzimmer verlangen konnte? Auf seine Kosten? Aber dann müsste er weitere lange Stunden in diesem Mief ausharren und würde von der Schwester genervt werden. Und was war danach?

Er war am Arsch. Allein dieses Wissen verhinderte, dass er auch nur annähernd zur Ruhe kam.

Kapitel 29

Entsprechend gerädert war er am nächsten Morgen, was Doktor Simann nicht entging. »Ich denke, es spricht nichts gegen Ihre Entlassung. Aber eine Bescheinigung, dass Sie wieder arbeiten können, kann ich Ihnen so nicht ausstellen.«

»Wieso nicht? Mir geht's gut, hab nur schlecht geschlafen. Was im Krankenhaus wohl bei vielen vorkommt.«

Er seufzte. »Okay. Heute und morgen bleiben Sie noch zu Hause, ab Dienstag können Sie meinetwegen wieder an den Schreibtisch. Aber sollte sich irgendwas verschlechtern, kommen Sie zu mir, anstatt zur Arbeit zu gehen.«

»Geht klar.«

So machten sie es. Sobald Ben die Bescheinigung hatte, informierte er Schnaider über seine Entlassung, ließ sich allerdings die Option offen, morgen bereits wieder zur Arbeit zu gehen. Er würde zwar auch zu Hause nicht schlafen können, aber das war ja nichts Neues. Dass er nur dorthin konnte, stand für ihn mittlerweile außer Frage. Nicht mal ein Hotelzimmer wäre sicherer, denn er schien auf Schritt und Tritt beobachtet zu werden. Oder litt er bereits unter Verfolgungswahn? Möglich. Dennoch musste er aufpassen. Und zwar jederzeit.

Sein Boss sah das offensichtlich ähnlich. »Omando wird Sie abholen und nach Hause bringen. Übrigens hat sie Ihre Wohnung noch mal gründlich durchsucht und das Schloss austauschen lassen. Außerdem wurde eine Kamera an der Haustür installiert, die Sie vom Handy aus einsehen können. Mindestens ein Mal stündlich wird ein Streifenwagen vorbeifahren. Also sollten Sie fürs Erste sicher sein.«

Vor Erleichterung schossen ihm Tränen in die Augen. »Danke«, presste er hervor. Dann würde er vielleicht doch endlich schlafen können und bald wieder der Alte sein.

Schnaider sprach mit sanfter Stimme weiter: »Omando hat angeboten, dass Sie bei ihr übernachten können oder sie zu Ihnen kommt. Sie sollten darüber nachdenken. Außerdem werde ich gleich einen Termin für Sie bei Frau Doktor Lommers machen. Ich möchte, dass Sie diese Sache besser verarbeiten als die andere Geschichte.«

Nach einem wahren Gefühlstornado erstarrte er. »Welche andere Geschichte?«

»Kollang, ich bin nicht so gefühlskalt, wie Sie scheinbar denken. Ich sehe, dass Sie immer noch wegen des Vorfalls Ihres ersten Einsatzes leiden. Da Sie Ihren Job aber bislang ordentlich gemacht haben, habe ich nie etwas gesagt. Zwei Mordanschläge zusätzlich werden Sie allerdings in ein tiefes Loch ziehen, wenn Sie diese nicht verarbeiten. Also machen Sie Ihren Job, indem Sie zur Therapie gehen. Wir machen unseren und finden den Kerl, der Ihnen das angetan hat.«

Ben schluckte hart. Dem Boss konnte er wirklich nichts vormachen. »Haben Sie schon Hinweise auf den Täter?«

»Leider nicht. Aber wir suchen weiterhin nach Keno Knauk und außerdem nehmen wir sämtliche IT-Profis in der Umgebung unter die Lupe.«

Er fuhr hoch und kniff für einen winzigen Moment die Augen zu, um den stechenden Kopfschmerz auszublenden. Die Worte seines Chefs erleichterten es ihm. Das konnte nicht sein Ernst sein! »Sie suchen Knauk immer noch?«

»Ja, er ist nicht auffindbar. Seit er seinen Vater verloren hat, ist er untergetaucht. Es gibt rein gar nichts von ihm. Leider auch kein Bild, was Fragen aufwirft, denn obwohl er einen Personalausweis besitzen muss, existiert kein Foto im System. Was den Verdacht seiner mindestens Mittäterschaft massiv erhärtet. Haben Sie den Jungen schon mal gesehen? Können Sie ein Phantombild erstellen lassen?«

»Direkt nach dem Tod seines Vaters habe ich ihn kurz gesehen, aber ich kann mich nicht mehr richtig an sein Aussehen erinnern.«

Schnaider seufzte. »Schade. Auch im Haus der Knauks gibt es keine Bilder. Ebenso wenig Papiere. Alles andere ist noch da, nur nichts, mit dem wir etwas hätten anfangen können. Außerdem eine Menge Staub und Spinnenweben, es war anscheinend ewig niemand dort. Der Junge oder sein Helfer führt uns an der Nase herum. Aber keine Sorge, wir werden ihn kriegen und hoffen, dass wir mit ihm auch das Opfer finden. Also versuchen Sie, sich etwas zu entspannen und dann kommen Sie aufs Revier, sobald Sie sich fit genug fühlen. Ich werde Sie die nächsten sechs Wochen nicht einplanen, Sie wären nur zusätzlich da. Zumal Sie ja ohnehin ausschließlich den Innendienst übernehmen können.«

Ben war sprachlos. Er wusste zwar, dass Schnaider seine Mitarbeiter am Herzen lagen, aber damit hatte er nicht gerechnet. Was für ein Glück, ihn zum Boss zu haben. »Danke. Ehrlich.«

»Passen Sie auf sich auf. Wenn was ist, rufen Sie mich direkt an.«

»Mach ich.«

Er legte auf und ließ sich zurücksinken. Wer hätte gedacht, dass er sich je über Personenschutz freuen würde. Überhaupt – was für ein Gespräch war das bitte gewesen? Er kannte es nicht, dass sich jemand um ihn sorgte, der in der Hierarchie über ihm stand. Verdammt noch mal, das fühlte sich gut an.

Und machte ihn sentimental. Er *war* aber nicht sentimental. Das war er nie gewesen und hatte auch nicht vor, das zu ändern.

Verfluchte Medikamente.

Entschlossen kämpfte er sich aus dem Bett und packte seinen Rucksack. Hoffentlich kam Chiara bald. Die Luft hier drin tat ihm offensichtlich nicht gut.

Kapitel 30

Die Freude über seine Entlassung löste sich in Wohlgefallen auf, sobald er durch den Ausgang trat. Als hätte ihm jemand ein zweites Herz eingepflanzt, verdoppelte sich sein Puls regelrecht. Sämtliche Muskeln angespannt, sah er sich in alle Richtungen um, auf der Suche nach einem Lkw. Einer Pistole, die auf Chiara oder ihn gerichtet war. Einem Angreifer mit einem Messer. Nach irgendwelchen Auffälligkeiten.

Wenn er geglaubt hatte, dass es im Wagen nachlassen würde, hatte er sich getäuscht. Mit schweißnasser Hand umklammerte er den Türgriff, jedes Auto aus einer Seitenstraße, jeder Lkw, der in sein Sichtfeld kam, verursachte ihm Übelkeit. Er schloss die Augen, in der Hoffnung auf Besserung, riss sie aber direkt wieder auf. Er musste sehen, was um ihn herum passierte. Vielleicht schaffte er es ja, Chiara vorzuwarnen.

Sie warf ihm mitleidige Blicke zu, die das Ganze noch schlimmer machten. Immerhin hielt sie die Klappe.

Als sie zwanzig Minuten später sein Zuhause erreichten, hätte er sein Shirt auswringen können. Dennoch zögerte er, ehe er ausstieg. Das Gefühl der Sicherheit wollte sich trotz aller Vorkehrungen nicht einstellen. Wenigstens lag kein Vieh vor der Haustür.

»Soll ich vorgehen?«, fragte Chiara.

Ben deutete mit dem Kinn auf ihre Waffe und nickte. Einen Ton brachte er nicht heraus.

Erneut kassierte er einen ihrer Blicke, der besagte, dass sie ihn am liebsten einweisen würde. Dennoch zog sie kommentarlos ihre Pistole und ging vor. Ben schloss die Haustür hinter sich und presste sich in die Ecke, während Chiara mal wieder die Räume sicherte. Das Herz schlug ihm bis zum Hals, ein Zittern überrollte seinen Körper. Es wurde sekündlich schlimmer. Atemlos starrte er die Treppe hoch, wartete auf ihren Aufschrei. Einen Schuss. Kampfgeräusche, irgendwas.

Als sie entspannt herunterkam und die Waffe wegsteckte, sackte er in sich zusammen.

Scheiße, er hätte Beruhigungspillen mitnehmen sollen.

Er schloss die Haustür ab, hinkte zum Sofa und ließ sich seufzend darauf nieder.

Chiara setzte sich neben ihn. »Alles okay?«

»Ging mir nie besser.«

»Ben! Das Thema hatten wir doch schon. Rede mit mir, Himmel noch mal!«

Wie gern hätte er tief durchgeatmet, seine innere Unruhe einfach raus gepustet. Wieder machten ihm die Rippen einen Strich durch die Rechnung. »Es ist alles okay. Ja, ich war nervös, aber jetzt ist alles gut.«

Sie seufzte und zuckte mit den Schultern. »Na dann. Hier ist übrigens der Name der App für deine Kamera.«

Dankbar nahm er den Zettel von ihr entgegen und installierte das Programm auf seinem Handy. Das war nicht schlecht, er hatte ein Livebild und bei jeder Bewegung vor der Tür wurden die Bilder aufgezeichnet. Damit konnte er gut leben.

Auch das neue Schloss beruhigte ihn. Einen der beiden Schlüssel hielt er Chiara hin. »Wäre schön, wenn du den nehmen könntest. Ich meine, du wohnst nicht weit von hier, und falls ich den anderen verlieren sollte ...«

»Natürlich, ich passe darauf auf. Jetzt muss ich aber wirklich los. Kommst du klar?«

»Jap. Du hast die Hütte ja gesichert, da kann nichts mehr schiefgehen.«

Chiara lächelte und strich ihm sanft über den Arm. Die Gänsehaut breitete sich auf Bens ganzem Körper aus. Es tat gut zu wissen, dass er nicht allein war. Dass jemand uneingeschränkt hinter ihm stand.

Und doch musste er sie nun gehen lassen, so schwer es ihm auch fiel. Aber die Ruhe würde ihm guttun und wenigstens Chiara sollte nach Melina suchen, wenn er schon nicht dazu fähig war.

Als die Haustür ins Schloss fiel, breitete sich eine unangenehme Leere in ihm aus. Er legte sich hin und starrte ihr auf der Liveschaltung seiner Kamera hinterher, bis sie verschwunden war. Seufzend überlegte er, ins Bett zu gehen, fühlte sich aber dem Treppensteigen nicht gewachsen. Wozu auch? Sein Dreisitzer war lang genug, um die Beine auszustrecken, wenn er die Füße auf die Kante legte. Mehr brauchte er nicht.

Nun lag er da, mit vor Müdigkeit brennenden Augen, und bekam den Dreh nicht. Sobald er einnickte, schossen die Erinnerungen in seinen Kopf und katapultierten ihn zurück ins Hier und Jetzt. Es trieb ihn in den Wahnsinn. Wie lange hatte er nicht mehr richtig geschlafen? Zwei Nächte? Drei? Er wusste es nicht. Fakt war, dass es ihm an die Substanz ging und dass es ohne mindestens ein Bier zum Einschlafen nicht länger funktionierte.

Selbst das würde heute nicht reichen. Die innere Unruhe machte ihn verrückt. Sein Magen rumorte, das Herz schlug zu schnell, sein Fuß wippte ohne jegliches Zutun.

Es gab wohl nur eine Sache, die ihm helfen konnte.

Er quälte sich hoch und hinkte zu seiner Bar. Sobald er wieder saß, goss er sich ein Glas mit seinem geliebten Bourbon voll und gönnte sich den ersten Schluck. Mit geschlossenen Augen genoss das Brennen im Hals, die aufsteigende Wärme im Bauch. Wie hatte ihm das gefehlt. Damit würden auch die bösesten Gedanken in einem dichten Nebel abtauchen und er endlich zur Ruhe kommen. Dann würde er sicher durchschlafen bis übermorgen.

Er legte sich hin, fand eine halbwegs erträgliche Position und war tatsächlich eine Viertelstunde später eingeschlummert. Ehe er jedoch in den Tiefschlaf abdriften konnte, hörte er es – das Kleiderrascheln. Sein Widersacher war hier!

Binnen einer Sekunde saß er auf der Sofakante. Schwindel nahm ihm die Sicht, ließ Panik in ihm aufsteigen. Er verengte die Augen zu kleinen Schlitzen, warf den Kopf hin und her. Seine Atmung schnellte mit dem Herzschlag um die Wette nach oben. Das Blut rauschte in seinen Ohren, machte ihm ein gescheites Lauschen unmöglich und heizte der Panik noch mehr ein. Langsam erhob er sich auf die zitternden Beine, taumelte rückwärts an die Wand, schob sich in die Ecke. So sah er seinen Gegner wenigstens kommen. Eine Chance hatte er ohnehin nicht gegen ... ja, wen? Wer zum Teufel machte ihm das Leben zur Hölle?

Sein Blick fiel aufs Handy. Auf die Kamera, die eine unberührte Auffahrt zeigte. Die Aufnahmen! Dort musste etwas zu finden sein. Aber vorher sollte er sich eine Waffe besorgen. Auch wenn die in seinem Zustand eher Kosmetik war.

Dicht an der Wand entlang kämpfte er sich bis in die Küche vor. Ergriff sein größtes Fleischermesser und machte die gleiche Strecke zurück, während er immer wieder lauschte. Aber da war nichts mehr. Das hatte er sich doch nicht eingebildet, verdammt!

Mit dem Handy in der einen und dem Messer in der anderen Hand setzte er sich auf den äußersten Rand des Sofas.

Ob er Chiara bitten konnte, ihm seine Waffe zu bringen?

Die Frage nach dem Können war irrelevant – er *musste* es tun, ansonsten würde er zeitnah durchdrehen. Vorher sollte er allerdings sichergehen, dass wirklich jemand hier war. Bevor sie ihn noch in die Psychiatrie einwies.

Er sah sich die Aufnahmen an. Wieder und wieder, doch da war nur Chiara. Danach kam nichts mehr. *Gar* nichts.

Ben raufte sich die Haare, sein Herz raste. Dann gab es nur noch eine Möglichkeit. Mit zitternden Fingern suchte er Chiaras Nummer heraus und rief sie an.

»Ben, alles okay?«

»Nein. Hast du wirklich jeden Winkel im Haus abgesucht?«

»Ja, klar. Wieso?«

Sein Gehirn ratterte. Dann hätte es die Kamera aufzeichnen müssen. Das konnte doch alles nicht sein!

»Ben, was ist los?«

»Ich brauche meine Waffe. Sofort.«

Einen Moment schwieg sie. »Bist du in Gefahr?«

Er raufte sich die Haare. »Keine Ahnung. Bring sie mir einfach. *Bitte.*« Damit legte er auf. Kluge Worte ertrug er gerade nicht.

Was sollte er jetzt machen? Theoretisch müsste er oben nach offenen Fenstern suchen. Seine Rumpelkammer komplett auseinandernehmen, denn da wäre das einzig mögliche Versteck für einen Eindringling. Was, wenn er schon seit einigen Tagen dort hauste? Er konnte sich nicht vorstellen, dass Chiara jeden Karton auf links gekrempelt hatte. Also *musste* er dort sein.

Aber in seinem Zustand brauchte er das gar nicht erst zu versuchen. Schon gar nicht unbewaffnet. Ihm blieb keine andere Wahl, als zu warten und zu beten, dass er bis dahin in Ruhe gelassen wurde.

Es setzte ihm stärker zu als befürchtet. Sein Puls kam gar nicht mehr runter, die Atmung artete zunehmend in eine Hyperventilation aus. Er musste sich verstecken, bis er seine Waffe hatte.

Das Gäste-Klo!

Erneut kämpfte er sich hoch, das Messer krampfhaft in der schweißnassen Hand. Abermals schlich er sich an der Wand entlang. Drehte sich immer wieder um, wohlwissend, dass aus der Richtung niemand hätte kommen können. Es war wie ein Zwang, als würde der Angreifer aus dem Fernseher kriechen oder so ein Blödsinn.

Ben erreichte den Flur. Hielt inne, lauschte, lugte um die Ecke. Ein Schweißtropfen landete in seinen Wimpern und verschleierte seine Sicht. Nicht jetzt, verdammt! Hektisch rieb er mit dem Ärmel darüber, sah sich erneut um. Sein Blick glitt zur Haustür, neben der sich das Klo befand. Nichts. Ein weiteres Mal drehte er den Kopf in alle Richtungen. Die Treppe hoch, soweit er sie einsehen konnte. Dann gab er Gas, riss die Tür auf, stürmte in den winzigen Raum hinein – und stolperte. Stieß sich die Rippe am Waschbecken. Ihm blieb die Luft weg. Er schaffte es gerade noch, abzuschließen, dann empfing ihn die Schwärze.

Kapitel 31

Autsch. Ließen die Schmerzen denn nie nach? Stöhnend schlug er die Lider auf und sah im Dämmerlicht, das durch die Lüftungsschlitze in der Tür hereinfiel, auf eine geflieste Wand direkt vor ihm. Er setzte sich auf, kniff kurz die Augen zu und drehte sich mit zusammengepressten Lippen um. Viel zu dicht hinter ihm waren die nächsten Fliesen.

Ein Hauch von Klaustrophobie weckte ihn richtig auf und spornte seinen Herzschlag an. Wo war er? Was war passiert?

Sein Blick fiel auf ein kleines Waschbecken. Erleichtert sackte er in sich zusammen. Das Gäste-Klo. Alles okay.

Oder auch nicht. Schlagartig waren die Erinnerungen zurück. Jemand war hier, in seinem Haus, wollte ihm auflauern. Ihn fertigmachen. Und das hatte er so gut wie geschafft. Aber hier drin war er sicher. Zumindest so lange, bis Chiara mit seiner Waffe kam. Hoffentlich bald! Er könnte nämlich gerade einen großen Schluck Whiskey gut gebrauchen. Hätte er die Flasche doch nur mitgenommen! Auch sein Handy lag noch auf dem Wohnzimmerti...

Schritte. Vor seiner Tür. Schleichend, vorsichtig. Das Rascheln der Kleidung erinnerte ihn an seinen gescheiterten Schlafversuch.

Wut breitete sich in ihm aus. Was war nur aus ihm geworden? Ein Waschlappen. Eine Memme, die sich auf das Klo verkroch, während sich irgendein Irrer über ihn totlachte!

Er sah zu Boden. Zum Messer. Er brauchte keine Pistole. Der Wichser war direkt vor seiner Tür. Er musste nur schnell sein, sobald er diesen verfluchten Schlüssel geräuschlos im Schloss gedreht hatte. Was mit seinen zitternden Fingern gar nicht so einfach war.

Okay, runterkommen. Durchatmen.

Erneut setzte er an. Scheiße, die Schritte entfernten sich immer mehr. Er musste sich beeilen, wenn er eine Chance haben wollte.

Alles in ihm schrie, es zu lassen. Aber dann würde er weiterhin in Angst leben, und das in seinem eigenen Haus.

Nein, das musste ein Ende haben. Wenn er dabei draufging, hatte er es wenigstens versucht.

Der Schlüssel war herumgedreht. Er ballte die Faust um das Messer, richtete sich auf und atmete erneut durch. Riss die Tür auf. Da war der Wichser, er fuhr in diesem Moment herum. Ben konzentrierte sich auf den Bauch des Gegners, der Endstation für seine Waffe. Er stürmte in den Flur, die Klinge in Position. Bereit, sie dem Monster in die Gedärme zu jagen.

»Ben!«

Er zuckte zusammen, sein Körper verkrampfte sich, der Griff rutschte ihm aus der Hand.

Verschissen.

Wie versteinert stand er da. Unbewaffnet. Hilflos. Wehrlos.

Und doch nahm die Panik nicht überhand. Denn er kannte die Stimme. Die Silhouette. Ganz langsam sah er hoch in das Gesicht.

Die Erleichterung übermannte ihn unerwartet. Seine Beine gaben unter ihm nach. Chiara fing ihn auf, ging gemeinsam mit ihm in die Knie und zog ihn in ihre Arme. Tränen liefen ihm über die Wangen. Schluchzend vergrub er seinen Kopf an ihrer Schulter. Sie hielt ihn. Gab ihm Kraft.

Er stockte. Was zum Teufel machte er da? Mit hochrotem Gesicht und verquollenen Augen befreite er sich aus ihren Armen und rutschte zur Wand. Er senkte den Blick. »Sorry.«

Chiara legte ihre warme Hand auf sein Bein. »Es gibt rein gar nichts, wofür du dich entschuldigen musst. Das heißt – doch.«

Er ließ den Kopf noch tiefer hängen. Da gab es sogar eine ganze Menge. Angespannt wartete er auf ihre Auswahl.

»Dafür, dass du nicht viel eher zu mir gekommen bist.« Sie schob sich neben ihn und schlang die Arme um ihre angezogenen Knie. »Dir geht es seit drei Jahren schlecht, aber anstatt mit deiner Kollegin und Freundin zu reden, bekommt man dich kaum von der Arbeit weg.«

Sie drehte sich zu ihm und wollte gerade weiterreden, als Ben ein Geistesblitz durchzuckte. Mit erhobener Hand hielt er sie zurück.

»Ins Wohnzimmer«, wisperte er, seine Iriden zuckten zur Treppe.

Chiara schob die Brauen zusammen und folgte seinem Blick. Sah ihn wieder an, in seine angstgeweiteten Augen.

Ben konnte sich kaum rühren, kam nur mit ihrer Hilfe hoch. Wer hätte gedacht, dass er jemals dankbar sein würde, wenn sie sich schützend neben ihn stellte. Dabei sollte es umgekehrt sein, er müsste auf *sie* aufpassen.

Es störte ihn weniger als erwartet, während er sich von ihr durch den Flur stützen ließ. Offensichtlich war er wirklich am Ende mit den Nerven.

Sobald sie das Wohnzimmer betraten, wartete er dicht an der Wand darauf, dass sie den Raum sicherte.

Schließlich schloss sie die Tür. »Leg dich hin und dann rede mit mir. Was ist hier los? Wer ist hier? Und wo?«

Erneut senkte Ben den Kopf und wankte zum Sofa. Ihm war schwindelig, er zitterte am ganzen Körper.

»Ich weiß es nicht«, murmelte er und ließ sich auf den Dreisitzer sinken.

»Was heißt, du weißt es nicht?«

»Ich bin eingeschlafen, glaub ich. Dann bin ich von Kleiderrascheln wach geworden. Wie in der Nacht vor dem Attentat auch schon. Irgendjemand muss hier sein. Ich hab aber keine Ahnung, wo, oder wie er hier reingekommen ist. Auf der Kamera ist nichts zu sehen.«

Ihr Blick fiel auf die Whiskeyflasche, die er sinnfreierweise stehenlassen hatte. Er schloss die Augen. Sie würde ihn für verrückt erklären.

Chiara setzte sich neben die Flasche auf den Tisch. »Wie viel hast du getrunken?«

Es ging schon los. »Nur einen Schluck.«

»Du weißt aber, dass es in Verbindung mit Schmerzmitteln gleich um ein Vielfaches stärker wirkt?«

Er nickte und sah sie flehend an. »Chiara, ich bilde mir das nicht ein. Irgendjemand ist hier!«

»Aber wie soll der hier reinkommen? Das Schloss ist ausgetauscht und es gibt die Kamera. Außerdem habe ich alles gesichert!«

»Auch meinen Rümpelraum?«

»Ja, auch den. Ben, wenn auf der Kamera niemand zu sehen war, *kann* hier keiner sein.«

Er richtete sich auf und funkelte sie an. »Es *ist* aber jemand hier. Ich bin doch nicht verblödet!«

Darauf sagte sie nichts, was für ihn Antwort genug war. Fassungslos ließ er sich zurücksinken und rieb sich das Gesicht. Dann musste er da wohl allein durch, wenn nicht mal sie länger hinter ihm stand.

Seine Stimme wurde eisig. »Wo ist meine Waffe?«

Chiara seufzte. »Ben, ich halte dich nicht für verblödet. Aber nach den letzten Tagen ist klar, dass deine Nerven blank liegen. Und dann noch der Alkohol in Verbindung mit Schmerzmitteln ... da kann man sich schon mal Dinge ... also, hören. Dinge, die nicht da sind.«

»Meine Waffe.« Auffordernd streckte Ben die Hand aus.

Chiara zögerte, hielt sie ihm dann aber hin. »Du weißt, dass du die nicht offen liegenlassen darfst?«

Dämliche Frage, er hatte die gleiche Ausbildung genossen wie sie. Allerdings fehlte ihm die Kraft für eine Diskussion. Wortlos nahm er die Pistole entgegen und kontrollierte sie. »Munition?«

Langsam griff sie in die Tasche und ließ die Hand darin verharren. »Ben, ich weiß nicht, ob ...«

»Die Munition.«

Tief durchatmend zog sie das Magazin heraus und gab es ihm. Er schob beides unter sein Sofakissen und sah sie kalt an. »Geh jetzt.«

»Nein, das werde ich nicht.«

»Du musst arbeiten.«

»Und mein Partner und Freund braucht mich an seiner Seite.«

Das klang im ersten Moment echt toll. Wäre da nicht die Tatsache, dass seine *Freundin* ihn für irre abstempelte. »Ich brauche niemanden, der mich nicht ernst nimmt. Wiegesal wartet auf dich.«

»Ben, ich ...«

»Hau ab! *Verpiss* dich! Lass mich in Ruhe mit deinem falschen Getue!«

Im Gegensatz zu ihm blieb sie ruhig. »Falsches Getue wäre, wenn ich dir uneingeschränkt recht geben würde. Aber wir wissen beide, dass du das geträumt haben könntest. Ich meine, wir reden von einem *Kleiderrascheln*. Wie es auch von der Gardine kommen könnte, die im Wind weht. Dank der letzten Tage wäre es völlig verständlich, dass du direkt an einen Eindringling denkst.«

Ben starrte den Tisch an. Ihre Worte klangen einleuchtend, auch wenn es schwer für ihn war, sie zu glauben. Aber er hätte verdammt noch mal nichts dagegen.

Sie fuhr fort: »Pass auf, ich mache dir einen Vorschlag. Ich werde ein weiteres Mal jeden Raum auf Herz und Nieren checken, in jeden Schrank sehen und auch jeden Karton in deinem Chaoszimmer auf links drehen. Wenn ich niemanden entdecke, kannst du entscheiden, ob ich bei dir bleiben oder gehen soll. Schnaiders Okay habe ich schon.«

Er fuhr herum. »Du hast *was*?«

»Ach komm schon. Er weiß genau, wie es dir geht, und das nicht erst seit vorgestern. Auch wenn er dich in Ruhe lässt und dir die Chance gibt, dich mit der Arbeit abzulenken, was du ihm hoch anrechnen solltest.«

»Ich hab meinen Job immer gut gemacht!«

Sie ergriff erneut seine Hand. »Niemand behauptet das Gegenteil. Sonst wärst du auch schon lange raus. Schnaider ist ein guter Vorgesetzter. Vor allem ist er nicht blind und interessiert sich für seine Leute. Er weiß uns alle einzuschätzen. Was nicht heißt, dass er jeden ständig darauf ansprechen muss. Das würdest du auch nicht wollen, oder?«

Er schüttelte den Kopf.

»Das ist ihm bewusst, darum lässt er es. Würdest du aber zu ihm gehen, würde er zuhören und dir helfen, soweit es in seiner Macht steht.«

»Klingt so, als würdest du aus Erfahrung sprechen.«

»Tue ich auch. Unter anderem deinetwegen.«

Das konnte doch nicht wahr sein! Wut brodelte in seinem Bauch, seine Augen sprühten regelrecht Feuerblitze. »Weißt du eigentlich, was du willst? Erst erzählst du mir einen von best friends und dann gibst du zu, dass du dich bei unserem *Chef* über mich auslässt?«

»Niemand lässt sich über dich aus. Aber da du verschlossener bist als ein Geldtresor in der Bank, muss ich eben mit jemand anderem reden, wenn mich dein Verhalten fertigmacht.«

Seine Eingeweide quetschten sich derart zusammen, dass er sich fast gekrümmt hätte. »Alter, es reicht. *Ich mache dich fertig?*«

Theatralisch warf sie die Hände hoch. »Du willst mich nicht verstehen, oder? Himmel, ich mag dich und ich hasse es, dich leiden zu sehen! Aber mit dir kann man sich über sowas nicht austauschen, mit dem Chef schon. Immer reißt du dein Maul zu weit auf, aber wenn es um dich geht ... Himmeldonnerwetter, rede einfach mit mir und alles ist super!«

»Ich rede die ganze Zeit mit dir!«

»Das ist doch ...« Sie fuhr sich mit beiden Händen durch die Haare. »Okay, vergiss es. Ich werde deine Wohnung durchsuchen und dann wieder arbeiten gehen. Wiegesal macht mich weniger fertig als dein nervtötendes Superhelden-Gehabe!«

Sie sprang auf und verließ den Raum mit energischen Schritten. Ben hingegen griff zum Whiskey und setzte ihn an. Er nahm drei große Schlucke direkt aus der Flasche und knallte sie wieder auf den Tisch.

Dann legte er das Gesicht in die Hände, wohlwissend, dass jeden Moment sein vermeintlicher Mörder aus der Küche kommen und ernstmachen könnte. Es war ihm egal. Sollte er ihn doch umbringen. Er hatte keine Kraft mehr für diesen Scheiß.

Chiaras lautstarkes Fluchen ließ ihn aufspringen. Seine Beine spielten nicht mit, schon saß er wieder. Was die ausgelöste Panik noch vergrößerte. Er bebte am ganzen Körper. Dann fiel die Haustür ins Schloss.

Kapitel 32

Seine Hand zitterte, als er sie über das Sofa schob. Unter das Kissen. Mit weit aufgerissenen Augen fixierte er die Wohnzimmertür, während er den Pistolengriff umklammerte. Sich daran festhielt und das Gefühl der Sicherheit in sich aufsog, das ihn sofort überkam.

Gefolgt von einem eisigen Schauer. Die Pistole war nicht geladen. *Fuck!*

Die Tür wurde aufgestoßen, jemand stürmte herein. Er riss die Waffe hoch, zielte. Und senkte sie wieder.

»Spinnst du, mich so zu erschrecken?«, fuhr er Chiara an.

Sie reagierte nicht. Ließ sich in den Sessel fallen und legte ein Päckchen vor ihm auf den Tisch, das sie mit dem Ärmel ihres Sweatshirts festgehalten hatte. »Das lag vor deiner Haustür. Starte mal die Aufnahmen.«

Es dauerte, bis ihn die Worte erreichten. Perplex starrte er auf die Pappschachtel ohne Namen oder Adresse. Einfach nur ein blankes kleines Paket von der Größe zweier aufeinanderliegender Zigarettenschachteln. Langsam strecke er die zitternde Hand danach aus.

»Stopp!«, rief Chiara. »Nicht anfassen. Denk an Spuren, Fingerabdrücke und so. Jetzt starte schon das Video!«

Er sah sie stirnrunzelnd an. Wieso Video? Woher wusste sie, dass eines da drin war? Warum kam das nicht über die Cloud und wie zum Teufel sollte er es starten, wenn er es nicht mal auspacken durfte?

»Ben!« Ungeduldig fuchtelte Chiara mit den Händen in der Luft herum.

Er sah sie an, sein Verstand war wie ausgelöscht. Wenigstens kannte er noch seinen Namen.

Chiara stöhnte genervt und nahm sein Handy. Tippte darauf herum und fluchte erneut.

»Was?«, presste Ben hervor.

»Da ist nichts. Die Kamera hat nichts aufgenommen. Die vorletzte Aufnahme ist von einem Vogel, da ist das Päckchen noch nicht da. Die letzte zeigt mich, wie ich das Teil reinhole. Das kann doch nicht sein, verdammt noch mal! Was ist das denn für ein *Scheiß*?«

Aufnahme. *Diese* Aufnahme hatte sie sehen wollen! Oh Gott. Unwillkürlich griff Ben zu seinem Whiskeyglas und leerte es in einem Zug. Er verlor den Verstand. Als hätte er nicht schon genug Probleme.

»Hey! Wo bist du mit deinen Gedanken?« Chiara steckte ihr Handy in die Tasche. Hatte sie telefoniert?

»Was?«

»Ich sagte, die SpuSi kommt gleich. Kommst du klar, oder brauchst du was zur Beruhigung?«

Er schüttelte den Kopf, was ihr offensichtlich nicht reichte. »Mann, auf eine Entweder-oder-Frage kann man nicht mit Ja oder Nein antworten!«

Noch immer starrte er auf das Paket und bemühte sich, das Chaos in seinem Gehirn wenigstens ein wenig zu lichten. Ben erschrak fast zu Tode, als sich eine Hand auf seinen Rücken legte. Wann hatte sich Chiara neben ihn gesetzt?

»Ben, jetzt atme mal tief durch. Ich bin da, alles ist gut. Ich passe auf dich auf, okay?«

Aufpassen. Chiara hatte recht, er brauchte Hilfe. Dringend. Er war nicht mehr zurechnungsfähig. Mit gesenktem Blick nickte er.

Sie streichelte seinen Rücken, was ihm die Tränen in die Augen trieb. Frustriert wischte er sie weg. Wie konnte man nur so fertig sein?

»Brauchst du was zur Beruhigung?«, fragte Chiara erneut.

»Nein.« Es war nicht mehr als ein Hauchen.

Okay, das reichte. Er räusperte sich, richtete sich auf und legte alle verfügbare Kraft in seine Stimme. »Nein, ich brauche nichts.«

Besser. Anstrengend, aber besser. Er würde sich nicht länger fertigmachen lassen. »Wann kommt die SpuSi?«

»Die sind schon unterwegs. Schnaider weiß auch Bescheid. Jetzt werde ich Reinhard und Smitti anrufen, dass einer von denen das System checken muss. Es kann ja nicht angehen, dass die dämliche Kamera ausgerechnet dann versagt, wenn man sie mal braucht!«

»Nein.« Es sei denn, sein Attentäter hatte sich auch da rein gehackt. Aber das konnte man doch nicht so schnell, oder? Was wusste er schon. Einer der ITler würde es herausfinden. Das *musste* er.

»Smitti erreiche ich nicht. Reinhard ist beschäftigt, kommt aber, sobald er es schafft.«

Ben nickte. Er hatte den Livestream seiner Kamera gestartet und starrte auf das unbewegliche Bild. Nicht, dass er noch mehr verpasste.

»Hey, kann ich was für dich tun? Möchtest du einen Kaffee? Schmerzmittel?«

Er schüttelte den Kopf. Sein Körper war ohnehin wie betäubt, dem Gehirn ging es nicht viel besser. Da brauchte er nichts anderes mehr. »Ich will nur, dass das endlich aufhört.«

»Ja.« Sie seufzte. »Ich auch.«

Eine Bewegung auf der Kamera erweckte seine Aufmerksamkeit. Sofort gab sein Herz Vollgas.

Es waren die Kollegen, die Spuren sichern sollten. Na, dann würde er ja jetzt herausfinden, welches Geschenk ihm dieses Mal gemacht worden war. Der Gedanke allein presste den Schweiß aus all seinen Poren.

Chiara ließ sie herein und zeigte bei dieser Gelegenheit auch gleich den Ort, wo das Päckchen gestanden hatte. Direkt vor der Haustür, wie die toten Tiere zuvor auch. Vielleicht schickte der Wichser ihm ja jetzt eine Giftspinne. Aber die wäre inzwischen wohl erstickt.

Er wollte es gar nicht wissen. Sobald die Kollegen ins Wohnzimmer kamen, stand er auf und zog sich in die Küche zurück. Dort lehnte er sich auf die Arbeitsplatte und starrte aus dem Fenster, falls noch jemand kam. So bekam er es wenigstens sicher mit.

Es reichte ihm. Eine weitere Botschaft verkraftete er nicht.

Und doch kam er nicht drum herum. Chiara wankte herein, das Gesicht kreidebleich. »Dieses Mal ist es ein Finger.«

Seine Knie drohten unter ihm nachzugeben. Eilig setzte er sich. Das alles wuchs ihm über den Kopf. Wie viel musste er noch ertragen?

Der Finger konnte nur von Melina stammen. Inzwischen hoffte er wirklich, sie wäre tot. Sie hatte mehr als genug erleiden müssen, es reichte. Er bedeckte das Gesicht mit den Händen und sah nicht auf, als sich Chiara neben ihn setzte. Fast war er enttäuscht, als sie ihren tröstenden Arm nicht wieder auf seinen Rücken legte. Dieses Mal hätte er stillgehalten.

Bis er verstand, dass es ihr nicht viel besser ging als ihm.

Es war nun an Ben, sie zu trösten. Er hob den Kopf und sah sie an. Sie erwiderte den Blick nicht, schien ihn nicht mal zu bemerken. Gedankenverloren starrte sie auf den Tisch. Er zögerte, fragte sich aber, warum. Entschlossen rückte er näher und legte ihr den Arm um die Schultern. »Wir kriegen das hin.«

Nun sah sie ihn doch an, der Hauch eines Lächelns zierte ihr Gesicht. »Klar. Gemeinsam sowieso.« Seufzend lehnte sie sich an ihn. »Ich verstehe einfach nicht, wie jemand derart krank sein kann. Das tue ich nie, aber an diesem Fall hab ich echt zu knacken.« Sie sah ihn an. »Da will ich gar nicht wissen, wie es dir damit geht.«

Den letzten Satz ignorierte er. »Es tut mir leid, dass du da mit drinsteckst.«

»Und dafür kannst du was genau?«

Er zuckte mit den Schultern. Vielleicht sollte er ihr die Freundschaft kündigen. Sich versetzen lassen. Oder, besser noch, sie dermaßen auf die Palme bringen, dass sie von sich aus vor ihm flüchtete.

Aber da schlug dann wieder sein selbstmitleidiger Egoismus zu. Er brauchte sie. Hatte keine Ahnung, wie er es ohne sie schaffen konnte. Zumal er nun auch Melina nicht mehr hatte. Selbst, wenn sie diesen Wahnsinn überleben sollte, würde *sie* diejenige sein, die den

Rest ihres Lebens jemanden zum Reden benötigte. Das wäre seine Chance auf eine Revanche, allerdings fürchtete er, dass ihm dafür die Kraft fehlte.

Ein Kollege steckte den Kopf durch die Tür. »Wir sind dann erst mal weg.«

Ben nickte. »Danke.« Als die Haustür ins Schloss fiel, sah er Chiara an. »War es wirklich Melinas Finger?«

Sie zuckte mit den Schultern. »Wahrscheinlich weiblich, aber die Fingerkuppe ist weggeschnitten. Keinerlei Merkmale wie Muttermal, Ringabdruck oder sonst was. Einziger Hinweis ist, dass der Nagel echt ist und nicht gemacht.«

»Das passt zu ihr. Sie hat sich auch nie geschminkt, war einfach sie selbst. Das fand ich immer toll an ihr. Nicht nur das.«

»Ja, da gehört schon was zu, gerade in dem Job. Da kommen ja gerne mal dumme Kommentare von besoffenen Kerlen.«

Ben nickte. Früher war er einer dieser Arschlöcher gewesen. Heute kotzte es ihn an. Wenn er so zurückdachte, hatte er sich wirklich wie ein Dreckskerl verhalten. Vor allem Frauen gegenüber. Das hatte sich nach Knauks Tod von jetzt auf gleich geändert. Hatte wohl doch was Positives gehabt.

Oder es lag an Chiara, die ebenfalls zu dieser Zeit erneut in sein Leben getreten war.

Nicht, dass er heute den Traummann mimte. Schwierig war er nach wie vor. Aber immerhin fiel es ihm inzwischen selbst auf. So würde er sich auf Dauer vielleicht weiter ändern können.

Wenn er noch die Gelegenheit dazu bekommen sollte.

Kapitel 33

Einen Moment lang saßen sie schweigend und aneinandergeschmiegt da und hingen ihren Gedanken nach, bis die schiefe Haltung zu schmerzhaft für Ben wurde. Überhaupt tat ihm wieder alles weh. Das taube Gefühl war verschwunden und er fragte sich ernsthaft, ob ihn das freuen sollte.

Er stand auf und dehnte sich, soweit es sein Körper zuließ. »Mein Sofa ruft. Kommst du mit rüber?«

In diesem Moment klingelte es.

»Ich mache auf.« Während Chiara seufzend zur Tür ging, spähte Ben durch das Fenster. Es war Harmann. Perfekt, dann würde die Kamera ja gleich hoffentlich wieder funktionieren.

Er hinkte ins Wohnzimmer, wo die beiden ihn bereits erwarteten.

»Was ist mit der Kamera?«, fragte Reinhard und nahm das Handy entgegen. »Das Bild ist doch völlig in Ordnung.«

Ben nickte. »Ja, aber wenn sie nicht aufzeichnet, sobald der Wichser wieder zuschlägt, ist das wenig hilfreich. Ich hab zumindest keine Lust, dauerhaft auf das Teil zu gucken.«

»Wie kommst du darauf, dass er hier war?«

»Weil abgeschnittene Finger im Karton nicht fliegen können.« Bens Beine wollten ihn nicht länger tragen, er ließ sich auf das Sofa sinken.

Harmann sah Chiara stirnrunzelnd an. »Wieso hast du mir das nicht gesagt?«

»Macht das einen Unterschied? Die Kamera hat es nicht aufgezeichnet. Wen oder was, ist da wohl nebensächlich.«

Einen Moment lang sah er sie an, dann nickte er. »Finger also. Das wird ja immer besser.« Er wandte sich Ben zu. »Ich müsste an den Router. Kann ich in die Küche?«

Er nickte und legte die Beine hoch. »Solange ich nicht mit muss ...«

Harmann schüttelte schmunzelnd den Kopf und zog sich zurück, während sich Ben an Chiara wandte. »Gibt's eigentlich was Neues zu den Videos?«

»Nein, leider immer noch nicht. Gar nichts. Erst dachten wir, wenigstens Keno Knauk gefunden zu haben, aber das war auch eine Sackgasse.«

»Wie kamt ihr darauf, dass er es sein könnte?«

»Die ITler des LKA haben ein Bild seines Vaters durch die Überwachungssysteme laufen lassen und einen knapp sechzigprozentigen Treffer gelandet. Das war offensichtlich nicht genug, denn der betroffene Junge ist vor zwei Jahren hierhergezogen und auch erst siebzehn.«

»Schade.«

»Ja, aber die Kollegen versuchen es weiter, irgendwann klappt es. Bald mischst du ja auch wieder mit.«

Seine Miene verfinsterte sich. »Ja, am Schreibtisch.«

»Viel mehr können wir gerade alle nicht machen.«

»Schlimm genug«, murmelte er und rieb sich das Gesicht. Seine Augen brannten, er fühlte sich wie durch den Fleischwolf gedreht. Wann hatte er die letzten Tabletten genommen? Das sollte er dringend nachholen.

Sobald Chiara weg war.

Die Tatsache, dass die Kamera null verlässlich war, beunruhigte ihn weniger, als es sollte. Eigentlich interessierte es ihn gar nicht. Wie auch alles andere. Eine völlige Gleichgültigkeit hatte sich in ihm ausgebreitet. Er wollte nur schlafen. Endlich den Verstand runterfahren, in der Hoffnung, dann wieder klar denken zu können. Denn das gelang ihm seit Wochen nur noch sporadisch und es wurde täglich schlimmer.

Chiaras Hand auf seinem Oberschenkel holte ihn zurück in die Wirklichkeit. »Soll ich bleiben? Dann pass ich auf dich auf und du kannst schlafen. Das hast du bitternötig.«

Als könnte sie Gedanken lesen. Es klang verlockend, aber er hatte sich genug zum Affen gemacht. Die Träume würden unweigerlich zurückkommen. Wenn sie auch die mitbekam, jagte sie ihn garantiert zum Psycho.

Wo Schnaider ohnehin schon einen Termin für ihn machen wollte. Himmel, was war das hier alles für ein Scheiß?

Sein Zusammenbruch war zu viel gewesen, der hätte in ihrer Anwesenheit niemals passieren dürfen.

Er schüttelte den Kopf. »Geh arbeiten. Ich komme klar. Wenn Reinhard die Kamera in den Griff kriegt, passt das schon.«

»Und das reicht dir?«

Stirnrunzelnd sah er auf. »Wieso soll mir das nicht reichen?«

Sie erwiderte seinen Blick nicht, starrte stattdessen auf die Whiskeyflasche. »Na ja, du hast ein neues Türschloss, die Kamera, die gleich hoffentlich wieder funktioniert, und ich hab das Haus gesichert. Trotzdem hattest du den Eindruck, dass jemand hier wäre. Vielleicht beruhigt dich der Gedanke, dass trotzdem jemand ... *ich* ... auf dich aufpasse.«

»Ich hab meine Waffe. Seht ihr lieber zu, dass ihr endlich Melina findet, bevor sie noch weiter zerstückelt wird. Das hat Vorrang.«

Die Worte schienen in ihr die gleiche Übelkeit auszulösen wie bei ihm. Sie schüttelte sich. »Das darf wirklich nicht passieren. Trotzdem, ich bin für einen Deal. Da ich meine Zeit lieber bei dir als mit Martin verbringe, werde ich mich in die Küche setzen und von dort aus recherchieren. Dann bin ich für dich da, wenn du mich brauchst, du musst dich aber nicht beobachtet fühlen. Was hältst du davon?«

Seine Kiefermuskulatur arbeitete. Wieso wollte sie unbedingt hierbleiben? Damit brachte sie sich wissentlich in Gefahr.

»Nein, ich brauche gerade Ruhe und muss über einiges nachdenken. Vielleicht kannst du ja nach dem Dienst noch mal vorbeischauen. Nur bitte klingeln und nicht wieder den Schlüssel benutzen. Sonst krieg ich heute noch ’nen Herzinfarkt.«

»Ich hatte dir geschrieben, dass ich den Schlüssel benutzen werde.«

»Hast du?« Er griff in die Tasche und presste die Lippen zusammen. Inzwischen hasste er es, wenn das Smartphone nicht verfügbar war. Aber ohne konnte Harmann wohl kaum daran arbeiten.

War ohnehin egal. »Ich hab das Handy nicht mitgenommen.«

»Ist ja alles gut gegangen.«

Reinhard kam aus der Küche. »Chiara, kannst du mal durch die Haustür bis zur Straße gehen, ein paar Sekunden warten und wieder reinkommen? Ich will wissen, ob das Problem nur die Aufnahmen oder auch das Livebild betrifft.«

»Klar.«

Während sie sich auf den Weg machte, setzte sich Reinhard neben ihn und hielt den Handybildschirm so, dass beide darauf sehen konnten. Sie beobachteten Chiara, als sie über die Auffahrt auf die Straße ging und aus dem Kamerabereich verschwand. Der rote Punkt erschien, kurz nachdem sie ins Bild getreten war, und stoppte die Aufnahme von sich aus fünf Sekunden nach ihrem Verschwinden. Selbiges auf ihrem Rückweg.

Bald war sie wieder im Wohnzimmer. »Und?«

Harmann schüttelte nachdenklich den Kopf. »Ich hab keine Ahnung, warum das Ding vorhin nicht aufgezeichnet hat.« Er startete die Aufzeichnungen. Alles war drauf. »Es funktioniert wunderbar und die Einstellungen passen auch.« Er sah Ben an. »Sicher, dass du das Video nicht versehentlich gelöscht hast?«

»Für wie dämlich hältst du mich?«

»Das passiert schneller, als man denkt. Fakt ist, dass alles richtig ist und es ohne Probleme laufen sollte.«

»Kann sich da keiner reingehackt haben?«

Reinhard stand auf und kratzte sich am Kopf. »In der Theorie schon. Aber dann hatte dieser Jemand unverschämtes Glück, denn Erstens läuft das System noch nicht lange und Zweitens hab ich da einen extra Schutz drauf gepackt, bevor Smitti das eingebaut hat. Es müsste bombensicher sein. Also, nein, ich glaube nicht, dass sich jemand reingehackt hat. Hundertprozentig ausschließen kann ich es aber nicht.«

Mühsam ignorierte er den Schauer, der ihn überkam. »Kannst du es herausfinden?«

»So schnell nicht, dann müsste ich das Handy mitnehmen.«

Ben schüttelte den Kopf. »Auf keinen Fall.«

»Okay. Dann kann ich gerade nichts mehr für dich tun.«

»Alles klar. Danke fürs Gucken.«

Reinhard lächelte. »Kein Ding. Schönen Tag noch.«

Sobald die Haustür ins Schloss fiel, legte sich Ben zurück und seufzte tief. »Das ist alles echt seltsam.«

»Was meinst du?«, fragte Chiara.

Er überlegte kurz und setzte sich wieder auf. »Na, alles. Da wird so viel dafür getan, dass ich sicher bin, und trotzdem funktioniert nichts davon so, wie es soll.«

»Ja, das ist wirklich komisch. Zumal dieser Jemand dich ständig im Blick zu haben scheint.«

Erneut erschauerte Ben. Was für ein beängstigender Gedanke. Und gar nicht mal so unrealistisch.

Chiara erhob sich. »Dann fahre ich jetzt und melde mich, sobald ich Feierabend habe.«

»Okay. Aber kein Wort über meine Heulerei vorhin zu irgendwem! Auch nicht zu Schnaider.«

Prompt saß sie wieder. »Kannst du mir mal sagen, was du von mir hältst? Ich gehe doch nicht mit deinen Problemen hausieren! Obwohl dieser Zusammenbruch schon lange überfällig war.« Sie seufzte. »Dich nervt, dass ich mit Schnaider gesprochen habe, richtig? Dabei ging es aber um *meine* Gefühle, die ich habe, weil du so verschlossen bist. Mehr haben weder er noch ich über dich gesagt. Besagte Gefühle nehmen gerade übrigens ganz neue Ausmaße an. Echt schade, dass du mir so wenig vertraust. Würdest du deinen Mund aufmachen, wäre es für uns beide hilfreich. Aber das ist deine Entscheidung.«

Während Ben Löcher in die Luft starrte, erhob sie sich erneut. »Scheinbar sind meine freundschaftlichen Gefühle für dich einseitig. Das finde ich sehr schade, aber damit muss ich wohl leben. Bist du sicher, dass ich nach Feierabend vorbeikommen soll? Ich will mich ja nicht aufdrängen.«

Was war er nur für ein Idiot. Er versaute es sich gerade mit der einzigen Person, die er noch in seiner Nähe ertragen konnte. Die ihm helfen könnte, wenn er es einfach mal zuließ.

Schlagartig wurde ihm klar, wieso sie hierbleiben wollte. Er war so ein Vollidiot. Ihr ging es ebenfalls beschissen, sie brauchte ihn genauso, wie er sie. Aber das hatte er in seinem paranoiden und egoistischen Schädel nicht kapiert.

Zögernd griff er nach ihrer Hand und zog sie zurück aufs Sofa. Sobald sie saß, legte er die Beine hoch und den Kopf auf ihren Oberschenkel. Die Erleichterung, die ihn überkam, als sie eine Hand auf seiner Brust platzierte und mit der anderen sanft seine Haare streichelte, ließ erneut Tränen in ihm aufsteigen. Er schluckte sie herunter und schloss die Augen. Genoss das Gefühl der Sicherheit und Geborgenheit.

Binnen Sekunden war er eingeschlafen.

Kapitel 34

Es war dunkel, als er erwachte. Wie lange hatte er geschlafen?

Mit halb geschlossenen Lidern schob er die Decke von seinen Beinen. Und hielt inne. Wann hatte er sich zugedeckt? Er konnte sich nicht erinnern.

Auf der Suche nach dem Handy erweckte eine Silhouette seine Aufmerksamkeit. Sein Herz setzte für einen Schlag aus. Ihm gegenüber saß jemand. Seine Waffe! Wo war sie?

Chiara hatte sie ihm gebracht und war noch hier gewesen, als er eingeschlafen war. Erneut stockte er, sah genauer zum Sessel. Eine angenehme Wärme erfüllte ihn, als er sie erkannte. Sie hatte auf ihn aufgepasst, den ganzen Nachmittag, bis in die Nacht hinein. Ihre Schlafposition bereitete ihm allein beim Hinsehen Rückenschmerzen. Für ihn hatte sie das in Kauf genommen. Wie auch schon im Krankenhaus.

Ein dankbares Lächeln trat auf sein Gesicht. Es war ein inzwischen fast unbekanntes Gefühl. Sicher hatte er morgen Muskelkater an den Stellen.

Kopfschüttelnd wandte er sich ab und richtete sich auf. Sein Handy auf dem Tisch zeigte kurz nach drei in der Nacht. Fast zehn Stunden hatte er geschlafen. So lange wie seit Jahren nicht mehr.

Erholt fühlte er sich dennoch nicht, dafür sorgte allein der Ganzkörperschmerz. Wenigstens funktionierte sein Gehirn wieder, zumindest war das Chaos darin verschwunden.

Was noch wichtiger war: Er hatte ohne Albträume schlafen können, das erste Mal seit einem halben Jahr. Die Tatsache löste einen wahren Euphorie-Sturm in ihm aus. So durfte es gern weitergehen.

Hatte er das Chiara zu verdanken? Vermutlich. Behutsam legte er ihr seine Decke über und beobachtete sie einen Augenblick beim Schlafen. Wie hübsch sie war mit ihren langen Wimpern und den sinnlichen Lippen. Das wurde ihm erst jetzt richtig bewusst.

Tat aber nichts zur Sache. Er nahm den Laptop vom Tisch, an dem sie offensichtlich gearbeitet hatte. Was er jetzt auch machen würde. Seit einer gefühlten Ewigkeit hatte er endlich wieder einen klaren Kopf. Das musste er nutzen. Melina zuliebe. Wobei er tief in sich drin sicher war, dass sie zu spät kamen. Sollten sie die Arme überhaupt irgendwann finden.

Das würden sie, und wenn er jedes einzelne Gebäude in Deutschland durchsuchen musste. Er würde sie da rausholen – lebendig oder tot. Dann bekam sie wenigstens die Beerdigung, die sie verdiente.

Was dachte er da eigentlich? Die Hoffnung würde er erst aufgeben, wenn ihr Leichnam geborgen war. Keine Sekunde eher.

Er holte seine Waffe und die Munition unter dem Kissen hervor und zog sich in die Küche zurück. Zuallererst brauchte er einen Kaffee. Während die Maschine lief und der Rechner hochfuhr, lud er seine Walther P

99 und legte sie griffbereit auf den Tisch. Sicherheitshalber bedeckte er sie mit einer Zeitung. Immerhin war Chiara hier und das offene Lagern einer zudem noch geladenen Waffe konnte richtig Ärger geben. Aber sie hatte lange genug auf ihn aufgepasst. Jetzt war er dran.

Inzwischen war der Laptop hochgefahren. Er öffnete den Internetverlauf, in der Hoffnung, Chiaras Recherche fortführen zu können. Die zuletzt geöffneten Seiten handelten von PTBS-Symptomen und Therapiemöglichkeiten. Angehörigenhilfe von traumatisierten Menschen. Verhalten bei Panikattacken und so weiter.

Wie von selbst krallten sich seine Finger an der Tischkante fest. Er war drauf und dran, den Laptop gegen die Wand zu werfen. Stattdessen raufte er sich die Haare. Was sollte der Scheiß? Wieso konnte sie sich nicht aus seinem Leben raushalten?

Weil sie eine verdammt gute Freundin war und sich um ihn sorgte. Erst jetzt wurde ihm klar, dass er vermutlich wirklich unter dem Mist litt.

Bullshit. Diese aktuelle Situation, die Tatsache, dass ein toller Mensch seinetwegen leiden musste und wahrscheinlich schon nicht mehr lebte. Dass die Frau, die er liebte, ebenfalls zum Opfer werden könnte. Dass ihn jemand mit allen Mitteln tot sehen wollte – all das machte ihn fertig. Das waren ja wohl wirklich genug Gründe und würden jeden anderen genauso belasten. Mit PTBS hatte das rein gar nichts zu tun. Sobald sie diesen verfluchten Idioten schnappten, war alles wieder gut. Punkt. Das sollte bald passieren, damit er Chiara schnell überzeugen konnte, wie dämlich ihre Idee war.

Er verwarf den Gedanken und überlegte stattdessen, worüber er recherchieren konnte. Da er aber den aktuellen Ermittlungsstand mal wieder nicht kannte, war das ein Problem. Obwohl – eine Sache gab es: Keno Knauk. Offensichtlich hatten sie ihn immer noch nicht gefunden und wussten nichts über seinen momentanen Aufenthaltsort. Dann würde er sich mal sein Leben vor dem Verschwinden ansehen. Vielleicht fand er einen Hinweis.

Klar. Er. Zu Hause, obwohl alle Kollegen bereits seit Tagen erfolglos nach ihm suchten, mit viel besseren Möglichkeiten auf der Wache.

Schlurfende Schritte ließen ihn aufhorchen. Wie von selbst hob er die Waffe und zielte in Richtung Wohnzimmertür, von wo aus sich jemand der Küche näherte.

Herrgott, es konnte nur Chiara sein. Er musste wirklich mal runterkommen. Leise versteckte er die Pistole wieder unter der Zeitung, ließ die Hand jedoch auf dem Griff liegen. Nur für alle Fälle.

Die Tür wurde geöffnet und ein zerzauster Haarschopf erschien.

Erleichtert zog er die Finger zurück und lächelte Chiara an. »Ausgeschlafen?«

»Abgebrochen«, sagte sie gähnend und setzte sich ihm gegenüber. »Und du? Wie geht's dir?«

»Super. Der Schlaf hat gutgetan. Danke fürs Babysitten.«

Sie lachte auf. »Das war doch kein Babysitten! Ich bin ja froh, dass ich nicht wieder mit Martin losmusste. Der Kerl nervt mich.«

»Echt? Versteh ich nicht. Er sieht gut aus, hat immer einen Spruch auf den Lippen, hat was im Hirn ... wobei ich mir nicht sicher bin, ob das in seinem Kopf oder der Hose steckt.«

Chiara fiel vor Lachen fast vom Stuhl. »Genau so! Der Möchtegern Weiberheld schlechthin!«

»Ja, und dabei merkt er nicht, wie er die Frauen mit seinen dämlichen Kommentaren allesamt vergrault.« Er hob grinsend den Zeigefinger. »Das fällt sogar mir als Mann auf, also muss das echt was heißen.«

»Ja, allerdings.« Sie wischte sich mit dem Ärmel Lachtränen aus den Augen und lächelte Ben warm an. »Schön, dass du zurück bist. Ich hab dich echt vermisst.«

Irritiert hob er eine Braue. »Ich war doch nicht weg.«

»Doch. Der alte Ben, mit dem man Spaß haben und Blödsinn labern konnte, war schon lange nicht mehr da. Eigentlich zuletzt, als wir uns auf dem Revier wiedergesehen haben. Kurz vor dem Knauk-Einsatz. Seitdem hat sich der wahre Ben, der, mit dem ich früher beinahe zusammengekommen wäre, versteckt. Hinter Erinnerungen, Schlaflosigkeit und Sorgen, die er nur mit sich selbst ausmachen wollte.«

Das Grinsen gefror in Bens Gesicht. Die Erinnerungen an früher lösten etwas in ihm aus, es fühlte sich fast gut an. Diese Gefühle zerplatzten aber wie eine Seifenblase nach dem letzten Satz. »Hast du die Webseiten auswendig gelernt?«

»Welche ...« Ihr Blick zuckte zum Laptop. Seufzend ließ sie die Schultern sinken. »Komm schon, ich mach mir Sorgen um dich. Lass mich doch recherchieren. Tut dir doch nicht weh, oder? Aber vielleicht kann ich dir dann etwas helfen, wenn du schon keinen Psychologen an dich ranlässt.«

»Wer sagt das? Schnaider wollte für mich ´nen Termin bei Lommers machen. Was dich übrigens nichts angeht, denn es ist *mein* Problem, nicht deins.«

Sie wedelte mit dem Finger vor ihm herum. »Siehst du? Genau das meine ich. Abblocken, sobald das Thema zur Sprache kommt.« Sie seufzte. »Mann, ich will dir helfen und das nicht nur, weil ich dich mag. Eigentlich. Sondern auch, weil ich mich auf meinen Partner verlassen können muss. Das war in den letzten Tagen nicht der Fall. Auch davor war es teilweise grenzwertig.«

Dagegen konnte er nichts sagen, was die Sache noch verschlimmerte. »Können wir uns jetzt auf das Wesentliche konzentrieren? Melina muss gefunden werden und wenn wir das Schwein schnappen, das sie gefangen hält, wird sich auch mein Problem erledigt haben. Was ja scheinbar aus unerfindlichen Gründen auch deins zu sein scheint.«

Augenrollend stöhnte Chiara auf. »Du bist ein Idiot, ehrlich. Ständig blockst du ab und machst es dadurch noch viel schlimmer. Gestern Abend hast du es endlich mal ein winziges Bisschen rausgelassen. Mit dem Erfolg, dass du etliche Stunden am Stück geschlafen hast. Denk mal darüber nach. Ich muss aufs Klo.«

Mit diesen Worten stapfte sie aus dem Zimmer. Er hatte es mal wieder geschafft. Mit jedem versaute er es sich. Wirklich mit *jedem*. Trottel.

So, genug gejammert. Jetzt wurde gearbeitet. Und nur das. Für die private Schiene war er ja offensichtlich unfähig.

Kapitel 35

Die nächste Stunde redeten sie ausschließlich über den Fall, bei dem sie wie gehabt auf der Stelle traten. Irgendwann lehnte sich Ben auf seinem Stuhl zurück und bog den verspannten Rücken in alle Richtungen, die sein lädierter Körper zuließ. »Ich werde heute schon mit aufs Revier kommen.«

»Aber die Bescheinigung gilt doch erst ab morgen.«

»Ist das so? Wer sagt, dass ich die Bescheinigung nicht vergesse?«

Sie musterte ihn. »Wer sagt, dass ich Schnaider das nicht erzähle?«

»Dann wärst du ein Arschloch. Bist du aber nicht. Also, alles gut. Außerdem hast du den Wisch doch gar nicht gesehen, oder? Vielleicht steht ja das Datum von heute drauf.«

Kopfschüttelnd verschränkte sie die Arme. »Wieso gönnst du dir nicht diesen einen Tag Ruhe? Du bist verletzt, hast Schmerzen und vor allem gerade erst zwei Attentate überlebt.«

»Richtig. Mit der Betonung auf *überlebt*. Das wird das Schwein stinksauer machen, also kann ich mich auf noch mehr Scheiße gefasst machen. Und das alleine hier zu Hause? Never. Außerdem werde ich wahnsinnig, wenn ich nichts machen kann.«

Sie presste die Lippen zusammen. Ehe sie etwas dagegen sagen konnte, fügte er hinzu: »Es macht keinen Unterschied, ob ich hier am Laptop hänge oder auf der Wache. Wobei – doch. Zwei sogar. Erstens hab ich hier nicht annähernd die Möglichkeiten, zweitens bin ich in einem Gebäude, in dem es von Polizisten wimmelt, wohl sicherer als hier.«

Chiara seufzte. »Da fehlen mir gerade die Gegenargumente.«

Das wollte er hören.

Sie ging bald darauf nach Hause, um sich frisch zu machen. Ben zog sich ebenfalls in sein Bad zurück und ließ den gestrigen Tag Revue passieren. Sie hatte auf ihn aufgepasst. War immer für ihn da, sorgte sich um ihn. Er hingegen zickte herum. Fair war das nicht, aber er konnte es nicht ändern. Er hatte keinerlei Idee, wie er damit umgehen sollte. Vor allem nach seinem peinlichen Zusammenbruch gestern wagte er es nicht, sich ein weiteres Mal als Mimose aufzuführen. Seine Gefühle für Chiara setzten dem ganzen inneren Chaos zusätzlich eins drauf.

Es war ja nicht so, dass es ihm nicht guttat, sich zu öffnen. Allerdings machte es ihn angreifbar und von Angriffen hatte er mehr als genug.

Er ließ sich Zeit beim Duschen und genoss den liebkosenden Strahl. Wieder einmal fiel ihm auf, wie verspannt er war. Mit geschlossenen Augen dehnte er die Gelenke, die es aktuell zuließen, was dank der Wärme erstaunlich gut klappte. Es entspannte nicht nur die Muskeln, sondern auch seinen Herzschlag. Für ein paar Minuten schaffte er es, die düsteren Gedanken beiseitezuschieben und es einfach zu genießen.

Gegen halb sechs holte Chiara ihn ab. »Bist du sicher, dass du mitkommen willst?«

»Klar.«

War er nicht, denn dafür musste er auf die Straße. Was, wenn ein Heckenschütze auf ihn wartete? Oder der nächste Lkw, der auch Chiara erwischte?

Obwohl er sich nicht mal im Haus sicher fühlte, zögerte er, es zu verlassen.

Wie lächerlich war das bitte? Entschlossen schüttelte er den Kopf. Er würde sich nicht von einem Irren einsperren lassen, zum Teufel noch mal! Die Freiheit nehmen, zur Arbeit zu fahren! Dann könnte er sich gleich die Kugel geben.

Er nahm allen Mut zusammen und ging aus der Haustür. Sobald er den Fuß über die Schwelle gesetzt hatte, raste sein Herz. Er hielt inne, sah sich um. Da! Hatte im Gebüsch nicht etwas gefunkelt? Unwillkürlich trat er einen Schritt zurück und sah genauer hin. Es war verschwunden. Er ließ seine Augen umherfliegen, auf der Suche nach dem roten Punkt, der das Ziel anvisierte. Wer war es? Chiara, die bereits am Auto angekommen war? Der Wagen stand wenigstens zwischen ihr und dem Busch. Die Kugel würde gebremst werden, sollte sie überhaupt das Metall durchschlagen.

Was war mit ihm? Ruckartig senkte er den Blick, sah an sich herab. Schwindel setzte ein. Mit der verschwommenen Sicht konnte er nichts erkennen. Scheiße! Wieder sah er hoch, zum Busch. Lauschte. Versuchte es zumindest. Das Rauschen in seinen Ohren verhinderte es. Der Schweiß brannte in seinen Augen. Hektisch wischte er ihn weg.

»Kommst du?«

Er zuckte dermaßen zusammen, dass er ein Stück in die Knie ging. Erschrocken starrte er sie an. Chiara schien die vermeintliche Waffe nicht bemerkt zu haben. War sie doch nicht real? Spielte seine Fantasie verrückt?

»Ja«, presste er hervor. Sammelte all seinen Mut und trat erneut aus dem Haus. Wieder fixierte er das Gebüsch. Noch immer sah er nichts.

Er zog die Haustür hinter sich zu und zückte den Schlüssel, um abzuschließen. Wagte es jedoch nicht, die Umgebung aus den Augen zu lassen, indem er sich zum Schloss umdrehte.

Kurz war er versucht, sie offenzulassen, denn sein Besucher hatte ja offensichtlich ohnehin wieder einen Zweitschlüssel. Aber dann würde er nicht merken, wenn er den erneut genutzt hatte. Er presste die Lippen zusammen und schloss ab, so schnell er konnte. Bei dem hektischen Versuch, den Schlüssel herauszuziehen, brach er diesen fast ab.

Cool bleiben, Weichei!

Er fuhr herum, kontrollierte erneut die Umgebung und gab Gas. Zumindest, soweit es ihm möglich war, in seinen Augen jedoch viel zu langsam. Mit Mühe schaffte er es, den Blick vom Gestrüpp abzuwenden, um auch die anderen Richtungen zu checken. Fast wäre er gegen Chiaras Wagen gerannt, konnte im letzten Augenblick aber ausweichen. Dafür musste er sich mit dem verletzten Fuß abstoßen. Dankbar nahm er den Schmerz an, trat mit voller Absicht noch mal drauf und erreichte die Tür. Er riss sie auf und ließ sich keuchend auf den Sitz fallen. Erst, nachdem er die Tür zugeknallt hatte, sackte er erleichtert in sich zusammen.

Chiara musterte ihn besorgt. »Alles okay?«

Sofort richtete er sich auf und bemühte sich vergeblich um ein Lächeln. »Klar. Dachte, ich hätte was vergessen.«

Ihre Miene zeigte deutlich, dass sie ihm kein Wort glaubte. Aber das war egal. Niemals würde er zugeben, auf den paar Metern vom Haus bis zum Wagen gegen eine Panikattacke angekämpft zu haben.

Der Kampf ging weiter, wie bei der Heimfahrt vom Krankenhaus. Binnen weniger Sekunden zitterte er, konnte nicht länger still sitzen, krallte sich am Türgriff fest wie an einen Rettungsanker.

»Willst du lieber fahren?«, bot Chiara an.

Er schüttelte den Kopf. Zweifelte massiv daran, überhaupt jemals wieder ein Auto steuern zu können. Schon der Gedanke spornte sein Herz zu weiteren Höchstleistungen an. Wie lange es wohl durchhielt, ehe es schlappmachte?

Beides, seine Pumpe und die Tatsache, irgendwann wieder selbst fahren zu müssen, würde ihm noch gewaltige Probleme bereiten. Wie gut, dass er sonst keine hatte.

Kapitel 36

An der Wache angekommen klebte sein Shirt am Körper, der Schweiß lief ihm von der Stirn. Hektisch wischte er sich mit dem Ärmel darüber. Was überflüssig war, denn nun musste er das kurze Stück vom Parkplatz bis ins Gebäude gehen – mit Chiara an seiner Seite. Auf dem offenen Gelände boten sie das perfekte Ziel.

Es kostete ihn alle Kraft, nicht loszurennen, sondern brav neben ihr her zu hinken. Gleichzeitig versuchte er, jeden Winkel im Blick zu haben und – dank der weichen Knie – nicht über die eigenen Füße zu stolpern.

Sie schafften es. Eilig schloss er die Tür hinter sich und sah zu, von den Glasscheiben wegzukommen. Erst in ihrem Büro konnte er wieder frei atmen. Erleichtert ließ er sich auf seinen Stuhl sinken und startete, einem Automatismus folgend, mit nach wie vor zitternden Fingern den PC.

»Kaffee?«, fragte Chiara.

»Unbedingt.« Dankbar, dass er nicht wieder aufstehen musste, sah er ihr hinterher. Sie hatte nicht einen Kommentar von sich gegeben, wofür er sie knutschen könnte. Denn seine Panik war ihr definitiv aufgefallen.

Schnaider kam rein und musterte ihn aus verschlafenen Augen. Kommentarlos bedeutete er Ben, ihm zu folgen.

Mit einem unterdrückten Stöhnen kämpfte er sich hoch und folgte seinem Boss in dessen Büro.

»Setzen Sie sich. Wie geht's Ihnen?«

»Gut.«

Schnaider verzog das Gesicht, schien ihm kein Wort zu glauben. »Haben Sie die Bestätigung vom Arzt?«

»Ja.« Er griff in seine Tasche und zog die Hand leer heraus. Dabei bemühte er sich um eine erschrockene Miene. »Ich hab sie zu Hause vergessen.«

»Dann werden Sie dort auch wieder hinfahren. So kann ich Sie nicht arbeiten lassen.«

»Aber ich hab den Wisch, nur eben nicht hier.« Scheiße, das konnte er echt nicht bringen! Wenn er wieder auf die Straße musste und ihm dann eine Bescheinigung ab morgen ablieferte, würde er sich innerhalb einer Stunde gleich vier Mal der Gefahr draußen aussetzen müssen. Das durfte nicht passieren.

Schnaider musterte ihn. »Kollang, Sie sehen schlimm aus. Ich kann mir nicht vorstellen, dass ein Arzt Sie diensttauglich geschrieben hat.«

»Nur für Schreibtischarbeit, die geht klar. Kommen Sie schon, fragen Sie doch im Krankenhaus nach.«

»Wie heißt der Arzt?«

Mist verdammter. »Ich hab mir den Namen nicht gemerkt, er war neu. Aber das muss doch in den Unterlagen stehen.«

»Ja, die unter Schweigepflicht stehen. Tut mir leid, aber so lasse ich Sie nicht arbeiten. Gehen Sie nach Hause und erholen sich richtig. Wir kommen hier schon klar.«

»Sorry, aber ich hab mich gerade schon in Gefahr gebracht, dadurch, dass ich das Haus verlassen hab. Ich werde jetzt nicht zurückgehen, ohne vorher was Sinnvolles gemacht zu haben!«

Schnaider beugte sich vor. »Wollen Sie den Rest Ihres Lebens hier im Büro verbringen?«

Ben hob die Brauen. »Gute Idee. Zumindest so lange, bis das Schwein gefunden oder ich fit genug für den Außeneinsatz bin.«

Einigermaßen fassungslos schüttelte sein Boss den Kopf. »Mir scheint, der Schlag auf Ihren Schädel war zu heftig.«

»Das hat der Doc auch erst gesagt, aber dann hat er mich doch verstanden und zugestimmt.«

»Wie haben Sie ihn denn überzeugt?«

»Ich habe ihm einfach gezeigt, dass ich das erstens brauche und zweitens fit genug bin. Herrgott, ich sitze mir doch nur den Hintern platt! Außerdem ist das hier wohl gerade der sicherste Ort für mich.«

»In dem Punkt gebe ich Ihnen recht.« Schnaider tippte sich nachdenklich gegen die Unterlippe. »Hat Omando die Bescheinigung gesehen?«

»Möglich, weiß ich aber nicht sicher. Hören Sie, zu Hause würde ich auch nur vor dem Laptop sitzen. Hier habe ich aber wesentlich mehr Möglichkeiten. Jetzt kommen Sie schon. Ich muss doch die Chance bekommen, meinen Attentäter selbst zu finden. Wenigstens in der Theorie. Wenn ich dann weiß, wer es ist, können die anderen ihn ja suchen fahren, während ich brav hier warte.«

Schnaider verschränkte die Arme. »Das klingt, als würden Sie uns nicht viel zutrauen.«

»Quatsch. Aber zu Hause werde ich wahnsinnig. Da kann ich mich besser sinnvoll beschäftigen.«

Er atmete tief durch. »Gut, meinetwegen. Aber Sie machen langsam und eine Menge Pausen. Sobald Sie Kopfschmerzen oder irgendwas bekommen, ist Ruhe angesagt. Haben wir uns verstanden?«

»Haben wir. Danke.« Ben stand auf.

»Ach, Kollang?«

»Ja?«

»Nächste Woche Dienstag um zehn Uhr früh haben Sie einen Termin bei Doktor Lommers.« Seine Stimme wurde weich. »Und wenn bis dahin was ist, machen Sie den Mund auf, klar? Egal, ob Omando, mir oder sonst wem gegenüber – aber reden Sie. Verstanden?«

»Klar.« *Als ob.*

»Kollang, ich meine das ernst. Mir hilft kein Kommissar, der psychisch am Ende ist.«

Ben nickte und eilte aus dem Zimmer. Der letzte Satz hatte gesessen, denn genauso sah es gerade aus. Was aber nicht bedeutete, dass er sich irgendwo ausheulen würde. Es würde ihn aufwühlen, sodass er jegliche Nerven verlor. Erst musste das Schwein hinter Gittern sein. Danach würde er neu entscheiden, ob es noch nötig war.

Chiara sah ihm entgegen, als er zu seinem Schreibtisch zurückging. »Und? Muss ich dich wieder wegbringen?«

»Nope. Hast du den Wisch vom Arzt gelesen? Müsste auf meinem Küchentisch gelegen haben.«

Sie fuhr kerzengerade hoch. »Ich lese doch nicht deine Untersuchungsergebnisse. Spinnst du?«

»Ich meinte die Bestätigung, dass ich am Schreibtisch arbeiten darf.«

»Nein, auch sowas lese ich nicht. Aber du hast mir ja gesagt, dass du erst ...«

»Gut«, unterbrach er sie eilig.

Sie runzelte die Stirn. »Sag nicht, du hast ihn wirklich liegenlassen. Und Schnaider fragt mich gleich, was draufsteht!«

»Möglich.« Er zuckte mit den Schultern. »Aber immerhin lässt er mich trotzdem arbeiten.«

»Wow, dann muss ein wirklich krasser Krankheitsausfall herrschen.«

Mit erhobener Braue fixierte er sie. »Was soll das denn heißen?«

Chiara musterte ihn ebenfalls und winkte ab. »Vergiss es. Ist ja gut, wenn er es so akzeptiert.«

»Richtig. Also, habt ihr den Lkw gefunden?«

»Nein, nicht den Hauch einer Spur, obwohl ein Mann mehr bei der SpuSi dabei war.«

Bens Herz setzte für einen Schlag aus, hektisch sah er auf. »Einer mehr? Wer?«

»Kramer hat ausgeholfen.«

Er atmete auf. Kramer war in Ordnung. »Okay. Was ist mit den Verkehrskameras? Irgendwo muss er doch wieder auftauchen!«

»Nein, etliche Kollegen haben sämtliche Kameras mehrfach gecheckt und haben sie auch weiterhin im Auge. Da ist gar nichts. Wer auch immer es auf dich abgesehen hat, muss ein Profi sein.«

Ben fuhr sich mit der Hand durch die Haare. »Was die Sache nicht leichter macht. Entweder wir täuschen uns gewaltig in Knauk oder er hat einen Komplizen. Aber wen, zum Teufel noch mal? Er hatte weder Freunde noch Verwandte.«

»Wenn ich das wüsste, würde ich hier nicht sitzen, mein Schatz.«

Ben grinste. »Okay, Schnuckelpups. Dann finden wir das mal heraus.«

Kapitel 37

Es tat gut, herumzualbern, was sie die nächste halbe Stunde trotz aller Konzentration auf den Fall machten. Seine Stimmung war schon wieder nahe am Gefrierpunkt gewesen, aber Chiara hatte ihn, wie so oft, da rausgeholt. Gott, er wollte sie niemals missen.

»Was machst du denn hier?«

Ben fuhr herum und unterdrückte ein schmerzbedingtes Aufstöhnen. Smitti stand hinter ihm. Er hatte ihn nicht kommen hören, was ihn nervte.

»Wonach sieht's denn aus?«

»Danach, dass es dir nach wie vor beschissen geht. Du bist doch niemals einsatzfähig.«

Kluge Sprüche waren jetzt genau das, was er brauchte. Nur mit Mühe konnte er die aufsteigende Wut unter Kontrolle halten. »Hast du Angst, dass ich das entdecke, was du übersiehst?«

Okay, das hätte ihm nicht herausrutschen sollen. Er musste sich wirklich mal zusammenreißen.

Für einen kurzen Moment funkelten Smittis Augen auf, dann seufzte er. »Ich will dir nur helfen. Wenn du mehr siehst als ich, wäre ich dir dankbar.«

»Sorry, war nicht so gemeint. Es treibt mich nur in den Wahnsinn, dass hier nichts voran geht. Das betrifft aber uns alle. Der Wichser scheint wirklich gut zu sein.«

»Was die Videos angeht, hat der echt Ahnung. Vielleicht solltet ihr mal in der Richtung recherchieren. Der hat seinen Standort derart gut verschlüsselt, dass wir den beim besten Willen nicht herausfinden können. Nicht mal das LKA bisher. Alles, was ich weiß, ist, dass er weiterhin dein Handy für die Aufnahmen nutzt. Aber nicht mal das können wir näher orten als in einem Riesenumkreis rund um Münster. Was wir noch wissen, ist, dass Melinas Nachrichten an Theo wirklich von ihrem Handy stammten. Was aber jetzt aus ist und somit ebenfalls nicht geortet werden kann.«

»Er muss sie dazu gezwungen haben.«

»Oder er hat sie selbst verfasst.«

»Nein.« Ben schüttelte entschieden den Kopf. »Sie hat uns einen Hinweis gegeben, indem sie sich mit *Lina* verabschiedet hat. Sie hasste diesen Namen.« Er senkte den Blick. »Ich hätte die Nachricht kontrollieren müssen. Dann hätten wir die Hunde eher einsetzen können und noch eine Chance auf Erfolg gehabt. Das war wohl die einzige Spur, die wir bekommen. Er selbst ist einfach zu gut.«

»Er weiß eben, mit wem er sich anlegt.«

Ben zuckte mit den Schultern. »Trotzdem kommt dieses Wissen nicht einfach so. Er muss das Ganze lange geplant haben. So perfekt kann man doch nicht sein.«

»Was ist mit dem Lkw? War da was Auffälliges dran?«

»Ich hab den kaum gesehen. Weißer Zwölftonner, mehr weiß ich nicht. Auch die Zeugen haben wohl nicht mehr bemerkt, oder?« Er wandte sich an Chiara, die den Kopf schüttelte.

»Nein, gar nichts. Die Nummernschilder fehlten. Es war nichts kaputt, was nicht vom Aufprall stammte.

Keine Werbung, kein noch so winziger Aufkleber. Fakt ist nur, dass er auf dich gewartet und voll draufgehalten hat. Wie du schon sagst – hättest du nicht aus Reflex Gas gegeben, hätten wir dich mit einem Spachtel aus dem Auto kratzen können. Das sieht man deutlich auf der Kamera. Was auch interessant ist. Ausgerechnet da ist eine Kamera, die jede Einzelheit der Szene aufzeichnet. Abgesehen vom Fahrer. Danach umfährt er alle. Was bedeutet, dass er die Lkw-Verbotszonen nutzen musste. Aber da haben wir jeden Anwohner befragt. Niemandem ist er aufgefallen. Also könnte er theoretisch in dem Bereich versteckt sein. Aber nicht mal da finden wir etwas. Wobei die Kollegen noch dran sind.«

Ben nickte. »Es ist echt alles suspekt. Er konnte nicht mal wissen, dass ich da langfahren werde, oder wann. Eigentlich.«

Smitti tippte sich gegen die Unterlippe. »Ich denke doch. Er wird ja auch deinen Zusammenstoß mit dem Roller inszeniert haben. Dass er dich dabei verletzt hat, dürfte ihm klar gewesen sein.«

»Warum denkt er dann gerade an dieses Krankenhaus? Hier gibt es genug, die näher dran sind«, warf Chiara ein.

Ben schüttelte den Kopf. »Weil ich da immer hingehe. Wenn er recherchiert hat, weiß er es. Und offensichtlich hat er das sehr gründlich getan.«

In einem plötzlichen Wutanfall donnerte er die Faust derart auf den Schreibtisch, dass die Tastatur abhob. »Wieso kann der die ganze Scheiße über mich rausfinden, wir aber null über ihn? Das ist doch zum Kotzen!«

Smitti zuckte mit den Schultern. »Da hilft allein dein Name, wenn er sich gut mit Technik auskennt. Was er ganz offensichtlich tut.«

»Wir haben mit Knauk auch einen Namen! Warum findet ihr dazu nichts raus?«

»Weil wir von einem untergetauchten Technikgenie reden.«

Da fehlte das *Und* zwischen *untergetaucht* und *Technikgenie.*

Ben schenkte sich den Kommentar.

Chiara nickte. »Richtig. Wir haben seine Wohnung, oder besser gesagt, die von Karl, durchsucht. Es war definitiv seit Monaten niemand mehr da. Aber viel mitgenommen hat er nicht. Abgesehen vom Staub und den Spinnenweben könnte man da direkt wieder einziehen.«

Das war genauso wenig hilfreich. Seufzend ließ sich Ben auf den Stuhl zurücksinken und rieb sich das Gesicht. »Gibt's was, das ihr noch nicht gecheckt habt? Vielleicht die Krankenhäuser, falls er sich auch verletzt hat? Bei dem Aufprall ist das sehr wahrscheinlich.«

Beide schüttelten den Kopf. »Das Offensichtliche haben wir mehrfach durch, das bringt uns nicht weiter.«

»Scheiße.« Ben seufzte tief. »Also Fakt ist, dass wir jemanden suchen, der das entsprechende Know-how für das alles hätte.«

»Gibt es da jemanden in deiner Feindesliste?«

Er sah Chiara mit einer erhobenen Augenbraue an. »Du weißt, wie lang diese Liste ist.«

»Ja.« Sie seufzte ebenfalls. »Geh sie noch mal durch, ich suche inzwischen nach Bekannten von Melina. Und vergiss die Barbesucher nicht, nicht nur deine Verhaftungen. Nachbarn und überhaupt alle Bekannten, die du so hast.«

»Klar, wir haben ja auch Monate Zeit. Läuft.«

»Ich helfe dir gleich.«

Smitti mischte sich ein. »Ich könnte Adressen raussuchen und auch etwas über die Leute nachforschen.«

»Du solltest lieber versuchen, den Standort ...«

»Ben!« Chiara legte die Hand auf seine. »Das versucht er seit Tagen und kommt nicht weiter. Nicht mal das LKA. Mit Adressen wäre uns gerade mehr geholfen.«

»Wenn dann Telefonnummern. Ich darf hier schließlich nicht weg.«

Smitti nickte. »Bringt mir Namen und ich sehe, was ich machen kann.«

Mit geschlossenen Augen atmete Ben aus. »Kriegst du gleich.« Er sah dem Kollegen hinterher, der in seinem Büro verschwand, und kratzte sich am Kopf.

»Manchmal bist du echt ein Arsch«, murmelte Chiara.

Da hatte sie wohl recht. Aber er hatte sich ja entschuldigt. Schulterzuckend drehte er sich zum Schreibtisch um und zog Block und Stift heran.

Dann mal los.

Kapitel 38

Es war frustrierend. Nicht nur, dass sie nach dem Checken fast aller Namen immer noch nicht weiter waren. Auch Schnaider nervte und jagte Ben im Stundentakt ins Krankenzimmer, wo er sich eine Zeit lang hinlegen musste. Als hätte er sich einen Wecker gestellt. Welcher Boss machte so etwas? Das war doch nicht normal!

Andererseits würde es kaum einen geben, der ihn in seinem Zustand an einem Fall arbeiten lassen würde, in dem er selbst betroffen war. Also nahm er es zähneknirschend hin, zumal er die Pausen wirklich brauchte. Sein Kopf dröhnte, der Körper schmerzte. Nicht zum ersten Mal wünschte er sich in sein Bett, aber das ging nicht. Er konnte schlecht von Chiara verlangen, dass sie eine weitere Nacht in seinem Sessel verbrachte und auf ihn aufpasste.

Nein, er würde hierbleiben, bis das Schwein gefasst war. Es waren immer ein paar Kollegen da. *Wenn* er irgendwo sicher war, dann hier.

Das verschwieg er Schnaider allerdings, als er ihn am frühen Nachmittag nach Hause schicken wollte.

»Ich gehe gleich, hab noch einen Kontrolltermin im Krankenhaus. Da macht es keinen Sinn, erst nach Hause und dann die gleiche Strecke wieder zurückzufahren.«

Er musterte ihn und nickte. »Gut, lassen Sie sich hinbringen.«

»Geht klar.«

»Wann genau ist der Termin?«

»Halb fünf.«

»Das sind noch zwei Stunden.«

»Ist mir bewusst. Aber ich will nicht mehr Zeit auf der Straße verbringen als unbedingt nötig.«

Schnaider seufzte, zögerte und nickte schließlich. Gedankenverloren ließ er ihn allein.

Ben fühlte sich beschissen, ihn dermaßen angelogen zu haben. Aber er traute sich schlicht nicht raus und hatte zufällig mitbekommen, dass Schnaider um vier einen Termin bei Lee hatte. So konnte er sich in Ruhe im Krankenzimmer einrichten, das abseits am Ende des Flures lag.

Auch jetzt ließ er sich auf der Liege nieder und hing seinen Gedanken nach. Er kam einfach nicht weiter mit seinen Ermittlungen. Also würde er alles noch mal durchgehen. Wie er das hasste, es doppelt und dreifach, oder besser *vielfach*, immer wieder zu durchforsten. Für so etwas fehlte ihm die Geduld. Wobei das hier gerade wohl die perfekte Übung war, denn eine andere Aufgabe hatte er nicht.

Wo konnte er noch ansetzen? Immerhin hatte er nun jede Menge Zeit. Auch nachts konnte er weiter recherchieren. Schlafen war ohnehin nicht drin, den hatte er wohl ausreichend vorgeholt. Und da er keinen Alkohol hier hatte, der für entsprechende Müdigkeit sorgen würde ...

Ob er sich Whiskey bringen lassen sollte? Super Plan und von wem? Aus welchem Grund? Niemand wusste, dass er hier übernachten würde, und während der Arbeit herrschte striktes Alkoholverbot. Durchaus zurecht, wie er beim Auftauchen des Videos bereits deutlich gemerkt hatte.

Worüber dachte er hier eigentlich nach? Er war Polizist auf einer Dienststelle. Bis eben wäre ihm im Traum nicht eingefallen, hier auch nur am Bier zu nippen. Offensichtlich drehte er langsam durch.

Um das Problem musste er sich kümmern, wenn er wenigstens wieder halbwegs gefahrlos auf die Straße konnte.

Sollte er bis dahin überhaupt noch leben.

Bei der Überlegung setzte sein Herz für einen Schlag aus und machte im Tempo einer Kalaschnikow weiter. Warum wusste er selbst nicht. Es war doch klar, dass er in akuter Gefahr schwebte, und das nicht erst seit heute. Das brachte der Job mit sich und war ihm auch bewusst gewesen. Dieses Arschloch würde ihn nicht fertigmachen. Vorher schnappte er sich ihn und dann Gnade ihm Gott. Und wenn es das Letzte war, das er tat. Was durchaus passieren konnte.

Er rieb sich über das Gesicht und wollte tief durchatmen, aber nicht mal das funktionierte. Es war zum Verrücktwerden.

Er brauchte dringend Ablenkung. Ein Kaffee wäre jetzt großartig, dagegen konnte Schnaider nichts sagen. Verärgern wollte er ihn auf keinen Fall, sonst würde er ihn doch noch auf der Stelle nach Hause jagen.

In der Teeküche traf er ausgerechnet auf Martin. Der hatte ihm gerade noch gefehlt. Ehe er unauffällig flüchten konnte, sah dieser ihn direkt an. Super geklappt.

»Was willst du denn hier?« Wiegesals Stimme war eisig.

»Oh, nett, dass du fragst. Ein Kaffee wäre für den Anfang okay. Schwarz.« Ben erwiderte seinen finsteren Blick ungerührt und streckte auffordernd die Hand aus. »Machst du mir einen?«

»Fick dich.«

»Na na na, was sind das denn für Ausdrücke? Ein Nein hätte ich verstanden. Deine sinnfreie Frage allerdings nicht.«

Martins Blick wurde abschätzig. »Du hast da noch Scheiße an der Stirn.«

»Das nennt sich Platzwunde, aber danke für den Hinweis.«

»Oh, mein Fehler. Ich dachte, das wären noch Reste aus Schnaiders Darm.«

Diesen Knopf hätte er besser nicht gedrückt. Ben machte drei große Schritte zu ihm, wobei ihn das Hinken noch mal mehr in Richtung Jähzorn brachte. Er packte den grinsenden Mann am Kragen und zog ihn so dicht an sich heran, dass sich ihre Nasenspitzen fast berührten. »Wenn du mich noch ein einziges Mal als Arschkriecher bezeichnest, werde ich ...«

»Was?«, unterbrach er ihn. »Mir deine Gehirnerschütterung zur Verfügung stellen, damit ich noch schneller mit dir fertig bin als eh schon? Danke, das brauche ich nicht. Schon gar nicht von einem *Arschkriecher*.«

Die Fäuste so fest geballt, dass sie zitterten, konnte Ben kaum an sich halten. Wenigstens schaffte er es, so weit zu denken, dass ihn ein einziger Schlag zurück ins Krankenhaus katapultieren würde. Das wäre das endgültige Aus für seine Mitarbeit an *seinem* Fall.

Ihm blieb keine Wahl. Er musste diesem Arsch seinen Sieg gönnen und ganz schnell hier raus.

Wobei ... »Woher weißt du, dass ich eine Gehirnerschütterung habe? Heimlich in den Akten gestöbert?«

Wiegesal grinste kalt. »Was interessieren mich bitte deine Akten? So interessant bist du nun wirklich nicht. Aber ich kann da was ganz Tolles. Nennt sich logisches Denken. Bei deinem Dachschaden hoffe ich jedenfalls für dich, dass es tatsächlich nur eine Gehirnerschütterung ist.«

Pisser! Grob stieß Ben ihn zurück, wobei Martin mal wieder seinen Kaffee auf dem Hemd verteilte. Wenigstens eine kleine Genugtuung. Und die Sauerei verhinderte mit Sicherheit doch eine Schlägerei, so wie Wiegesal es hasste, geschubst zu werden.

Als Ben die Tür hinter sich zugeschlagen hatte, stand Chiara vor ihm. »Alles klar? Du bist so rot im Gesicht.«

»Alles super.« Er deutete über die Schulter auf die Tür. »Ich würde da raus bleiben, unser allseits geliebtes Arschloch hat sich schon wieder vollgesabbert.«

Er ignorierte ihren prüfenden Blick und zog sich ins Behandlungszimmer zurück.

Keine fünf Minuten später folgte Chiara. Mit Kaffee. Gott, er könnte sie knutschen. Lächelnd setzte er sich auf und nahm die Tasse dankend entgegen, während sie sich neben ihm niederließ.

»Ich bin stolz auf dich.«

Sein Arm stockte auf halbem Weg zum Mund, der gleichzeitig aufklappte. »Hä?«

»Na, du hast ihm keine reingehauen. Das hat dich sicher Überwindung gekostet.«

»Das hat er dir nicht erzählt.«

»Nein, aber Reinhard. Der stand an den Schränken, aber du hast ihn wohl nicht bemerkt.«

»Das hab ich wirklich nicht.« Es beunruhigte ihn. Sowas entging ihm doch sonst nicht! Aktuell konnte er sich solche Unachtsamkeiten erst recht nicht erlauben.

Sie zuckte mit den Schultern. »Kein Wunder, nach Martins Spruch.«

Das durfte kein Grund sein. Er musste sich in den Griff bekommen, und zwar sofort.

»Ja, so ist er eben.«

»Nein, das ist weit unter der Gürtellinie. Damit hat er eine Grenze überschritten. Hat er auch zu spüren bekommen.«

Fassungslos knallte er die Kaffeetasse auf die Liege. Ein Teil des schwarzen Goldes verteilte sich darauf, aber das war ihm egal. »Du wirst hier nicht meine Kämpfe ausfechten, klar? Ich brauche keinen Babysitter! Schon gar nicht vor so einem Riesenarsch!«

»Keine Sorge, ich war das nicht.«

Stirnrunzelnd sah er sie an. »Wer denn sonst?«

»Reinhard. Er hat ihn dermaßen auf den Schrank gesetzt, dass sogar ich rot geworden bin.«

Das hatte sie jetzt nicht gesagt. »Was hat Reinhard ihm denn an den Kopf geworfen?«

»Dass er hofft, Martin würde auch mal in einer solchen Gefahr schweben wie du. Weil ihn seine Reaktion interessieren würde, wenn er ihm den gleichen Müll in einer solchen Situation an den Kopf werfen würde. Martin war so klein mit Hut.« Lachend hielt sie Daumen und Zeigefinger ein paar Millimeter auseinander.

Ben war jedoch nicht nach Lachen zumute. »Warum macht Harmann das? Was hat er davon?«

»Wäre es dir lieber, wenn er mitmachen würde?«

»Ganz ehrlich? Ja. Der macht mich nervös, wenn er so nett ist, obwohl er mit mir nichts zu tun hat.«

Sie legte die Hand auf seinen Arm. »Du tust ihm einfach leid. Genau wie Smitti und mir. Sowas wie du gerade durchmachen musst, will keiner von uns erleben. Wobei ich es Martin tatsächlich gönnen würde. Von seinem Fehlverhalten sollte eigentlich Schnaider erfahren.«

»Quatsch. Wir sind doch nicht im Kindergarten. Mit dem komme ich schon klar.«

»Du musst damit nicht länger klarkommen.« Chiara grinste. »Ich glaube, Reinhard war deutlich genug.«

Ben raufte sich kopfschüttelnd die Haare. Er wollte kein Mitleid und erst recht keine Unterstützung gegen den Wichser. Egal von wem.

Kapitel 39

Nachdem sie gemeinsam den Kaffee geleert hatten, verabschiedete sich Chiara in den Feierabend. »Soll ich dich mitnehmen?«

»Das ist lieb, aber ich hab gleich noch ´nen Termin im Krankenhaus und nehme danach den Bus.«

»Okay. Sonst melde dich.«

»Mach ich. Schönen Feierabend. Und danke.«

Anstelle einer Antwort zog sie ihn in ihre Arme. »Wir werden das Schwein schnappen, mach dir keine Sorgen.«

Er schloss die Augen. Seine Kehle brannte, die nervtötenden Tränen kündigten sich wieder an. Aber er schluckte sie herunter. Diese Heulerei brachte niemanden weiter, im Gegenteil.

»Du kannst dich jederzeit bei mir melden. Das weißt du, oder?«

»Ja.« Er lächelte. »Und jetzt geh dich endlich erholen.«

Sobald sie gegangen war, machte sich Ben erneut auf den Weg in die Teeküche, in der Hoffnung, dass der Idiot inzwischen verschwunden war. Er hatte Glück und traf lediglich auf Reinhard, der seine Tasse in die Spülmaschine räumte. Sicherheitshalber sah er hinter die Tür zu den Schränken, aber sie waren tatsächlich allein. Wunderbar, dann konnte er ja was klären.

»Hast du ´nen Moment?«

»Klar.« Reinhard setzte sich an den Tisch und sah ihn erwartungsvoll an. »Jetzt kommt aber keine Dankesrede, oder?«

»Garantiert nicht«, knurrte Ben, doch das war unfair. Er hob die Hand und ließ sich ebenfalls auf einen Stuhl gleiten. »Sorry, so meine ich das nicht. Nur brauche ich keinen Babysitter. Viel weniger verstehe ich, warum du das getan hast. Also, ernsthaft, was hast du damit zu tun?«

Reinhard sah ihn nachdenklich an. Dann wandte er sich ab und starrte Löcher in die Luft. »Ich weiß, wie es dir geht. Hab das selbst schon erlebt. Es ist ein Scheißgefühl, wenn man in ständiger Angst lebt. Man ist schreckhaft, die Nerven liegen blank. Das will man aber nicht wahrhaben. Es fühlt sich an wie Schwäche.« Er sah auf. »Ist es aber nicht. Sondern völlig normal. Alles andere würde dich unmenschlich machen.«

Bens Kiefer mahlten. Damit hatte er seine aktuelle Gefühlslage ziemlich perfekt beschrieben. Kannte er es wirklich oder hatte er sich belesen?

Aus welchem Grund sollte er das machen? Sie hatten sich nie füreinander interessiert. Ergo musste er so etwas tatsächlich erlebt haben. »Wann war das?«

»Bei mir? Ist schon ein paar Jahre her und es war nicht mal so heftig wie bei dir, ich hab nur *nette* Briefe bekommen. Aber das reichte mir schon. Selbst, als das Schwein eingebuchtet war, hatte ich daran noch zu knacken. Die Lommers ist gut in ihrem Job, sie wird dir helfen.«

»Woher weißt du, dass ich bei ihr einen Termin hab?«

Er lächelte. »Ich kenne den Chef. Das macht er immer, wenn er bei jemandem eine angeknackste Psyche vermutet.«

Ben nickte und starrte nachdenklich zu Boden. »Wie hast du die Zeit damals durchgestanden?«

»Nur mit Unterstützung. Ein ehemaliger Kollege, der noch vor deiner Zeit in Rente gegangen ist, hat mir am Hintern geklebt. Ja, es nervte, aber ich war ihm auch echt dankbar. Es beruhigt, wenn man weiß, dass jemand voll und ganz hinter einem steht. Wie Chiara bei dir. Und ...« Er hielt inne und sah ihn an. »Ich tu es auch. Ja, wir hatten nie zusammen zu tun. Aber in dem Punkt kannst du auf mich zählen, weil ich weiß, wie scheiße sowas ist und blöde Sprüche einen in der Situation echt fertig machen können.«

Gedankenverloren nickte er. »Danke für deine Offenheit. Und ... Verständnis.«

Wow. Heute war scheinbar der Tag der Klarstellungen. Als würde er vor seinem Tod noch alles bereinigen.

Himmelarsch und Zwirn, langsam reichte es. Er steigerte sich hier in etwas rein, was keinen Sinn ergab.

Harmann erhob sich. »Kein Problem. Hast du nicht auch Feierabend? Soll ich dich nach Hause bringen?«

Ben log ihn genauso an, wie die beiden anderen zuvor. Es fiel ihm erstaunlich schwer und wenn er ehrlich war, freute er sich über Reinhards Unterstützung.

Dieser nickte. »Okay. Falls was ist oder du was brauchst, melde dich.« Mit diesen Worten und einem verständnisvollen Lächeln ließ er den überforderten Ben zurück. Das alles war völlig surreal. Ein Traum. Niemand hatte sich je für ihn interessiert und jetzt waren es so viele, die hinter ihm standen.

Das war verrückt.

Kopfschüttelnd machte er sich nun doch einen Kaffee und zog sich in sein neues Schlafzimmer zurück. Sein Gehirn rotierte, die wirren Gedanken verursachten ihm Kopfschmerzen. Genervt massierte er sich die Schläfen. Er wünschte sich Chiara an seiner Seite, oder sonst wen. Nie zuvor hatte er sich derart einsam gefühlt, wie in diesem Moment. Wie schnell man sich doch an Unterstützung gewöhnte.

Er musste sich ablenken und recherchieren.

Kopfschüttelnd setzte er sich an den Rechner, aber an Konzentration war nicht mehr zu denken. Seine Gedanken kreisten kontinuierlich wild umher.

Ein Blick auf die Uhr sagte ihm, dass Schnaider in ein paar Minuten fahren musste. Da er nicht verpassen wollte, wenn dieser ging, zog er sich wieder in die Teeküche zurück und ließ die Tür offen. Auf dem Weg zum Parkplatz kam er unweigerlich dort vorbei.

Er setzte sich an den Tisch und plante, was er bis morgen früh alles durchleuchten könnte. Irgendwo gab es einen Hinweis. Ganz sicher.

Schnaider ging erst eine Viertelstunde später, aber nicht, ohne sich von Ben zu verabschieden. »Wie geht es Ihnen?«

»Abgesehen davon, dass ich die Frage nicht mehr hören kann, gut.«

»Okay. Soll ich Sie zum Krankenhaus bringen? Der Termin ist ja gleich.«

Wow. Wer hätte gedacht, dass Fürsorglichkeit derart nerven konnte. »Ich nehme den Bus, danke.«

Schnaider runzelte die Stirn. »Ach ja? Fährt der denn passend?«

Mist. »Das werde ich gleich checken. Sonst rufe ich ein Taxi oder frag einen Kollegen.«

Er nickte. »Okay, ich will Ihnen mal vertrauen. Enttäuschen Sie mich nicht.«

Endlich war er weg. Dann konnte er ja nun in Ruhe arbeiten.

Das tat er die ganze Nacht hindurch, schluckte Schmerzpillen und trank literweise Kaffee. An Essen dachte er gar nicht erst, was in den frühen Morgenstunden für Magenschmerzen sorgte. Aber die ignorierte er.

Bis die Frühschicht kam, hatte er immer noch nichts gefunden, was ihn fast in den Wahnsinn trieb. Seine Laune war dementsprechend.

Er arbeitete mit Chiara weiter. Schnaider musste zu einer Fortbildung, er kam nur zwei Mal kurz vorbei, um nach dem Rechten zu sehen.

Gott sei Dank.

Zum offiziellen Feierabend verabschiedete sich Ben, auch von Chiara, die länger arbeiten musste. Er versteckte sich im Krankenzimmer, wo er bereits ausgedruckte Dateien deponiert hatte. Den ganzen Abend recherchierte er und ging erst in sein Büro, als auch die Spätschicht verschwunden war. Die Nachtschicht interessierte seine Anwesenheit scheinbar nicht, sodass er ungehindert auf den Bildschirm starren konnte. Er hielt sich mit Kaffee wach, warf sich Pillen ein und vergaß weiterhin das Essen.

Bis ihm nach über fünfzig durchwachten Stunden die Augen zufielen.

Kapitel 40

»Kollang!«

Er fuhr hoch und stöhnte auf. Wie von allein glitt seine Hand zum Kopf, während er sich verschlafen umsah. Was war denn hier los? Wieso schlief er in seinem Büro? Und vor allem ... O Fuck! Er war am Schreibtisch eingeschlafen. Wer hatte ihn geweckt? Bitte nicht ...

Zögernd wandte er sich um und blickte in Schnaiders finstere Miene. Mit geschlossenen Augen drehte er sich wieder zurück und rieb sich das Gesicht. Das hatte er ja sowas von versaut.

»Wir hatten etwas ausgemacht und was machen Sie? Ich wusste, dass es ein Fehler war. Das hat man davon, wenn man Mitgefühl zeigt. Damit ist es nun endgültig vorbei! Omando, bringen Sie ihn nach Hause. Und, Kollang? Sehe ich Sie in den nächsten vier Tagen noch mal hier, suspendiere ich Sie! Montag liefern Sie mir die Bescheinigung, damit ich Ihnen stundenweise Anwesenheit erlauben kann. Mit Hol- und Bringedienst! Ohne den Zettel können Sie gleich wieder gehen!«

Ben öffnete den Mund zum Widerspruch, aber Schnaider war schneller. »Ein Wort und Sie können direkt Ihre Papiere abholen!« Wutschnaubend stapfte er in sein Büro.

Ben stieß einen derben Fluch aus und bremste sich gerade noch, die Faust auf die Tastatur zu knallen. Was war er nur für ein Vollidiot!

Chiara seufzte. »Dann lass uns mal fahren, damit wenigstens einer arbeiten kann.«

Das brachte ihr einen bösen Blick von Ben ein. »Streu ruhig noch Salz in die Wunde!« Seine Ausdrucke hatte er schon gestern abgearbeitet, die brauchte er nicht mitnehmen. Was bedeutete, dass ihm vier sehr lange Tage und Nächte bevorstanden.

»Hey, nicht ich hab den Mist gebaut!«

»Wieso hab ich Mist gebaut? Hab eben schlecht gepennt und es hier nachgeholt.«

»Ja, auf der Wache, mitten in der Nacht. Man gehört schon ins Bett, wenn man ernsthaft schlafen will.«

Er war ein echter Hornochse. Aber immerhin noch dermaßen müde, dass sich seine Panik in Grenzen hielt, als Chiara ihn nach Hause fuhr.

»Soll ich die Räume noch mal sichern oder hast du die Kamera im Blick gehabt?«

Hatte er nicht. Eigentlich war es nicht sein Plan gewesen, in seine vier Wände zurückzukehren, ehe der Spinner geschnappt worden war.

»Passt schon«, murmelte er und massierte sich die Schläfen.

Chiara warf ihm einen besorgten Blick zu. »Bist du sicher? Ich kann das eben machen. Dableiben kann ich dieses Mal nicht, also ...«

Er atmete tief durch. »Ich weiß. Alles okay, ich komm schon klar.«

»Na gut. Wenn was ist, ruf an. Ich geh mich dann mal mit Martin zoffen. Wobei der lammfromm ist im Moment. Reinhards Ansage hat scheinbar geholfen.«

»Schön für dich.«

»Hey, komm schon. Du gehörst sowieso ins Bett und nicht vor den Rechner.«

»Ja, Mama. Jetzt hau schon ab.«

An jedem anderen Tag hätte er dafür einen Schlag kassiert, aber heute hielt sie sich zurück. Worüber er nicht böse war, denn sein gesamter Körper schmerzte nach wie vor. Er hatte es wirklich übertrieben und wenn er ehrlich war, freute er sich auf sein warmes, bequemes Bett. Vielleicht sollte er zur Abwechslung auch mal eine Kleinigkeit essen. Er konnte sich nicht an seine letzte Mahlzeit erinnern, was wohl seine Schwäche erklärte. Na gut, nicht nur die Mangelernährung. Aber tatsächlich könnte ihm etwas im Magen auf die Sprünge helfen.

Er verschob es allerdings auf später, denn gerade würde er ohnehin nichts herunterbekommen. Sein direkter Weg führte ihn ins Bett, ohne auch nur einen Blick in die anderen Räume zu werfen. Es war ihm egal, sollte der Dreckskerl ihn doch abknallen. Das wäre auch nicht schlimmer als die aktuelle Frustration, weil er nach wie vor keinen noch so winzigen Anhaltspunkt hatte, wo sie suchen könnten. Es machte ihn wahnsinnig.

Außerdem hatte er dieses Mal seine Waffe in der Nähe.

Kaum lag er, war er schon eingeschlafen, wurde jedoch keine halbe Stunde später von einem neuen Albtraum herausgerissen. Er ähnelte dem Üblichen, allerdings spielte in diesem auch ein Lkw eine Rolle. Als würde er ein Eigenleben führen, hielt er wiederholt auf ihn zu, sobald er Knauk am Absprung hindern wollte.

Mehrmals überrollte er Ben, was ihn nicht daran hinderte, wieder aufzustehen. Wenn er an sich hinabblickte, sah er jedoch aus, als wäre er Karl in den Abgrund gefolgt.

Er schreckte hoch, mit dem Gefühl, sich übergeben zu müssen. Diese ganz neue Dimension des Traumes ließ ihn fast durchdrehen. Nie wieder würde er schlafen, um diesen Horror niemals mehr ertragen zu müssen.

Dennoch kam er nicht drum herum, zumal sich die Bilder und Worte in seinem Gehirn eingebrannt hatte.

Whiskey. Der würde helfen. Wenigstens im wachen Zustand.

Das tat er nicht, er sorgte lediglich dafür, dass ihm erneut die Augen zufielen. Auf gar keinen Fall durfte er wieder einschlafen! Das ertrug er nicht noch mal.

Trotz aller Mühe verlor er den Kampf gegen die Müdigkeit und schaffte immerhin zwei Stunden, ehe er erneut von diesen schrecklichen Szenen geweckt wurde. Verzweifelt raufte er sich die Haare, wieder einmal sammelten sich Tränen in seinen Augen. Verflucht, wie wurde er diese Träume nur los?

Er konnte dem nicht entfliehen. Was auch immer er machte, wo auch immer er hinging, es steckte in ihm. Er war dazu verdammt, den Scheiß wieder und wieder ertragen zu müssen. Das hielt er nicht aus. Nicht mal ablenken konnte er sich. Zumindest nicht mit der Arbeit. Vielleicht sollte er fernsehen. Einen Film starten. Klar, am besten *Christine* oder *Der Buick* von Stephen King. Etwas anderes als Horror hatte er sich die letzten Jahre nicht mehr angesehen.

Dann sollte er wohl mal sehen, was er alles verpasst hatte.

Er scrollte durch die Riesenauswahl seines Anbieters und sah sich unzählige Trailer an. Nur, um nach einer Dreiviertelstunde entnervt wieder auszuschalten. Seine Konzentration war scheinbar auf der Suche nach einem neuen Wirt.

Toll. Was machte er jetzt?

Er musste hier raus. Eingesperrt hier im Haus würde er wahnsinnig werden.

Dann sollte er sich also draußen umbringen lassen. Super Plan.

Herrgott noch mal!

Eine heiße Dusche könnte helfen. Die gönnte er sich, allerdings ähnlich erfolglos wie alles andere. Er könnte heulen vor Verzweiflung. Wie bekam er nur dieses gottverdammte Bild aus dem Kopf? Diese zermatschten Beine, die seine sein sollten, die heraushängenden Gedärme aus seinem Bauch ... Wieder überkam ihn Übelkeit. Gerade eben schaffte er es zum Klo. Er übergab sich bis zur Galle und blieb erschöpft auf dem Boden sitzen.

Ihm blieb nur, sich wach zu halten, was ihm langsam wirklich schwerfiel. Da half nur noch Kaffee. Vermutlich nicht mal der, aber einen Versuch war es wert.

Während er sich mit der Maschine beschäftigte, hielt ein Lieferwagen vor dem Haus. Seine Eingeweide verkrampften sich. Wo war seine Waffe?

Im Schlafzimmer. Fuck! Wenn er die jetzt holte, sah er nicht, was dieser Lieferant hier trieb.

Die Kamera! Damit könnte er ihn aus sicherer Entfernung beobachten. Aber irgendetwas hielt ihn zurück. Ließ ihn weiter aus dem Fenster starren, wo ein junger Mann mit Käppi ein großes Paket aus dem Wagen holte. Den Kopf stur gesenkt oder versteckt hinter der Pappe in seiner Hand, kam er die Auffahrt hoch.

Er wollte offensichtlich nicht erkannt werden.

Bens Herz schlug ihm bis zum Hals. Krampfhaft hielt er sich an der Arbeitsplatte fest, konnte den Blick nicht von dem Kerl lösen, der jetzt die Haustür erreicht hatte, das Paket abstellte und aufsah. Nur kurz, aber Ben reichte dieser Moment.

Kapitel 41

Nach einer Schrecksekunde stieß er sich ab und hinkte, so schnell es ihm möglich war, zur Haustür. Riss sie auf. Der junge Mann hatte das Auto fast erreicht. Er fuhr herum und sah ihm direkt in die Augen. Die Panik darin war nicht zu übersehen. Er stürmte los. Ben ignorierte den Schmerz im Fuß und sprang über die Kiste. Blieb hängen und knallte der Länge nach auf das Pflaster. Ehe er aufstehen konnte, heulte der Motor auf. Die Reifen drehten durch, verteilten Schottersteine auf ihm. Der Wagen verschwand schneller, als sich Ben auch nur aufrichten konnte.

Er blieb liegen, starrte dem Auto fassungslos hinterher. Suchte vergeblich nach einem sinnvollen Gedanken in seinem Kopf. Das konnte er nur geträumt haben.

Bullshit, was machte er denn? Binnen zwei Sekunden stand er auf zittrigen Beinen, riss das Handy aus der Tasche und wählte Chiaras Nummer.

»Was ist pas...«

»Er war hier!« Seine Stimme überschlug sich fast.

»Hey, ruhig. Wer war wo?«

Er atmete tief ein. »Keno Knauk. Er war hier! Bei mir! Fahndung. Ja, ihr müsst ihn suchen. Sofort! Weißer Lieferwagen mit ... Gottverdammte Scheiße, ich hab kein Nummernschild!« Er brüllte seine Frustration heraus und feuerte das Handy in die Hecke. Fiel auf die Knie, schlug mit beiden Fäusten auf den Boden ein. Ließ alles raus. Den Frust, die Angst, den Ekel. Bis seine Nachbarin Frau Joosic plötzlich neben ihm stand.

»Herr Kollang, was ist denn passiert?«

Gott, was war er nur für ein Held. Hektisch kämpfte er sich hoch und taumelte kommentarlos an ihr vorbei ins Haus. Holte Schwung und knallte die Tür mit einem erneuten Aufschrei zu, sodass sie fast aus den Angeln fiel. Schweratmend starrte er sie an, wartete darauf, dass sie in ihre Einzelteile zerbrach. Aber nichts geschah. Offensichtlich war sogar das Sicherheitsglas stärker als er.

Von der anderen Seite gaffte Frau Joosic ihn an wie einen Geist. Oder Irren. Was vermutlich passte. Gerade wandte er sich ab, als er Blaulicht wahrnahm. Die Kollegen. Was wollten die hier? Die sollten Knauk suchen, Herrgott noch mal!

Der Wagen hielt an, die Tür wurde aufgerissen. Martin sprang heraus. Nein, verfluchte Scheiße! Nicht der auch noch! Es reichte!

Ehe er herausstürmen und ihn vom Hof jagen konnte, folgte Chiara. Abrupt blieb er stehen. Die Erleichterung, die allein ihr Anblick in ihm auslöste, konnte nicht normal sein. Aber normal war gerade ohnehin gar nichts. Am wenigsten er selbst.

Er drückte die Klinke runter, ließ die Tür einen Spalt offenstehen und zog sich ins Wohnzimmer zurück. Dort sank er aufs Sofa und vergrub das Gesicht in den Händen. Dabei fasste er in etwas Klebriges. Blutete er ernsthaft schon wieder? Kein Wunder, dass sein Dachschaden langsam überhandnahm.

»Ben!«

Er sollte Chiara wohl antworten, bekam jedoch keinen Ton heraus. Starrte vor sich hin, die Arme auf die Oberschenkel gestützt, den Kopf gesenkt. Er konnte nicht mehr.

Schritte näherten sich, er erkannte Chiara an ihrem Gang. Prompt schossen ihm wieder Tränen in die Augen und er konnte freier atmen. War das Erleichterung? Ihretwegen? Vielleicht. Es spielte keine Rolle. Nicht jetzt.

Er ließ sich von ihr in die Arme ziehen, erwiderte die Umarmung aber nicht. Saß einfach nur da, lehnte sich an sie und starrte vor sich hin, während sich die Tränen ihren Weg bahnten. Wenigstens beruhigte sich sein Herzschlag etwas, ebenso die Atmung. Er schloss die Augen, genoss die Geborgenheit, die sie ihm bot. Wieder einmal rettete sie ihn. Langsam ließ auch das Zittern nach, das ihn bis gerade geschüttelt hatte. Es war ihm nicht mal aufgefallen.

Als Martin reinkam, löste er sich von ihr und wischte sich fahrig die Tränen weg. Er ignorierte ihn und starrte stattdessen weiter vor sich hin.

Es schien dem Kollegen egal zu sein, wie es ihm ging. Keinerlei Gefühlsregung war in seiner Stimme zu erkennen. »Wir haben ein Handy gefunden, es lag im Gebüsch.«

Scheiße, das hatte er ganz vergessen. »Meins«, presste Ben mühsam hervor.

»Hat es Flügel gekriegt?«

»*Martin!*«, zischte Chiara. »Gib's ihm einfach!«

Es landete lautstark auf dem Tisch vor Ben. Er zuckte zusammen, sah aber nicht hin.

Martin hingegen redete ungerührt weiter. »In dem Karton war ein Schweinekopf. Frisch abgehackt, das Blut musst du gleich wegmachen. Die halbe Auffahrt ist voll davon.«

Chiara machte irgendwelche hastigen Bewegungen, offensichtlich versuchte sie, ihn zum Schweigen zu bringen. Das würde sie niemals schaffen. Nicht bei diesem eiskalten Arschloch.

Zu jedem anderen Zeitpunkt hätte sich Ben vor ihm zusammengerissen. Sollte er wohl auch, denn Martin würde garantiert umkommen vor Schadenfreude.

Es war ihm egal. Das alles, sein ganzes Leben, wuchs ihm über den Kopf. Im Moment wünschte er sich nichts sehnlicher, als wenigstens traumfrei schlafen zu können. Tief und erholsam, wie beim letzten Mal, als Chiara auf ihn aufgepasst hatte. Aber das konnte er nicht noch mal von ihr verlangen. Schon gar nicht vor Martin. Dieses Mal musste er da allein durch. Auch wenn er nicht den Hauch einer Idee hatte, wie er das schaffen sollte.

»Gehört, Kollang?«

»Ich bin nicht taub.«

»Dann kümmere dich. Die SpuSi hat den Karton samt Inhalt mitgenommen.«

Ben reagierte nicht. Es war immer noch seine Sache, wann er die Sauerei entsorgte. Oder ob überhaupt. Jetzt jedenfalls nicht.

»Martin, warte im Auto.« Chiara klang stinksauer.

Was den Kollegen offenbar nicht tangierte. »Ich renne doch nicht durch die Gülle da draußen!«

»Dann such dir ´nen Eimer und kipp Wasser drüber. Du siehst doch, wie ... er hat Schmerzen.«

Wow, jetzt log sie sogar für ihn. Okay, tat sie nicht. Aber die Schmerzen waren nicht der Grund und das wusste sie genau.

»Damit konnte er auch im ...«

Chiara sprang auf. »Schnauze und raus hier!«

Nun sah sogar Ben auf, während der Kollege sie mit zornesgerötetem Kopf anstarrte. »Von dir lasse ich mir nicht sagen, dass ich zu verschwinden habe.«

»Aber von mir.« Selbst das Reden fiel Ben schwer. Doch das musste jetzt sein. »Verpiss dich aus meinem Haus. Sofort.«

Wiegesal zögerte. Als Chiara jedoch einen Schritt auf ihn zumachte, drehte er sich hocherhobenen Hauptes um. Kurze Zeit später fiel die Haustür ins Schloss.

Sie ließ sich wieder neben Ben sinken und seufzte tief. »Mann, was kotzt mich dieser Mensch an. So was Empathieloses hab ich echt noch nie erlebt.«

Er zuckte kaum merklich die hängenden Schultern.

»Mensch, Ben. Kann ich irgendwas für dich tun?«

Er schüttelte den Kopf und atmete durch, danach ein zweites Mal, dieses Mal tiefer. Der Schmerz tat gut, er zeigte, dass noch Leben in ihm steckte. Wie krank konnte man eigentlich sein? Das durfte Chiara niemals mitbekommen. »Du musst diesen Wichser ertragen, das ist Strafe genug. Wenn ihr jetzt Keno findet, ist alles gut. Die Fahndung läuft?«

»Ja, klar. Die sind sofort alle los. Aber ich müsste mir noch mal das Video anschauen. In der Hoffnung, dass man darauf das Kennzeichen erkennen kann.«

Ben schluckte. Dann würde sie alles sehen. Wie er zu dämlich gewesen war, über einen Karton zu springen. Seinen Wutausbruch. Alles.

Andererseits war es Chiara. Sie hatte schon so viele seiner blamablen Momente live miterlebt. Und wenn sie dadurch den kleinen Pisser fanden, konnte er das wohl in Kauf nehmen.

Zähneknirschend zog er es aus der Tüte, in die es die Kollegen gesteckt hatten, öffnete das Programm und überlegte, wie spät es gewesen war.

»Du blutest«, sagte Chiara unvermittelt.

Er fasste sich an die Stirn, in die getrockneten Überreste. »Schon vorbei.«

»Nicht am Kopf. Da.« Sie deutete auf den durchtränkten Stoff an seinem Unterarm. Er schob den Ärmel hoch und seufzte genervt, als erste Blutstropfen auf dem Boden landeten. Ein tiefer Cut von sicher acht Zentimetern Länge zog sich über den Arm. Der musste garantiert genäht werden. Wieder auf die Straße, wieder ins Krankenhaus. Großartig. Nein, das ertrug er nicht auch noch.

Er deutete auf sein Handy. »Du weißt ja, wie du das Video findest. Es war kurz bevor ich euch angerufen hab. Ich geh duschen.« Dankbar für den Grund, nicht dabei sein zu müssen, wenn sie sich seine armselige Komödie ansah, schlurfte er nach oben. Vielleicht konnte er die Blutung ja selbst stoppen, irgendwie. Sonst kam ein Pflaster drauf. Es musste ja nur so lange halten, bis er wieder allein war. Oder er blieb direkt oben, dann sah sie es nicht noch mal.

Er zog sich aus und schwankte unter die Dusche. Ließ das Wasser auf sich niederprasseln, stand einfach nur da. Bis die Beine ihn nicht mehr tragen wollten. Anstatt herauszugehen, sank er in die Duschwanne. Hing seinen Gedanken nach, während das heiße Wasser aus dem Boiler zunehmend aufgebraucht war und immer kälter wurde. Das Klopfen an der Tür nahm er nur am Rande wahr, viel zu tief war er in seinen Erlebnissen der letzten Tage versunken. Bis jemand den Duschvorhang zur Seite riss und besorgt auf ihn hinab starrte. Chiara. Er schenkte ihr lediglich einen kurzen Blick, ehe er weiter in Erinnerungen schwelgte, die ihn fertigmachten.

Sie stellte das Wasser aus und legte ihm ein Handtuch um die Schultern. »Himmel, Ben, was machst du denn? Du bist eiskalt!«

»Im Bett ist es warm«, erwiderte er zähneklappernd.

»Ja, da bist du aber noch lange nicht. Los, steh auf, du musst da raus. Oder soll ich Martin holen, dass der mit anfasst?«

Er hätte nicht gedacht, dass er so schnell stehen könnte. Doch der Gedanke daran, dass dieser Arsch ihn so sehen könnte, verlieh ihm ungeahnte Kräfte. Vor Chiara hingegen musste er sich nicht verstecken. Die Blamage aus dem Video konnte nicht mal sein nackter Körper übertreffen. Er trocknete sich ab und warf einen Blick auf den Arm. Die Wunde blutete immer noch. So ein Mist!

»Ich hol dir Klamotten.« Chiara wollte das Bad verlassen, aber Ben hielt sie zurück.

»Ich hab keine sauberen mehr.«

»Klar hast du die. Ich hab für dich gewaschen, als du im Krankenhaus warst. Ist dir das noch nicht aufgefallen? Dein Schrank ist fast wieder voll.«

Er runzelte die Stirn. Das hatte er tatsächlich nicht registriert, als er sich zuletzt frische Kleidung gesucht hatte. Gott, was war nur mit ihm los? Ein großartiger

Polizist war er, ernsthaft. Das ging gar nicht mehr. »Danke.«

Sie war bereits verschwunden, was er nutzte und im Schrank unter dem Waschbecken nach einem Wundverband suchte. Vielleicht hatte er Glück und war schnell genug.

»Stopp!«

Er fuhr herum. Chiara eilte zu ihm und riss das Pflaster aus seiner Hand, ehe er es darauf kleben konnte. »Damit fahren wir ins Krankenhaus.«

»Einen Scheiß werden wir.«

»Oh, Monsieur wird wieder wach. Hat die kalte Dusche doch geholfen?« Sie grinste und legte die Klamotten ins Waschbecken. »Zieh dich an und dann fahren wir. Wenn du dich weigerst, trage ich dich mit Martin zum Auto.«

Ben setzte den finstersten Blick auf, der ihm möglich war, den Chiara aber schmunzelnd abtat. Sie machte ernst, dafür kannte er sie gut genug.

Scheiß drauf. Wenn sie unbedingt sein Taxi spielen wollte, musste sie das eben machen.

Hauptsache, Martin hielt sich zurück. Sonst würde es heute noch eskalieren.

Kapitel 42

Vom Blut auf der Auffahrt war nichts mehr zu sehen. Entweder hatte Wiegesal maßlos übertrieben, oder jemand hatte sie für ihn gereinigt. Ein Hauch von Dankbarkeit überkam ihn, verschwand aber schnell wieder. Denn wie befürchtet war die Fahrt der Horror schlechthin. Nicht nur, dass er gegen die Panik ankämpfen musste. Nein, Wiegesal offenbarte ihm, dass er das Video gesehen und sich köstlich amüsiert habe. Nur das Nummernschild war nicht zu erkennen gewesen, und Kenos Gesicht zu unscharf, um es als Fahndungsbild nutzen zu können. Aber er habe die Aufnahme dennoch an die IT geschickt.

Ben war am Arsch. Darüber nachzudenken, kostete ihn jedoch zu viel Kraft, sodass er seine Ohren vor dem provozierenden Gebrabbel verschloss. Stattdessen konzentrierte er sich auf seine Atmung, als sie an der Unfallstelle vorbeikamen. Noch immer waren verblassende Kreidezeichnungen am Boden zu sehen, wo sein Auto gestanden hatte. Selbst mit Chiara an seiner Seite wurde ihm heiß und kalt im Wechsel, seine Lunge verkrampfte sich zusehends. Lediglich die Tatsache, dass Knauk gerade andere Sorgen haben dürfte, als ihn weiter fertigzumachen, hielt Ben vom Durchdrehen ab.

Im Krankenhaus war es nicht besser, denn immerhin hatte man ihn sogar hier schon fast kalt gemacht. Er verweigerte sämtliche Medikamente zur Betäubung oder gegen die Schmerzen, und bestand darauf, das Nahtmaterial in der Originalpackung zu sehen. Erst dann ließ er sich verarzten.

Der Cut am Kopf wurde geklebt, die Wunde am Arm mit sechzehn Stichen genäht. Es schmerzte ohne Betäubung, aber das nahm er in Kauf. Würde nicht jemand anderes an ihm herumpfuschen, hätte er es vermutlich sogar genossen.

Als er fertig versorgt war, musste er lange diskutieren, bis er wieder nach Hause durfte. Er musste wirklich bescheiden aussehen, wenn der Doktor ihn dermaßen drängte, hierzubleiben. Um eine Infusion mit irgendwelchen Zusätzen, die er ebenfalls vorher genau unter die Lupe nahm, kam er allerdings nicht herum. Danach unterschrieb er einen Wisch, dass er auf eigene Verantwortung ging.

Glücklicherweise war Martin nicht hier. Der hatte es vorgezogen, mit nach Keno zu suchen und sie nun wieder abzuholen. Mit Chiara blockte er jegliche Diskussion ab. Er blieb nicht hier und damit war das Thema für ihn durch.

Stattdessen fuhr er mit den beiden zum Präsidium, um ein Phantombild anfertigen zu lassen. Wenn es kein scharfes Foto von Keno gab, musste eben eine Zeichnung herhalten und noch hatte er den Kerl ziemlich gut vor Augen.

Die Hoffnung, danach bleiben zu können, löste sich ganz schnell in Luft auf, als ihm Schnaider über den Weg lief. »Was zum Teufel machen Sie hier?«

Nachdem Ben ihm den Grund erklärt hatte, war er besänftigt. »Okay. Wie geht es Ihnen jetzt? Wie ich sehe, haben Sie eine neue Wunde am Kopf.«

»Halb so wild, mir geht's gut. Immerhin wissen wir jetzt, dass Knauk wirklich dahintersteckt und nicht abgetaucht ist. Wenn er trotzdem unauffindbar ist, muss er eine neue Identität angenommen haben.«

»Ja, das ist wirklich ein großer Fortschritt. Wobei Sie ja davon sprachen, dass er sowas nicht allein schaffen würde. Also läuft immer noch ein Komplize herum, bei dem er sicherlich untergekommen ist.«

»Definitiv. Aber sobald wir Knauk haben, werden wir den Namen schon erfahren.«

Schnaider kratzte sich am Kopf. »Den müssen wir unter allen Umständen schnell finden. Jetzt, wo Sie ihn gesehen haben, könnte er nervös geworden sein.«

Ben roch seine Chance. »Ich kann helfen. Dafür bin ich fit genug.«

Der Boss musterte ihn gedankenverloren, während Ben die Schultern straffte und einen entschlossenen Blick aufsetzte.

»Die Bescheinigung haben Sie nicht zufällig dabei?«

»Nein, die liegt immer noch zu Hause.«

Einen Moment lang schwieg er, dann seufzte er tief. »Holen Sie die mit Omando. Aber es bleibt bei Schreibtischarbeit, und Sie werden Ihre Schichten ganz genau einhalten. Omando ist ausnahmslos Ihr Taxi.«

»Werde ich. Danke.«

Sein Boss nickte knapp und verschwand tief durchatmend in seinem Büro.

In diesem Moment kam Chiara aus Richtung der Toiletten.

Er winkte sie zu sich. »Können wir noch mal zu mir fahren und den Wisch vom Arzt holen?«

»Klar. Jetzt sofort?«

»Wenn du Zeit hast, gerne.«

Sie lächelte ihn an. »Immer.«

Das entlockte ihm ein Seufzen. Sie meinte es gut, aber es fühlte sich falsch an. Als wäre er von ihr abhängig. Das ging gar nicht, so gern er sie hatte.

Seit er mit siebzehn für die Ausbildung nach Frankfurt gezogen war, genoss er seine Unabhängigkeit. Er war frei. Zumindest fast. Jobbedingt hatte er einen Teil einbüßen müssen. Den letzten Rest davon wollte er auf keinen Fall missen. Nicht mal für Chiara.

Was er ihr aber nicht an den Kopf warf. Sie war immer für ihn da, da würde er sie nicht auch noch mit blöden Sprüchen verletzen. Nicht schon wieder.

Gedankenverloren schlich er hinter ihr her zu ihrem Auto. Erneut checkte er die Umgebung, dieses Mal jedoch deutlich entspannter. Oder besser gesagt – abgelenkter. Er erwartete den nächsten Angriff nicht am Revier. Aber dennoch zeitnah. Die Frage war nur, wo und wann. Diesbezüglich überlegte er sich Möglichkeiten und zuckte zusammen, als Chiara ihn unterwegs ansprach.

»Geht es dir wirklich gut?«

Es dauerte einen Moment, bis er den Sinn der Frage verstanden hatte. »Was heißt gut? Ich hätte mit einer größeren Erleichterung gerechnet, jetzt, wo wir endlich wissen, dass wirklich Knauk dahintersteckt. Stattdessen wird mein Bauchgefühl immer drück-ender.«

»Inwiefern?«

»Na ja, dass irgendwas grundlegend falsch läuft. Vielleicht ist er es doch nicht, oder wir suchen den Komplizen in der falschen Richtung, oder ...«

»Oder du hast Angst, dass er dich richtig erwischen könnte.«

Ben schwieg. Volltreffer, aber da war noch etwas anderes. Etwas, das er nicht erklären konnte. Auf jeden Fall trieb ihn dieses Gefühl in den Wahnsinn. Nur wie sollte er ihr das klarmachen?

Gar nicht. »Ja, das wird's sein«, murmelte er und nahm erneut die Umgebung unter die Lupe. Es passte ihm nicht, dass er Chiara wieder mal in Gefahr brachte, weil sie ihn fahren musste. Wenn ihr etwas zustieß, könnte man ihn einweisen, und zwar auf Lebzeit.

Sie erreichten das Haus ohne Vorkommnisse. Chiara parkte und sah ihn an. »Soll ich mitkommen?«

»Ja, ich will nicht, dass du auf dem Präsentierteller stehst.«

Sie lächelte. »Mach dir um mich keine Sorgen, er ist nicht hinter mir her. Aber ich komme gern mit rein.«

Eigentlich war es überflüssig, denn binnen einer Minute waren sie wieder draußen. Er schloss gründlich ab und sah sich noch mal um. Als wolle er sich verabschieden.

Was für ein Bullshit.

Mit zusammengepressten Lippen folgte er ihr zum Auto. »Kannst du mich von nun an täglich mitnehmen, bis wir die Schweine gepackt haben?«

»Na klar, ich fahre ja sowieso bei dir vorbei.«

»Schon, aber ...« Er stockte. Und schwieg. Inzwischen hatte er ihr oft genug gesagt, dass sie sich mit ihm an ihrer Seite in Gefahr begab. Es schien sie nicht zu interessieren. Also musste er doppelt auf sie Acht geben. Soweit er das hinbekam.

Zurück auf dem Präsidium ging er direkt zu Schnaider. »Hier, die Bescheinigung.«

Er nahm sie entgegen und studierte sie ausführlich. »Wer hätte gedacht, dass die tatsächlich existiert.« Er sah auf. »Allerdings für einen Tag später. Was ich mal ausnahmsweise übersehe, jetzt ist es ja ohnehin zu spät. Gut, dann an die Arbeit. In einer Stunde ist Besprechung.« Er wandte sich ab, hielt dann aber noch mal inne. »Denken Sie an die Regeln. Halten Sie die nicht ein, ist endgültig Schluss für Sie.«

»Alles klar.«

Dann mal los. Sie hatten ihren Hinweis, den sie verfolgen konnten. Endlich ging es voran.

Wieso zum Teufel beruhigte ihn das nicht?

Kapitel 43

Drei Tage recherchierten sie. Suchten, machten, taten und traten dennoch auf der Stelle. Hinzu kamen seine beinahe Panikattacken bei jeder Fahrt und das Wissen, dass er Chiara in Gefahr brachte, sobald er neben ihr saß. Außerdem bekam er nach wie vor den Dreh zum Schlafen nicht. Trotz Alkohol war das in seinen eigenen vier Wänden nicht drin. Mit dem Ergebnis, dass seine Laune im Keller war und er sich kaum im Griff hatte. Jeder dämliche Kommentar von Martin ließ ihn platzen, nicht nur ein Mal musste Chiara dazwischengehen, ehe es eskalierte.

Bis Schnaider es schließlich mitbekam. »Kollang, es reicht. Sie müssen runterkommen, ansonsten bleiben Sie zu Hause. Irgendwann kann ich Ihnen auch nicht mehr helfen.«

»Klar.« Ben drehte sich um und verschwand, sonst hätte er dem Boss gegenüber ebenfalls einen Spruch abgelassen. Die sollten ihn alle in Ruhe lassen, Herrgott! Er wollte nur seinen Job machen und *endlich* weiterkommen.

Vertieft in seiner Recherche, der er gefühlt zum Hundertsten Mal nachging, verbrachte er die nächste Zeit in seinem Büro. Da kam ihm der Geistesblitz. Herrgott, wie dämlich war er eigentlich? Wie hatte er vergessen können, nachzusehen, ob …

»Soll ich dir einen Kaffee mitbringen?« Chiara stand neben ihm.

»Nicht jetzt, verdammt!« Erst musste er nachsehen, ob ... scheiße, wonach musste er noch mal suchen?

»Ey, es reicht!« Sie trat neben ihn und stellte seinen Monitor aus.

Ben fuhr zurück, stieß einen derben Fluch aus. Sprang auf, die Fäuste geballt. Das konnte sie nicht bringen! Das war *die* Idee gewesen und ihre dämliche Frage hatte sie aus seinem verschissenen, unfähigen Hirn verjagt.

Sie musterte ihn kühl und breitete die Arme aus. »Was? Willst du mich schlagen? Tickst du danach wieder normal? Dann bitte!«

Irritiert runzelte er die Stirn und wedelte mit den Händen herum. »Was willst du von mir?«

»Ich will meinen alten Kollegen zurück! Echt, du bist mit der Kneifzange nicht mehr anzufassen. Ich verstehe ja, dass du nervös bist, aber das nimmt überhand und geht mir gewaltig auf den Senkel. So habe ich keine Lust, noch länger mit dir zusammenzuarbeiten. Entweder du änderst was, oder ich mache mit Martin weiter. Selbst der ist mir gerade lieber als du!«

Wow. Das hat gesessen.

Tief in seinem Inneren wusste er, dass sie recht hatte. Er war im Moment ein echtes Arschloch, aber ihm fehlte die Kraft, das zu ändern. »Tschüss.« Mehr brachte er nicht hervor. Er schaltete den Bildschirm wieder an und suchte verzweifelt nach seiner Konzentration.

War er eigentlich total bescheuert? Jetzt versaute er es sich sogar mit Chiara, die immer hinter ihm gestanden hatte, immer da gewesen war, wenn er jemanden gebraucht hatte?

Ja, das tat er. Er hatte seit einer Ewigkeit kaum geschlafen, die Albträume trieben ihn in den Wahnsinn. Den Termin bei der Psychotante hatte er versäumt, weil er nicht vom Bildschirm weggekommen war. Essen wurde überbewertet, seine Ernährung bestand aus Koffein und Alkohol.

All das sorgte dafür, dass er kaum noch klar denken konnte. Er war so glücklich über die neue Idee von gerade gewesen. Bis Chiara mit ihrer dämlichen Frage nach Kaffee alles versaut hatte.

Was er brauchte, war Ruhe. Kein dummes Gelaber, keine nervtötenden Ansagen. Das musste sie doch verstehen!

Wenn er es ihr sagte, würde sie es verstehen. Aber das schaffte er nicht. Es würde ihn noch weiter raushauen. Wobei – er war ohnehin raus. Dann sollte er es ihr wohl schnell erklären, bevor er es sich ganz mit ihr versaute.

Ehe er damit anfangen konnte, rief Schnaider aus seinem Büro. »Ich brauche Unterstützung in einem anderen Fall. Wer hat Zeit?«

»Ich!«

Bens Kopf schoss hoch. Chiara meldete sich freiwillig? Ließ ihn im Stich?

Natürlich tat sie das. Sie ertrug ihn nicht länger und dass Martin keine tolle Alternative war, dürfte klar sein.

Herzlichen Glückwunsch, Dorftrampel. Du hast es geschafft.

Er wandte sich wieder dem Bildschirm zu, wollte nicht, dass sie die Frustration in seinen Augen las. Sollte sie doch gehen. Es war ihr gutes Recht, sie waren schließlich nicht verheiratet. Außerdem nahm die Gefahr ab, dass sie die Nächste auf der Liste des Wichsers war.

Vor allem aber hatte er genug von ihr verlangt.

Ohne den Kopf zu heben, schielte er ihr hinterher, als sie in Schnaiders Richtung verschwand. Ob der Boss sie zurückhalten würde?

Blödsinn. In seinem Fall war kein Weiterkommen, da konnte sie besser etwas Sinnvolles machen und vielleicht endlich wieder jemanden retten.

Wenn er das doch nur auch könnte ...

***

Vier Stunden lang versuchte er es. Hin und wieder gelang es ihm, sich zu konzentrieren. Aber nach spätestens zwei Minuten lenkte ihn jedes Mal aufs Neue irgendetwas ab. Aus lauter Verzweiflung überlegte er, Reinhard zu bitten, die Aufnahme von Knauk noch mal zu bearbeiten. Einen Screenshot zu machen und auszuarbeiten oder so. Ein Foto war immer genauer als ein gezeichnetes Bild.

Ben war klar, dass Harmann das bereits alles gemacht hatte, aber er brauchte wenigstens das Gefühl, etwas Produktives zu leisten.

Er machte sich auf den Weg zu ihm und hörte schon von Weitem Martin lachen. Großartig. Auf den hatte er richtig Lust. Aber egal, irgendwas musste er tun. Er gab sich einen Ruck und öffnete die Tür zu Reinhards Büro.

Dieser klickte etwas auf dem Bildschirm an. Bens Blick fiel auf den Monitor, wo er gerade über den Karton stolperte. Wiegesal, Harmann und auch Kramer lachten lauthals auf, steigerten sich richtig rein.

Ben stand in der Tür. Wie erstarrt. Eine unbändige Wut brodelte in seinen Adern, drohte jeden Moment auszubrechen. Was nicht passieren durfte, das war ihm tief im Inneren bewusst. Mit aller Kraft bemühte er sich, sie zurückzudrängen. Er würde auch lachen, wenn einer von ihnen einen solchen Stunt hinlegen würde. Definitiv.

Nicht. Jedenfalls nicht bei der Vorgeschichte. Da hätte er Verständnis. Vor allem würde er dieses verfickte Video nicht zur Schau stellen!

Viel mehr ärgerte ihn aber, dass der ach so nette Reinhard mitmachte und sich herzhaft über seinen Zusammenbruch amüsierte.

»So ein Vollidiot!«, grölte Wiegesal in diesem Moment. „Und weißt du, was in seiner Krankenhausakte steht? Der ist sogar zu blöd zum Vögeln! Da hat der sich beim Ficken ernsthaft den Schwanz ...“

Das war's. Mit einem Wutschrei stürmte Ben in den Raum und stieß Kramer zu Boden. Rammte Martin seitlich die Faust in die unteren Rippen, sodass dieser luftschnappend vornüber klappte. Reinhard packte er am Kragen und drängte ihn gegen die Wand. Presste den Unterarm gegen seine Kehle, bis auch er nach Atem rang.

»Du dämlicher Wichser hast mich wirklich verarscht mit deinem Dummgelaber! Turnt dich das an, das Video anzusehen? Hä? Habt ihr immer noch nicht genug über mich gelacht?«

»Ich wollte ...« Er räusperte sich und wand sich bei dem Versuch, seinen Hals zu befreien. Ben hielt dagegen.

»... wollte ich ... nicht!«

»Was wolltest du nicht?«

Ein Arm legte sich um Bens Hals und riss ihn zurück. Er verlor das Gleichgewicht und landete hart auf dem Allerwertesten. Ein Körper war hinter ihm, presste den Arm fest um seine Kehle, raubte ihm die Luft zu atmen. Schwindel überkam ihn, seine Blutzufuhr zum Hirn war unterbrochen. Die Panik überfiel ihn geballt. Es war so weit. Sein Mörder hatte ihn an der Angel. So wollte er nicht abtreten! Nicht vor den Kollegen, die ihn ausgelacht hatten, und schon gar nicht, ohne Melina befreit zu haben. Wie ein Irrer schlug er um sich, versuchte, den Würger hinter sich zu erwischen. Aber der wich passend aus, sodass er nur leichte Treffer landete. Sterne blitzten vor seinen Augen, alles um ihn herum verschwamm. Reinhards Schreie, er solle aufhören, es wäre genug, nahm er nur durch eine Mauer grauen Nebels wahr.

Endlich wurde er losgelassen. Gierig sog er Luft ein und rollte sich zur Seite weg. Mit der gebrochenen Rippe über das Bein seines Angreifers. Wieder verweigerte die Lunge ihren Dienst, während er sich auf die Knie zwang. Kaum im Vierfüßlerstand angekommen, landete ein harter Schuh in seiner Seite. Die letzten Kräfte verließen ihn. Er schaffte es gerade noch, sich unter einen Schreibtisch zu rollen, wo er japsend liegen blieb.

Um ihn herum brüllten sich Männer an. Er hörte nicht hin, verstand ohnehin kein Wort. Zu sehr musste er gegen die drohende Ohnmacht ankämpfen.

Kapitel 44

»Sind Sie von allen guten Geistern verlassen?«

Schnaider. Gott sei Dank. Erschöpft ließ Ben den Kopf sinken und schloss die Augen, die sich anfühlten, als würden sie jeden Moment aus den Höhlen quellen. Fahrig rieb er sich das Gesicht. Wie gut, dass der Chef brüllte, sonst hätte er durch das Rauschen in den Ohren nichts verstanden.

»Drehen hier denn alle durch? Sie werden das auf der Stelle behandeln lassen. Nachdem Sie mir erzählt haben, was hier los war!«

Sonst ging es ihm gut? Als könnte er gerade reden!

Musste er gar nicht. Er hatte vergessen, dass er nicht allein war. Als Martin allerdings behauptete, Ben habe Reinhard eine reingehauen, kämpfte er sich doch hoch. »Stimmt nicht!«, presste er hervor.

Schnaider fuhr zu ihm herum und erstarrte. Offensichtlich hatte er ihn vorher gar nicht registriert. »Oh Gott, wer hat Sie denn so zugerichtet?«

Martin zuckte mit den Schultern. »Ich hatte keine Wahl, als er Reinhard gewürgt hat. Der ist völlig durchgedreht.«

»Bullshit!« Ben versuchte, sich aufzurichten, aber die Rippen schmerzten zu sehr. Den Tritt hätte sich der Arsch wirklich schenken können. Zumal der sogar aufrecht stand, da hatte er wohl nicht fest genug zugeschlagen. Schade, nachholen konnte er das vor dem Boss leider auch nicht.

Er warf einen Blick auf Reinhard, den eine Platzwunde unter dem Auge zierte. Die hatte er ihm aber nicht verpasst. Es blutete ordentlich, quoll binnen Sekunden zwischen seinen Fingern hindurch, mit denen er ein Taschentuch darauf presste. Lediglich Kramer hatte offensichtlich nichts abbekommen. Der stand einfach nur da und musste sich das Grinsen verkneifen.

Arschloch.

»Kollang, dann erzählen Sie mir, was hier los war, wenn Sie anderer Meinung sind.« Schnaider sah finster drein, er war stinksauer.

»Die Platzwunde ist nicht von mir.«

»Mehr haben Sie nicht zu sagen?«

Ben schüttelte den Kopf. Sollte er erzählen, dass er durchgedreht war? Das dürfte dem Chef ohnehin klar sein.

Dieser raufte sich die Haare. »Schlimmer als ein Kindergarten. Harmann, Sie lassen das versorgen. Jetzt.« Er deutete auf Martin. »Sie fahren ihn. Kramer, an die Arbeit.«

Schnaider wartete, bis alle drei verschwunden waren, und wandte sich dann an Ben. »Mit Ihnen reicht es mir. Sie stiften nur noch Unruhe, haben sogar Omando gegen sich aufgebracht. Dazu gehört wirklich was. Das kann ich nicht länger verantworten. Sie werden Müchels bitten, Sie ins Krankenhaus zu fahren. Dort lassen Sie sich durchchecken und gehen, sobald es für die Ärzte in Ordnung ist, nach Hause. Da bleiben Sie, bis der Fall geklärt ist. Lassen Sie die Tür geschlossen, melden Sie sich, wenn Pakete kommen. Mehr will ich von Ihnen nicht hören oder sehen.«

»Sie setzen mich ernsthaft der Gefahr aus?«

»Ich suspendiere Sie, Kollang. Sie haben sich mehr als genug erlaubt. Weit mehr. Ihr heutiges Verhalten hat das Fass zum Überlaufen gebracht. Sie lassen mir keine Wahl.«

»Chef!«, brüllte Smitti durch den Flur.

Beide fuhren herum. Der Stimme nach zu urteilen, war etwas passiert. »Ich bin hier.«

»Ein neues Video im Cloud-Fall!«

Schnaider sah Ben an.

Diesem war auch die restliche Farbe aus dem Gesicht gewichen. »Das ist an mich adressiert, das sehe ich mir mit an«, entschied er mit einer festen Stimme, die ihn selbst überraschte.

Schnaider schwieg, wandte sich ab und eilte aus dem Raum. »Ich will es im Besprechungsraum sehen. Jetzt. Smitti, Sie untersuchen es auf der Stelle. Ich will *verdammt* noch mal wissen, wo das herkommt!«

Mit rasendem Herzen folgte Ben seinem Boss. Es fiel ihm schwer, die Beine zu koordinieren. Sein Gehirn ratterte. Wenn es ein neues Video gab, hieß das doch, dass Melina noch lebte. Oder musste er sich jetzt ihre Leichenschändung ansehen? Allein der Gedanke bereitete ihm Übelkeit. Unwillkürlich drosselte er die Geschwindigkeit und blieb vor der Tür stehen. Seine Nerven lagen ohnehin schon blank. Mehr ertrug er nicht.

Andererseits war es an ihn adressiert. Er kam nicht drum herum, sich das anzutun. So sehr er sich innerlich auch sträubte. Vielleicht entging er ja dadurch der Suspendierung.

Zögernd betrat er den Raum und suchte sich einen Platz direkt an der Tür. Die vereinzelten Kollegen ignorierten ihn, starrten alle wie gebannt auf den weißen Bildschirm. Was würde er dafür geben, dass dieses Video niemals gestartet werden würde.

Zu spät. Das altbekannte Flackern brachte sein Gehirn in Wallungen. Hier eine Hand, da ein Fuß. Oh Gott.

Seine Eingeweide verkrampften sich. Es war nicht Melina. Die Haut war dunkler. Oder täuschte er sich?

Bitte lass es niemand Neues sein!

Während er sich fragte, wen er alternativ erwischt haben könnte, prasselten die Bilder weiter auf ihn ein. Eine Flanke, ein blutiges Messer. Dann hörte das Flackern auf. Das Video leider nicht. Die Kamera wurde über die nackten, gefesselten Füße nach oben geführt. Unterschenkel. Oberschenkel. Bauch. Einen Slip erwartete man vergebens. Ebenso einen BH. Eine Blutspur zog sich zwischen den Brüsten entlang bis zum Schambereich. Ben rechnete mit dem Stopp der Aufnahme. Aber der kam nicht. Stattdessen wurde das Gesicht des Opfers offenbart.

Die metallische Stimme drohte sein Gehirn zu sprengen. »Das ist alles deine Schuld, Ben Kollang. Sie wird leiden, so wie noch nie jemand vor ihr gelitten hat. Und daran bist ganz allein du schuld.« Das Video stoppte mit einer Großaufnahme vom Antlitz der bewusstlosen Frau.

Ben starrte auf den Bildschirm. Nahm nichts um sich herum wahr. Konnte sich nicht rühren. Nicht atmen. Tränen liefen an seinen Wangen herab, ohne, dass er es bemerkte. Kollegen redeten auf ihn ein, Schnaider drehte ihn an den Schultern zu sich herum.

Er blinzelte, als er das Bild nicht länger vor Augen hatte, und schaffte einen Atemzug.

»Kollang, wir kriegen das Schwein. Jetzt erst recht.«

Klar. Sie saßen ja auch erst seit Wochen an dem Fall, ohne einen Hauch weiterzukommen.

Dieser Gedanke sollte seinen Schock wohl noch vergrößern, tat er aber nicht. Nicht mal diese Tatsache konnte die innere Leere, die Ben ausgefüllt hatte, überwinden.

Er fühlte sich wie tot. Selbst sein Herz schien für vereinzelte Schläge auszusetzen.

Hilfesuchend sah er Schnaider an, der vor ihm hockte, kreidebleich und mit schreckgeweiteten Augen. Nicht nur seine Hände, die nach wie vor auf Bens Schultern lagen, zitterten.

Bens Blick glitt zu den Kollegen, die allesamt geschockt sitzengeblieben waren. Manche starrten den Tisch vor sich an, andere rauften sich die Haare.

Kramer fixierte ihn mit leeren Augen. Sicher stellte er sich gerade vor, wie er Ben am besten foltern konnte, um seine Schuld wenigstens im Ansatz zu strafen.

Er hätte recht. Ben würde sogar stillhalten.

Gott, wie hatte er das nur zulassen können? Wieso hatte er sich wie das hinterletzte Arschloch verhalten? Damit hatte er sie in die Arme des Sadisten getrieben.

Ja, es war seine Schuld. Ganz allein seine. Schon wieder musste jemand seinetwegen leiden.

Scheiße, nicht irgendjemand. Es war Chiara, verflucht!

Ben fuhr zu seinem Boss herum, der gerade den Mund öffnete. Scheinbar wollte er weiteren sinnfreien Mist von sich geben, wurde aber von Smitti aus dem Flur unterbrochen.

»Wir haben eine Adresse!«

Diese Worte lösten Ben aus der Starre. Auch Schnaider sprang auf. »Ein ganz schlechter Zeitpunkt für Scherze!«

»Das ist mein voller Ernst. Wir haben eine Adresse. War überhaupt kein Problem daran zu kommen.«

Schnaider atmete tief durch. »Das ist eine Falle.« Er rieb sich das Gesicht und rief: »Die Adresse will ich auf sämtlichen Handys haben. Jeder, der sich irgendwie Zeit freischaufeln kann, macht sich fertig. Westen an, ausreichend Munition einstecken. Wir gehen von einem Hinterhalt aus.« Er sah Ben an. »Kollang, Sie werden auf gar keinen Fall die Wache verlassen.«

Spätestens jetzt war er wieder voll da. »Ich lasse Chiara doch nicht allein!«

Der Chef legte die Hand auf seine Schulter. »Wir holen sie da raus. Aber wenn Sie mitkommen, laufen Sie direkt in eine Falle und wir müssen Sie beide retten. Selbst wenn nicht – in Ihrem Zustand haben Sie nicht mal eine Chance gegen einen Fünfjährigen. Sie bleiben hier und behalten das Telefon im Auge. Schicken Sie jeden hinterher, der Ihnen über den Weg läuft, egal, wie gestresst er gerade ist.« Er seufzte tief und drückte Bens Schulter. »Wir schaffen das. Bald haben Sie Ihre Partnerin zurück.«

Wollte er damit Ben beruhigen oder eher sich selbst? Er ging von Letzterem aus, hatte aber keine Ahnung, was er erwidern sollte. Geschweige denn, wie er ihm klarmachen konnte, dass er keinesfalls am Telefon warten würde. Stattdessen sah er den Männern und Frauen hinterher, die sich auf *seinen* Einsatz vorbereiteten, während er hier Däumchen drehen sollte.

Sein Handy piepste. Er riss es aus der Tasche. War es der Entführer? Nein. Es war die Adresse. Sein Blick schoss hoch, auf der Suche nach Schnaider. Dieser redete gerade mit den Kollegen und erklärte vermutlich den Plan. Eilig machte er einen Screenshot, bevor der Chef ihm die Nachricht noch löschte. Denn für ihn war sie sicher nicht gedacht gewesen.

Unauffällig steckte er das Smartphone zurück in die Tasche und überlegte sich einen Schlachtplan. Niemals würde er Chiara im Stich lassen. Schon gar nicht nach all dem, was sie für ihn getan hatte und er sie zum Dank dermaßen angezickt hatte.

Das schlechte Gewissen quetschte seine Eingeweide zusammen. Was war er nur für ein Arschloch? Weil sie ihn nicht mehr ertragen hatte, war sie direkt in diese Falle gelaufen. Er hatte sie praktisch hineingetrieben. Wieder litt jemand seinetwegen. Ausgerechnet bei Chiara hätte er es problemlos verhindern können.

Das würde er jetzt wiedergut machen. Sobald er sie da rausgeholt hatte, würde er für sie da sein und sie auf Händen tragen. Das hatte sie sich mehr als verdient.

Schnaider ignorierte ihn, er schien voll auf den Fall fokussiert zu sein. Gut so.

Wenige Minuten später waren sie verschwunden. Erst jetzt stand Ben auf und taumelte los, um seine

Waffe zu holen. Er sammelte alles an Munition ein, was er kriegen konnte, zog sich die schusssichere Weste an und schluckte noch eine Schmerztablette.

Kapitel 45

Er hatte Glück und ergatterte den letzten Audi mit gut zweihundertdreißig PS. Achtzig PS mehr als die anderen Dienstwagen. Damit sollte er den Tatort schnell erreichen können.

Sobald er hinter dem Steuer saß, verließ ihn sein Tatendrang schlagartig. Seine Lunge streikte, der Schweiß brach ihm aus allen Poren. Er krallte sich am Lenkrad fest, versuchte verzweifelt, zu atmen. Ihm wurde zunehmend schwindelig. Fast war es so, als läge Wiegesals Arm erneut um seinem Hals.

Dann hörte er den Lkw, links von ihm. Der Motor heulte auf. Mit weit aufgerissenen Augen starrte er in die Richtung, wartete darauf, dass er um die Ecke geschossen kam, in ihn hinein krachte. Sein endgültiges Ende besiegelte. Die Kollegen konnten ihm nicht helfen, die hatte der Attentäter weggelockt. Somit hatte das Schwein freie Bahn, ihn endgültig kalt zu machen.

Ben saß nur da, schnappte nach Luft wie ein Fisch auf dem Trockenen. Bebte am ganzen Körper. Da war der Sieneneinhalbtonner. Gleich würde er auf den Parkplatz abbiegen. Ob Ben Chiara im Reich der Toten wiedersehen würde? Sich entschuldigen konnte? Ihr sagen, wie dankbar er ihr war? Dass er sie liebte?

Dieser Gedanke riss ihn aus der Starre. Ja, Herrgott, er liebte sie! Was er ihr gegenüber niemals eingestanden hatte. Bald würde es zu spät sein.

Zumindest, wenn er sich nicht endlich zusammenriss und aus dem Arsch kam. Erneut schoss sein Blick zum Lkw. Der in diesem Moment über die Kreuzung fuhr und verschwand. Gott, was war nur aus ihm geworden?

Was auch immer es war, endete genau jetzt. Er musste seine Partnerin retten. Bei Melina hatte er versagt. Noch eine Freundin würde der Wichser ihm nicht nehmen.

Er startete den Motor und trat aufs Gaspedal. Der Wagen schoss vorwärts wie ein Wanderfalke im Sturzflug. Wenn Ben keine weitere Panikattacke bekam, würde er in Nullkommanichts am Tatort sein. Und seine Chiara hoffentlich in die Arme schließen können.

Der Wunsch endete bereits in dem Moment, als er auf die Straße abbog. Sein Weg führte ihn durch Münsters Innenstadt. Um kurz vor fünf. Im Feierabendverkehr.

Er musste das Blaulicht auf das Dach packen!

Bei dem Versuch wurde ihm klar, warum der Audi noch dagestanden hatte. Das Signallicht war kaputt. Das war doch zum Kotzen!

An jeder Ampel musste er mindestens zwei Durchgänge warten, die Autos vor ihm krochen dahin wie Schnecken auf Schlaftabletten. Verzweifelt überlegte er, ob es einen anderen Weg gab, aber ihm fiel keiner ein.

Sein Problem war nicht nur, dass er nicht vorankam, sondern auch viel zu viel Zeit zum Nachdenken und Beobachten hatte. Immer wieder musste er sich zur Ruhe zwingen, weil er jederzeit mit einem Attentat rechnete. Was Blödsinn war. Der Wichser erwartete ihn am Tatort, nicht auf der Straße. Vor allem nicht in einem

fremden Auto, welches das Schwein gar nicht kennen
konnte.

Er würde da sein, sich dem Arschloch stellen, damit
er Chiara gehen ließ. Oder sie bestenfalls aus seinen
Drecksgriffeln befreien und ihn festnehmen. Was in
seinem Zustand allerdings schwer werden könnte.
Aber er würde tun, was auch immer nötig war. Sie hatte
genug seinetwegen gelitten.

Sollten die anderen die Sache nicht unter Kontrolle
bekommen haben, bis er dort ankam, würde Ben ihm
eben in die Falle gehen. Und zwar mit voller Absicht,
solange er damit Chiara retten konnte.

Wenn diese Idioten vor ihm nur endlich fahren würden!

Es dauerte fast eine Viertelstunde, bis er aus der Stadt
raus war. Ein Stück die Schnellstraße entlang, auf der
er, wann eben möglich, alles aus dem Auto herausholte.
Schließlich ging es in die Karpaten. Hier war nichts, abgesehen von Feldern, Wiesen und Wäldern. Vereinzelten Höfen. Und Lagerhallen. Genau so eine suchte er.
Die untergehende Sonne blendete ihn, außerdem war
die Frontscheibe vollkommen verschmiert. Er konnte
kaum etwas erkennen. Dennoch gab er weiter Gas und
blinzelte angestrengt durch die Scheibe.

Er bog um die nächste Kurve und sah in einiger Entfernung die Autos der Kollegen vor einer Lagerhalle,
die von außen unscheinbar wirkte. Hier sollte Melina
gefoltert worden sein? Und Chiara gefangen gehalten?
Der verarschte sie doch!

Nein, das passte. Denn auf genau diese Gedanken war
der Täter aus. Innen konnte es schließlich ganz anders
aussehen.

Ein Gedankenblitz durchzuckte ihn. Er durfte nicht gesehen werden. Zumindest nicht von Schnaider. Eilig sah er sich um und entdeckte einen schmalen Pfad in den angrenzenden Wald. Den nahm er und fuhr ein Stück hinein. Er ließ das Auto auf dem Weg stehen und rannte, so schnell es ihm möglich war, die Stolperstrecke entlang zum Waldrand. Bald sah er die Scheune, aus der in diesem Augenblick zwei Kollegen traten. Scheinbar waren sie fertig. Wo war Chiara?

Als er in Hörweite war, versteckte er sich hinter einer dicken Eiche und belauschte die beiden.

»Schade um das hübsche Ding.«

»Ja, und er war echt nicht zimperlich. Der Typ ist ein richtiger Sadist.«

»Allerdings. Hast du gesehen, wie ...«

Nein. Bitte nicht. Das war nicht real. Das *durfte* es nicht sein!

Wieder schossen ihm die Tränen in die Augen. Chiara war tot. Zu Tode gefoltert. Seinetwegen! Er raufte sich die Haare und sank am Baumstamm herab.

Schnaiders angespannte Stimme ließ ihn aufhorchen. »Kramer, Sie warten auf die SpuSi. Alle anderen zurück aufs Präsidium, wir brauchen Kollang, und zwar schnell, hier geht es um Minuten. Müchels, Sie fahren mit mir. Holen Sie mir Lee ans Telefon. Los, heute noch!«

Langsam richtete sich Ben auf. Er brauchte ihn? War Chiara doch nicht tot? Waren sie am falschen Tatort? Aber von wem ...

Heiliger Mist, wie hatte er Melina vergessen können? War ihre Leiche hier? Scheiße, wo war dann Chiara?

Die Autos brausten an ihm vorbei, Blaulicht flackerte durch die ganze Gegend. Er schielte neben dem Baum hervor. Da stand Kramer an sein Auto gelehnt und sah den Kollegen hinterher. Jetzt stieß er sich ab, ging zu einem Busch. Und pinkelte!

Ben gab Gas. Glücklicherweise war er so weit vorgerückt, dass er die Halle schnell erreichte. Er presste sich an der Seitenwand entlang und schlich in Richtung Eingang. Scheinbar hatte Kramer großen Druck, er war immer noch nicht fertig. Leise schob er die Tür ein Stück auf, ohne den Blick von seinem Kollegen abzuwenden. Der sah zur Straße, hatte ihn nicht bemerkt. Ben quetschte sich durch das schmale Loch. Schnell, aber leise schloss er die Tür. Und hielt inne. Mit geschlossenen Augen sammelte er sich und drehte sich widerwillig um.

Und kämpfte gegen die Übelkeit an.

Kapitel 46

Der Gestank nach kaltem Schweiß, vermischt mit säuerlich-metallischem Blutgeruch und sonstiger Körperflüssigkeiten brannten in seiner Nase. Die Kollegen hatten die Leuchtstoffröhren nicht wieder ausgeschaltet, sodass die Einrichtung des Raumes gnadenlos seine Netzhaut folterte. Im grellen Licht sah er ein Gestell, das an einen Untersuchungsstuhl beim Frauenarzt erinnerte. Nur waren die schmalen Holzplatten für die Beine auf gleicher Höhe wie der Rest, und so weit auseinander, dass es fürchterlich in der Hüfte schmerzen musste, sobald man dort gefesselt lag. Aber das war vermutlich noch das geringste Problem, wenn er die Folterwerkzeuge an der Wand bedachte. Messer, Hammer, Sägen, Peitschen, Zangen, Löffel ... Hier war der perfekte Drehort für den nächsten Teil von *SAW*.

Sein Magen rebellierte, eilig drehte er sich weg.

Böser Fehler. Denn dort lag Melina. Oder besser gesagt – ihre Überreste. Er presste sich die Hand vor den Mund, um sich nicht zu übergeben. Der Wichser hatte ihre Arme und Beine abgetrennt, den Kopf abgesägt. Der Torso war derart zugerichtet, dass man ihn als solchen nur noch erahnen konnte. Er betete zu Gott, dass sie zu diesem Zeitpunkt bereits tot gewesen war, während die Tränen erneut ihren Weg über seine Wangen fanden.

Ein Klicken ließ ihn herumfahren und seine Pistole aus dem Halfter reißen. Hektisch sah er sich um, auf der Suche nach der Waffe, die ihm endgültig den Garaus machen würde. Dennoch war er verhältnismäßig entspannt, denn mittlerweile hatte er nichts mehr gegen den Tod. Entsprechend dachte er nicht mal dran, in Deckung zu gehen. Melinas Anblick würde der Nächste sein, den er niemals aus dem Kopf bekommen würde.

Und nun hatte das Schwein auch noch Chiara. Vielleicht war sie ebenfalls schon tot. Inzwischen wünschte er es ihr. Niemand sollte so etwas durchstehen müssen, sie am allerwenigsten.

Ihm war klar, dass es zu schnell gegangen wäre. Der Wichser wollte Ben am Boden sehen. Dass er mit ansah, wie sie litt. Wie sie *seinetwegen* gefoltert wurde.

Seine Knie verwandelten sich in Wackelpudding, nahmen ihm den restlichen Halt. Das hatten die Frauen nicht verdient. Konnte das Schwein es nicht an ihm ausleben? Ja, er würde umkommen vor Panik. Aber die beiden hatten nichts damit zu tun. Sie wurden bestraft, weil sie nett zu ihm gewesen waren. Dieser Gedanke war wesentlich schlimmer für ihn, als selbst das Opfer zu sein.

Genau das war dem Schwein klar. Der Wichser kannte ihn durch und durch, wusste, wo er sich wann aufhielt, wie er tickte und wer ihm wichtig war. Er schien mehr Kenntnis über ihn zu haben als Ben selbst.

Wut mischte sich zu seiner Verzweiflung. Dankbar nahm er das Gefühl in sich auf. Denn das war wesentlich angenehmer als die erdrückende Hilflosigkeit. Jetzt musste er den Zorn nur noch sinnvoll einsetzen können. Er sah sich um, suchte nach einer Mündung, die auf ihn gerichtet war.

»Hallo Ben.«

Sein Herz setzte für einen Schlag aus. Unfähig, sich zu rühren, starrte er auf den Schrank, aus dessen Richtung die verzerrte Stimme kam. Derart laut, dass sie sein Trommelfell zum Vibrieren brachte.

»Freut mich, dass du endlich hergefunden hast. Habe ich dir nicht ein wundervolles Geschenk bereitet? Genau so wird deine Chiara auch bald aussehen. Vielleicht. Du kannst es verhindern.«

Unwillkürlich trat er einen Schritt zurück und stieß gegen die Vorrichtung für Melinas Bein. Er machte einen Satz vorwärts, fuhr herum. Drehte sich im Kreis, auf der verzweifelten Suche nach jemandem, der ihn überwältigen wollte.

Die Waffe muss im Schrank sein!, schoss es ihm durch den Kopf. Er hatte nur auf Augenhöhe gesucht. Was, wenn sie auf sein Bein gerichtet war? So ein Schuss würde ihn noch wehrloser machen, als er ohnehin schon war. Aber nicht umbringen. Er wäre bei klarem Verstand – falls man den aktuell so nennen konnte.

Die Stimme sprach unbeirrt weiter. »Wenn du allein zu mir kommst, ohne Unterstützung anzufordern, wird sie freikommen. Und du wirst derjenige sein, der so endet. Gefoltert, gequält, hingerichtet. Ich lasse mir Zeit und werde voller Genuss neue Ideen an dir austesten. Freust du dich schon? Das tue ich alles nur für dich, Ben. Du hast eine halbe Stunde. Danach fange ich mit deiner Chiara an.«

Die Stimme schwieg. Sein Magen drehte sich um, er erbrach sich vor seine Füße. Zitternd hielt er sich an dem Beingestell fest, bis ihm klar wurde, was er da anfasste. Er riss die Hand zurück, schüttelte sie, als hätte er sich verbrannt. Tränen flossen mit der Galle um die Wette aus ihm heraus. Als endlich nichts mehr kam, taumelte er zur Wand. Sein Oberkörper sackte nach vorn, er stützte sich auf den Oberschenkeln ab. »Wieso?«, murmelte er. Er richtete sich auf und brüllte los: »*Wieso*, du verschissener Wichser?«

Ein leises, metallisches Lachen vibrierte in seinem Gehirn. »Deine Zeit läuft. Tick tack, noch siebenundzwanzig Minuten.«

Er sah auf die Uhr. Elf Minuten nach sechs. In siebenundzwanzig Minuten war es 18:38. Wieso eine derart krumme Zahl?

Wen interessierte das? Wenn er sich nicht beeilte, musste sie leiden!

Dennoch schaffte er es nicht, loszurennen. Ja, er wollte sich opfern. Aber jetzt, wo es akut wurde, nahm die Verzweiflung und Panik überhand. Zudem wusste er nicht mal, wo er hinmusste.

Mit einem verzweifelten Aufschrei raufte er sich die Haare. Es ging um Chiara, Herrgott! Es reichte doch, dass Melina seinetwegen hatte sterben müssen. Jetzt war die Zeit gekommen, zu zeigen, dass er kein verfluchtes Weichei war. Mit geschlossenen Augen atmete er tief durch und stieß sich von der Wand ab. Er straffte die Schultern und sah sich um. Suchte nach irgendeinem Hinweis.

Wir brauchen Kollang. Die Worte seines Chefs hallten durch seinen Kopf. Irgendetwas hatten sie entdeckt, was er entschlüsseln sollte. Aber wo, gottverdammte Scheiße?

Erneut trieb ihn dieses Lachen in den Wahnsinn. »Na, Ben, wie gut kennst du deine Chiara? Sie hat ein kleines Rätsel für dich. Bin gespannt, ob du sie damit findest. Wenn nicht ... sieh dir Melina an. Deine andere Freundin werde ich noch mehr verschönern. Also, hör zu: A A S ... Z O O. Dazu soll ich dir von Chiara ein Herzchen schicken.«

Wieder drohte sich sein Magen umzudrehen. Aber er schluckte die Galle mühsam herunter, denn da hatte er den Hinweis, den er brauchte. Jeden Buchstaben hatte der Kerl einzeln genannt und eine Pause nach dem S gemacht. Was zur Hölle wollte er von ihm?

Aas im Zoo? Bullshit. Da würde er sie wohl kaum hingeschafft haben. Was hatte es mit dem Herz auf sich? Liebte sie etwas am Zoo?

Nein, das Zeichen machte sie immer mit den Fingern, wenn sie erfolgreich gewesen waren. Mit rasendem Puls riss er die Augen auf. Erfolgreich am Zoo ... Zwischen Zoo und Aasee!

Er wusste, wo sie war. Wollte losstürmen, doch in dem Moment klickte es wieder. Und draußen fuhren Autos vor.

Kapitel 47

Die SpuSi. Nicht das auch noch! Die durften ihn hier nicht sehen! Hektisch drehte er sich im Kreis, auf der Suche nach einem Fenster oder einer sonstigen Möglichkeit, ungesehen hier herauszukommen.

In diesem Moment ertönte die Stimme wieder.

»Hallo Ben. Freut mich, dass du endlich hergefunden ...« Wie in Zeitlupe drehte er sich zum Schrank um. Das war der gleiche Mist von eben! Das Ganze kam vom Band und lief auf Dauerschleife. *Fuck!* Der verarschte ihn schon wieder!

Die Tür wurde aufgerissen. Männer stürmten herein, allen voran Kramer. Eben hatte er einen Lauf gesucht, nun blickte er gleich in ein halbes Dutzend.

»Hey, nehmt die Waffen runter!«

»Ben?« Kramer senkte den Arm, die anderen taten es ihm gleich. »Was zum Teufel machst du hier? Wie kommst du hier rein?«

Ben schüttelte unwillig den Kopf und hielt sich die Ohren zu. Das Gerede ertrug er nicht länger.

»Erst muss ich hier raus.« Mit diesen Worten drängte er sich an den Leuten vorbei ins Freie. Er hätte die frische Luft liebend gern tiefer eingeatmet, aber seine Rippen streikten. Das taten sie noch mehr durch sein Zusammenzucken, als Kramer ihn plötzlich von hinten ansprach. »Hey, kommst du klar? Soll ich dich mitnehmen? Ich muss nur eben den anderen erzählen, was hier Sache ist.«

»Mach das. Ich brauche erst mal Ruhe.«

»Okay. Warte hier, bin gleich zurück.«

Ja, das war zu befürchten. Bis dahin musste er hier weg sein. Sobald Kramer in der Halle verschwunden war, taumelte er los. Er musste das Auto erreichen, ehe irgendjemand seine Flucht bemerkte. So schnell es ihm möglich war, kämpfte er sich zum Wald vor. Er hatte den Weg erreicht. Nur noch abbiegen, dann war er aus seinem Sichtfeld ...

»Ben!«

Scheiße!

Er legte einen weiteren Zahn zu, geriet aber ins Stolpern. Es kostete ihn Überwindung, das Tempo wieder etwas zu drosseln. Aber nur so kam er halbwegs sicher vorwärts. Er wagte es nicht, sich umzudrehen, sonst wäre er doch gestürzt. Ihm blieb nur zu hoffen, dass er ihm nicht folgte.

Warum tat er das überhaupt? Ein erschreckender Gedanke schoss ihm durch den Kopf. Er wollte ihn aufhalten! Damit er nicht pünktlich bei Chiara ankam. Aber das konnte er vergessen.

Als er keuchend und gegen den Schwindel ankämpfend das Auto erreichte, fuhr er doch herum. Niemand war hinter ihm. Gott sei Dank.

Nichts wie raus hier, Chiara wartete auf ihn.

»Ben, warte!«

Scheiße, da kam Kramer angerannt. Ben legte den Rückwärtsgang ein und ließ die Reifen durchdrehen.

Dreck stob hoch und lenkte seinen Kollegen hoffentlich erst mal ab. Aber leider nicht lange. Er musste zusehen, dass er schleunigst hier rauskam und vor ihm bei Chiara war.

Es war eine Tortur. Allein sich umzudrehen, um zu sehen, wo er lang fuhr, wurde zur Quälerei. Die Buckelpiste gab ihm den Rest. Mehrmals war er kurz davor, anzuhalten, aber das war nicht drin.

Schweißnass erreichte er die Straße. Wo Kramers Auto gerade von rechts kam. *Fuck!*

Er trat das Gaspedal voll durch. Ohne die starke Motorisierung hätte er ein verdammt großes Problem gehabt. So kam er jedoch immer weiter von ihm weg.

Bis der Lkw von links kam. Obwohl Ben brav an der Kreuzung anhielt, drohte ihn die aufsteigende Panik zu übermannen. Er atmete tief durch und hieß den Schmerz im Brustkorb willkommen.

Er kam immer näher. Hatte ihn fast erreicht. Wenn er auch nur etwas nach rechts lenkte ... ihm stockte der Atem. Dann war er vorbeigefahren.

Hart stieß er die Luft aus und rieb sich den Schweiß aus den Augen. Scheiße, daran musste er ganz schnell arbeiten.

Als er im Rückspiegel den immer geringer werdenden Abstand von Kramer sah, war er wieder voll fokussiert. Sein Kopf schoss von links nach rechts. Von beiden Seiten kamen Autos. Sein Herz raste. Er musste sich zusammenreißen. Hier ging es ausnahmsweise mal nicht um ihn. Sondern um die Frau, die immer für ihn da war und die er liebte.

Dann tat sich endlich eine Lücke auf. Winzig, aber möglich. Theoretisch. Er schaltete seinen Verstand aus und gab Gas. Es war knapp, doch er schaffte es. Kam ohne Berührung auf seine Fahrbahn und sah sich kurz nach Kramer um. Dieser wedelte mit den Armen und schien herumzubrüllen.

Noch achtzehn Minuten.

Kurz vor dem Zoo kam ihm eine Streife entgegen, schaltete das Blaulicht ein und wendete.

Frustriert schlug Ben auf das Lenkrad ein. Ihm blieb auch nichts erspart! Mit einer Flucht würde er sie direkt zum Versteck lotsen, somit kam das nicht infrage.

Aber was, wenn Schnaider eine Fahndung nach ihm eingeleitet hatte? Sie würden ihn jetzt und hier einkassieren.

Über Funk hatte er nichts davon mitbekommen. Allerdings war er häufig genug abgelenkt gewesen und hätte es durchaus überhören können.

Fakt war, dass er allein zu diesem Wichser musste, sonst sorgte er für Chiaras Todesurteil. Er hatte keine andere Wahl, als anzuhalten. Vielleicht konnte er es ja schnell klären.

Genervt setzte er den Blinker und legte am Straßenrand eine Vollbremsung hin, sodass die Kollegen ihm fast hintendrauf gefahren wären. Die Genugtuung wurde jäh von seinem endlich wiederkehrenden Verstand zerstört. Wenn er jetzt zusätzlichen Ärger machte, hätte er ganz verloren.

Tief durchatmen und cool bleiben.

Er ließ das Fenster herunter und beobachtete im Außenspiegel, wie eine ihm unbekannte Kollegin zu ihm kam.

»Guten Tag, Giesreif von der Verkehrspolizei. Führerschein und Fahrzeugpapiere bitte.«

»Was wird mir vorgeworfen?«

»Allgemeine Verkehrskontrolle. Wenn Sie mir dann bitte die Papiere geben würden.« Auffordernd hielt sie die Hand hin.

»Ich hab meinen Führerschein nicht mit, aber mein Name ist ...«

»Können Sie sich anders ausweisen?«

Er atmete tief durch. »Nein, aber ...«

»Ist das Ihr Fahrzeug?«

»Nein, es ist ein Dienstwagen der Kripo Münster.«

»Würden Sie bitte aussteigen?«

Nein, zum Teufel!

»Tut mir leid, ich hab es eilig. Wie ich bereits mehrfach versuchte zu sagen, ist mein Name Kriminalkommissar Ben Kollang. Prüfen Sie das, aber bitte schnell. Ich muss zu einem Tatort.«

Bloß keine Fahndungsaufrufe jetzt! Einfach weiterfahren lassen.

»Wer ist der leitende Ermittler?«

Scheiße!

»Kriminalhauptkommissar Schnaider unter der Leitung von Oberstaatsanwalt Lee.«

»Gut. Bitte steigen Sie aus und kommen Sie mit. Ich werde das schnell überprüfen, dann können Sie weiterfahren.«

Das durfte nicht wahr sein. Mit einem genervten Stöhnen kämpfte er sich aus dem Auto und sah sich nach ihrem Kollegen um. Kannte er den vielleicht?

Nein, leider auch nicht. Verfluchter Mist, wieso musste denn alles schiefgehen?

Er hinkte ihr hinterher und sah sich nach Kramer um. Noch war er nicht zu sehen.

»Was sagten Sie?« Giesreif verlangsamte ihr Tempo, bis er zu ihr aufgeschlossen war. »Sie kommen von einem Tatort?«

»Das auch, aber ich muss dringend zu einem weiteren.«

»Ohne Dienstmarke?«

»Ich hatte es eilig und sie auf dem Schreibtisch vergessen. Aber meine Kollegen kennen mich, also zerbrechen Sie sich nicht meinen Kopf. Machen Sie lieber endlich Ihren Job, ich muss wirklich weiter!«

Dafür kassierte er einen finsteren Blick, den er genervt erwiderte. Sie gab ihrem Kollegen seine Daten, die dieser in seinen Laptop eintippte. Ungeduldig trommelte Ben mit den Fingern auf seinen Oberschenkeln herum und sah auf die Uhr. Noch elf Minuten. Sein Herzschlag legte einen weiteren Zahn zu.

Der ältere Polizist drehte den Monitor zu ihnen, auf dem Bens Foto abgebildet war. Sie sah es sich an, musterte dann ihn und runzelte die Stirn. »Auf dem Bild sehen Sie aber wesentlich fitter aus.«

»Jap. Und wenn mein Boss mich einen Kopf kürzer macht, weil ich zu spät zum Tatort komme, sieht es noch beschissener aus. Also, war's das endlich?«

»Es tut mir leid, aber Sie müssen verstehen ...«

»*War es das?*« Er betonte jedes Wort. Gleich würde er platzen und das nicht nur vor Wut. Wenn die zu Schnaider Kontakt aufnahmen, hatte er ganz verschissen.

»Natürlich. Viel Erfolg am Tatort.«

»Du mich auch«, murmelte er vor sich hin, während er zum Auto zurückeilte. Wenigstens war das noch mal gut gegangen. Jetzt aber schnell ...

»Kommissar Kollang! Einen Moment.«
Fuck!

Kapitel 48

In diesem Augenblick klingelte sein Handy. Schnaider. Am liebsten hätte er es der Kollegin gegen den Kopf geschmissen. Das konnte doch alles nicht wahr sein!

Er hielt das Smartphone hoch und drehte das Display in ihre Richtung. »Mein Chef. Ich muss los!«

Ohne eine Reaktion abzuwarten, eilte er weiter zum Auto und drückte den Ton weg, tat jedoch so, als hätte er abgehoben. »Sorry, Chef, ich bin unterwegs. ... Ja, die Kollegen haben mich angehalten und meine Marke liegt auf dem ... Ja, es ist alles geklärt. Ich fliege. ... Natürlich. Bis gleich.«

Ohne einen Blick zurückzuwerfen gab er Gas. Das Möchtegern-Telefonat war hoffentlich deutlich gewesen.

Schnaider war alles andere als zufrieden. Er klingelte Sturm. Legte auf und rief erneut an. Aus Erfahrung wusste Ben, dass er es auf den Tod nicht ausstehen konnte, wenn seine Anrufe nicht erwidert wurden. Er hatte aber keinen Nerv auf seine Moralpredigt. Das Funkgerät schaltete er ebenfalls auf stumm, als sein Chef es auch darüber versuchte.

Oder hatten sie Chiara gefunden? Bei diesem Gedanken setzte sein Gehirn aus und er hob beim nächsten Klingeln ab.

Schnaider donnerte direkt los: »Kollang, bewegen Sie sofort Ihren Arsch in mein Büro! Sind Sie denn total bescheuert, den so wichtigen Tatort zu verunreinigen? Überhaupt dahin zu fahren, obwohl Sie ein Verbot haben und obendrein suspendiert sind? Das wird Konsequenzen nach sich ziehen, das schwöre ich Ihnen. Und da ist Autodiebstahl noch Ihr geringstes Problem. Wenn Sie nicht in fünf Minuten in meinem Büro stehen, werde ich Sie verhaften lassen!«

Ben antwortete mit fester Stimme, die ihn selbst erstaunte: »Ich bin unterwegs zu ... Also, das schaffe ich nicht.«

»Das ist mir scheißegal! Sie können nicht machen, was Sie wollen, Herrgott noch mal! Dann *fliegen* Sie eben hierher! Ich brauche Sie hier, auf der Stelle! Es geht um Omando, Herrgott!«

Ein Tuten ertönte. Ben schaltete das Handy aus und schob es in die Tasche. Das Gezeter brauchte er nicht auch noch, er hatte genug andere Probleme. Vielleicht hätte er die Chance nutzen und sich verabschieden sollen.

Der Gedanke ließ seine Lunge verkrampfen. Er fuhr geradewegs in sein Verderben. Unaufhaltsam. Aber er machte es für Chiara. Ganz allein für sie. Sie musste da raus. Nur das zählte.

Allerdings folgte ihm der Streifenwagen. Musste er ernsthaft weitere Umwege fahren? Er hatte dafür keine Zeit!

Nein, es reichte. Er setzte den Blinker und bog rechts ab. Die Kollegen fuhren geradeaus weiter. Mit geballter Faust atmete er auf. Ein Problem weniger. Der Audi schoss vorwärts, als er das Gaspedal voll durchdrückte.

Wer hätte gedacht, dass es so schnell zu einer Wunderheilung kommen würde, was das Autofahren anging.

Endlich konnte er abbiegen. Wieder auf einen Feldweg, der in den Wald führte. Mittendrin war eine Schneise, dort versteckt befand sich das unbewohnte Bauernhaus mit der Scheune, in der Chiara und er damals einen geflüchteten Mörder aufgegabelt hatten. Es war ein großer Erfolg gewesen und der würde sich heute verdammt noch mal wiederholen.

Ein dicker Baumstamm lag quer auf seinem Weg, ein Stück von der Lichtung entfernt. Noch vier Minuten. Er stellte das Auto ab und stieg aus, obwohl das bedeutete, dass er seine wenigen Kräfte mit Laufen vergeuden musste.

Das war jetzt nebensächlich. Sinnvollerweise sollte er sich einen Schlachtplan überlegen, wie er allein vorgehen wollte. Er ging davon aus, dass ihn zwei Täter erwarteten. Knauk dürfte ihm keine großen Probleme bereiten, ein weiterer Mann dafür umso mehr. Aber selbst wenn es schiefging – wichtig war nur, dass Chiara schnell und unbeschadet da raus kam. Was ihm danach bevorstand, verdrängte er mit aller Macht. Das war zweitrangig.

Was nicht bedeutete, dass er klingeln und sich mit offenen Armen opfern würde. Er musste wenigstens versuchen, sie beide da rauszubekommen.

Die Äste knackten unter seinen Füßen, ihm blieb das Herz fast stehen. Ein Rascheln ertönte hinter ihm. Er fuhr herum. Riss dabei die Pistole aus dem Holster. Und sah – nichts.

Sicher ein Tier. Aufatmend setzte er seinen Weg fort, drehte sich aber immer wieder um. Wandte sich erneut nach links. Und erstarrte. Da war ein Schatten. Fuck! Mit einem großen Schritt stand er dicht am Baumstamm. Lauschte und lugte in die Richtung.

Da! Ein Stück Stoff, wie von einer geöffneten Jacke. Versteckt hinter einer Eiche.

So ein verfluchter Mist! Er durfte Chiara nicht länger warten lassen, ihm blieben nur noch zwei Minuten!

So würde er allerdings aus dem Hinterhalt geschnappt werden. Dieses Problem musste er zuerst eliminieren.

Mit schussbereiter Waffe schlich er los. Versuchte vergebens, nur auf das weiche und vor allem geräuscharme Moos zu treten. Suchte Deckung hinter den Bäumen.

Er hatte die Stelle erreicht. Lauschend hielt er inne. Ein leises Rascheln jagte einen eisigen Schauer über seinen Rücken. Es klang wie das, was ihn immer wieder aus dem Schlaf gerissen hatte.

Seine Atmung ging viel zu schnell, ebenso sein Herzschlag. Wenn er das hier versaute, war es das mit ihm gewesen. Und auch Chiara würde leiden müssen. Er musste zu ihr, Herrgott!

Okay, zusammenreißen. Konzentrieren. Für sie. Er konnte das, machte es nicht zum ersten Mal. Noch mal durchatmen, dann schlich er weiter. Auf einen Ast, der mit einem nahezu ohrenbetäubenden Knacken zerbrach. Ihm blieb nur noch der Spurt nach vorn.

Er erreichte die Eiche, sah dahinter. Und schreckte zurück. Das konnte nicht wahr sein. Wollten die ihn alle veraschen?

Er drehte sich im Kreis, kontrollierte jede Richtung. Aber da war nur diese Vogelscheuche. Mitten im Wald, ohne Sinn und Verstand. Bekleidet mit einem schwarzen Mantel, der sich sanft im Wind bewegte. Er umrundete das Ding, hob die Jacke an. Fand lediglich einen abgebrochenen Baumstamm und Äste, die als Arme herhielten. Ein Gesicht gab es nicht, einzig ein Hut zierte die Spitze des Stammes.

Galt das Ding ihm? War es ein Ablenkungsmanöver? Damit er einen Grund hatte, Chiara fertigzumachen? Gehetzt sah er auf die Uhr. Seine Beine verwandelten sich in Wackelpudding. Die Zeit war um.

Fuck, er musste zu ihr!

Stattdessen fiel er auf seine Spielchen herein. Das fing ja großartig an.

So schnell es ihm möglich war, eilte er zurück zum Weg, behielt die Umgebung weiterhin genau im Auge. Wer wusste schon, was in dem kranken Kopf des Wichsers noch so alles vor sich ging.

Einige Meter weiter fielen ihm eine Horde Brummfliegen auf.

Oh Gott, Chiara!

Gerade eben konnte er sich davon abhalten, loszustürmen. Auf den Gestank zu, der neben seiner Nase auch zunehmend seinen Magen reizte, je näher er der Stelle kam. Bald erkannte er den Grund und presste die Hand gegen den Mund.

Ein totes Schwein ohne Kopf. Der hatte dann wohl in der Kiste vor seiner Haustür gelegen, über die er gestolpert war. Wenigstens war er hier richtig.

Er kämpfte sich weiter vor. Bald lichteten sich die dichten Bäume. Die Scheune mit dem Wohnhaus dahinter kam in sein Blickfeld.

Es war so weit. Ben atmete durch, so tief es ging. Sah sich noch mal um. Auf die Bäume, den blauen Himmel mit den vereinzelten Schäfchenwolken, auf das Gras vor ihm, das in der Sonne leuchtete. Er lauschte dem Vogelgezwitscher.

Wohl zum letzten Mal.

Kapitel 49

Trotz der bescheidenen Aussichten beruhigte ihn die Waffe in seiner Hand. Er würde sich nicht einfach zum Fraß vorwerfen. Obwohl es schwer werden würde, denn der Kerl war irre. Sadistisch. Und absolut nicht dumm. Ganz doofe Mischung.

Seine Finger zitterten bei dem Gedanken, die Knie mutierten zu Wackelpudding. Aber da musste er jetzt durch, Chiara zuliebe.

Er straffte die Schultern, war dankbar für das Schmerzmittel, das er sich eingeworfen hatte. Nicht, dass es ihm die Schmerzen ganz genommen hätte. Dennoch konnte er sich besser bewegen.

Sobald Chiara raus war, hatte er nichts mehr zu verlieren. Was ihn für den Rest des Lebens an Albträumen verfolgen würde, war unerträglich. Das würde er nicht durchstehen und es irgendwann selbst beenden. Dann konnte er besser den Helden spielen, der er schon immer sein wollte. Zumal er mit seinem Tod alle anderen in seinem Umfeld retten würde.

Dennoch würde er kämpfen bis zum Schluss, den Wichser vielleicht sogar mit in den Tod nehmen.

Himmel, was war mit ihm falsch? Es wurde Zeit! Sicher litt Chiara in diesem Moment, während er sich hier von einem Leben verabschiedete, das nie wirklich lebenswert gewesen war. Er sollte dankbar sein.

Trotz des Zeitdrucks und der Tatsache, dass er erwartet wurde, schlich er sich durch die Baumreihen nach vorne, wo er es, vom Haus aus ungesehen, bis zur Scheune schaffen sollte. In der irrigen Hoffnung auf das Überraschungsmoment. Zumal – Augenblick. Die Stimme in der Halle war vom Band gekommen. Woher wollte der Wichser also wissen, wann die halbe Stunde um war? Gott, warum war er darauf nicht sofort gekommen?

Er hatte eine winzige, aber reelle Chance, denn der Kerl würde nicht rund um die Uhr am Fenster hocken und auf ihn warten. Mit etwas Glück wusste er nicht, dass er genau jetzt kam. Das musste er sich zunutze machen.

Gründlich sah er sich in alle Richtungen um. Spurtete los und legte sich mal wieder fast lang. Scheiß Fuß! Endlich an der Seitenwand des verklinkerten Schuppens angekommen, lauschte er und sah sich um. Nichts. Langsam schob er sich weiter, den Rücken an der Wand, alles im Blick.

Ein lautes Rauschen im Wald erschreckte ihn fast zu Tode. Ben ging in die Knie, seine Waffenhand schoss hoch. Es dauerte, bis er verstand, dass es nur Krähen waren, die er scheinbar aufgeschreckt hatte.

Er? Oder jemand anderes? Angestrengt checkte er erneut die Umgebung. Nahm jeden Millimeter genau ins Visier, sah jedoch nichts. Was ja auch kein Wunder war, bessere Verstecke als im Wald gab es nicht.

Sein Herz raste, er musste hier weg. Aber wenn er hektisch wurde, hatte er schon verloren. Schritt für Schritt kämpfte er sich vor, sein Kopf schoss immer wieder von einer Richtung in die nächste. Er hatte die

Ecke erreicht. Sobald er weiterging, konnte er aus dem Haus beobachtet werden. Super.

Möglichst unauffällig schielte er um die Scheunenwand herum. An den Fenstern war niemand zu sehen.

Langsam glitt er um die Ecke und gab Gas. Er erreichte das Tor und schob es so weit auf, dass er hindurch passte. Das Quietschen, das es verursachte, hallte in seinem Kopf wider. Wenn jemand hier war, war dieser alarmiert. Jetzt aber schnell. Er machte einen großen Schritt in den finsteren Raum hinein. Nach dem gleißenden Sonnenlicht draußen dauerte es eine Weile, bis sich seine Augen umgewöhnt hatten. Zu lange. Angestrengt starrte er in die Dunkelheit, die lediglich vom Tageslicht aus dem Türspalt durchbrochen wurde. Er wartete auf einen Schlag, den Anfang seines Endes.

Als er endlich etwas erkennen konnte, sah er ... nichts. Die Scheune war komplett leer geräumt. Scheiße! Dann mussten sie im Haus sein. Wo der Wichser dank seiner Randale vorgewarnt war.

Mit dem Ärmel rieb er sich über das schweißnasse Gesicht. Sollte er doch Unterstützung anfordern?

Und Chiaras Freiheit gefährden? Wohl kaum.

Er wandte sich wieder der Öffnung zu, schielte zu den Fenstern. Nichts. Dann zackig rüber zum Haus.

Er lief an der Haustür vorbei, weiter um die Ecke, wo er hoffte, unbeobachtet zu sein. Wie kam er jetzt da rein? Schlösser zu knacken war nie seine Lieblingsaufgabe gewesen, und einen Ersatzschlüssel hatte das Schwein sicher nicht draußen versteckt.

Da half nur ein offenes Fenster. Genervt sah er sich um. An dieser Seite des Hauses gab es zwei, die fest verschlossen waren. Er duckte sich, schlich unter ihnen her und verfluchte dabei seine Rippen.

Die Rückseite hatte ganze fünf und eine Terrassentür. Eins der oberen war gekippt, aber das half ihm nicht weiter. Vielleicht hatte er mit der Tür mehr Glück.

Nein, auch die war abgeschlossen. Selbiges auf der nächsten Seite. Himmel noch mal! Daran konnte es doch nicht scheitern!

Sein Blick fiel auf die Kellerschächte. Ein tiefer Seufzer kroch seine Kehle hoch. Er schluckte ihn hinunter, obwohl er berechtigt war. Wenn er sich da durchquetschen musste, würde er schon dank der Schmerzen bewusstlos werden.

Bullshit. Eine andere Chance hast du nicht, Weichei. Es geht hier mal nicht um dich, sondern um Chiara, verdammt!

Vielleicht waren die ja ebenfalls geschlossen. Insgeheim hoffte er das, verwarf den Gedanken aber sofort wieder. Ihm blieb nur diese Möglichkeit, wenn er eine Chance haben wollte.

Er fand ein offenes Fenster. So schmal, dass er nur mit Mühe hindurchpassen würde. Großartig. Mit zusammengepressten Lippen legte er sich auf den Rasen – wohlweislich auf die gesunde Seite – und spähte hindurch. Es war dunkel dort drin, er sah gar nichts. Wenn jemand in dem Raum wartete ... Herrgott, dann hatte er sowieso verloren. Er musste diese dummen Gedanken dringend abstellen und auf sein Glück hoffen.

Möglichst leise stieg er in den schmalen Schacht und setzte sich. Er lauschte, suchte akribisch nach einer Bewegung. Streckte die Füße durch die Öffnung. Rechnete damit, an ihnen hereingezogen zu werden, aber es tat sich nichts. Er musste es wagen.

Langsam schob er sich tiefer hinein, hielt die Luft an, als er sich die Rippen anstieß. Presste hart die Zähne aufeinander und schaffte es. Unsanft landete er auf dem gefährlich weit entfernten Boden. Seine Beine gaben unter ihm nach, er fiel auf die Knie und sah sich hektisch um.

Er war allein.

Aufatmend gönnte er sich ein paar Sekunden Pause, ehe er sich hochkämpfte. Hier würde er nicht wieder rauskommen, das stand fest. Das Fenster war viel zu hoch und da war kein Stuhl, Schrank oder sonst etwas, das er drunterstellen könnte.

Egal. Von innen hatte er ganz andere Möglichkeiten. Lautlos hinkte er zur Tür, drückte die Klinke Millimeter für Millimeter herunter. Zog an ihr. Und stieß einen gepressten Fluch aus.

Das durfte nicht wahr sein! Er quälte sich hier rein und dann war die Tür abgeschlossen? Damit hatte er sich selbst außer Gefecht gesetzt.

Er war gefangen. Und Chiara so gut wie tot.

Kapitel 50

Nur mit Mühe schaffte er es, nicht die Faust dagegen zu donnern.

Denk nach, dir läuft die Zeit davon!

Er bückte sich, überlegte es sich jedoch anders und ging in die Knie. Spähte durch das Schlüsselloch. Sah aber nichts ... weil der Schlüssel von außen steckte!

Okay, das war seine Chance. Er senkte den Blick, schätzte den Abstand der Tür zum Boden. Passte das Teil darunter durch? Könnte klappen.

Hoffnung machte sich in ihm breit, als er aufstand und sich umsah. Er brauchte nur ein Stück Papier. Eine alte Zeitung oder so. Vielleicht im Hochschrank in der Ecke? Die Tür quietschte, als er sie öffnete. Es war doch nicht zu glauben! Schritte. Sie hielten inne. Draußen, vor dem Fenster. Fuck! Viel zu langsam, um kein weiteres Geräusch von sich zu geben, schob er sich neben den Schrank. Der nun offenstand. Selbst wenn er nicht gesehen wurde, würde diesem Menschen klar sein, dass jemand hier drin war.

Ein Lichtstrahl erhellte den Raum. Eine Taschenlampe. Er presste sich weiter nach hinten, wagte nicht, zu atmen. Sein Gehirn lief auf Hochtouren. Er saß in der Falle. War entdeckt worden. Komplett am Arsch.

Das Licht wurde ausgeschaltet, die Schritte verhallten.

Ihm blieb nicht viel Zeit. Erneut sah er in den leer geräumten Schrank. Der Regalboden war mit einer dünnen Pappe beklebt, die sich bereits löste. Die musste reichen. Er riss sie ab und schob sie unter der Tür durch, auf Höhe des Schlosses. Zog den Autoschlüssel aus seiner Tasche und steckte ihn durch die große Öffnung, wie es sie wohl nur an Kellertüren gab. Er fummelte, drehte, bewegte ihn vor und zurück. Seine Finger zitterten, immer wieder rutschte er ab.

Ruhig!

Endlich schaffte er es. Mit einem lauten Scheppern landete das Metall auf der Folie. Er zog sie rein. Hörte, wie der Schlüssel gegen die Tür klackte und herunterrutschte. Hinter der Tür. *Himmelherrgott!*

Vielleicht war beides zusammen ja zu dick. Mit zusammengepressten Lippen schob er den Schutz noch mal darunter, dieses Mal weiter außen. Lenkte ihn nach innen und zu sich zurück.

Es klappte! Der Schlüssel war auf seiner Seite. Jetzt aber schnell! Er steckte ihn ins Schloss, drehte ihn um. Zog seine Waffe, öffnete die Tür und zielte in den Flur. Sah um die Ecke.

Noch war niemand da. Eilig verriegelte er die Tür wieder, als oben eine weitere geöffnet wurde. Schritte auf den Stufen hallten durch den Flur. Er brauchte ein Versteck!

Unter der Treppe war ein schmales Loch. Mannshoch, eng und düster. Er schob sich hinein, gerade, als er Füße auf der Stufe sehen konnte. Sein Herzschlag pulsierte in seinen Ohren, die Atmung ging hektisch. Wenn der Mensch ihn gesehen hatte, war sein Ende besiegelt. Er saß in der Falle.

Stopp. Nicht atmen. Nicht noch mehr auffallen.

Es kostete ihn einige Mühe, die Luft anzuhalten. Schwindel verursachte ihm Übelkeit.

Mit weit aufgerissenen Augen starrte er aus seinem Loch, wartete darauf, dass der Gegner in seine Reichweite kam. Er krallte sich am Pistolengriff fest. Die Schritte näherten sich, hatten ihn fast erreicht. Unwillkürlich zuckte er zurück, als ein dunkler Haarschopf in sein Sichtfeld kam. Er sah den Mann zwar nur von hinten, konnte aber deutlich erkennen, dass dieser regelmäßig trainierte. Ganz schlecht, in seinem Zustand hatte er direkt verloren, sobald er ihn entdeckte.

Scheinbar hatte es der Kerl noch nicht, denn er wandte sich dem Kellerraum zu, aus dem sich Ben befreit hatte. Legte die Hand auf die Klinke und schloss mit der anderen auf. Dann hielt er inne, zog eine Waffe und ging hinein.

Erst als er nicht mehr zu sehen war, erlaubte sich Ben ein paar flache Atemzüge.

Er könnte den Kerl erschießen. Aber was, wenn er Chiara ohne seine Hilfe nicht fand? Oder stattdessen den nächsten Wichser herlockte? Vor allem aber tötete er nicht einfach nur so.

Das Quietschen der Schranktür dröhnte in seinen Ohren. Er kniff die Augen zu und wandte den Kopf ab. Als würde das helfen. Die Schritte kamen wieder näher. Ben hob die Lider, wagte es jedoch nicht, sich zu ihm umzudrehen, obwohl ihn brennend interessierte, wer es war. Aber er durfte sich nicht rühren. Vor allem nicht in diesem Loch, in dem er feststeckte, und das langsam eine Klaustrophobie in ihm auslöste. Er verdrängte das Gefühl, stand mucksmäuschenstill, hielt erneut die Luft an. Hätte am liebsten die Augen geschlossen, wie ein Kleinkind, das sich hinter vorgehaltenen Händen verstecken will. Stattdessen riss er sie noch weiter auf.

Wieder hörte er Schritte. Sie blieben auf einer Stelle, als würden sie sich im Kreis drehen.

Bitte geh nach oben, bitte geh nach oben!

Wie ein Mantra wiederholte er den Satz in seinem Kopf. Verkrampfte die schwitzige Hand um den Griff seiner Waffe, als würde er eine Klippe hinabstürzen, wenn er sie losließ.

Der Mann blieb stehen und schien zu lauschen.

Oh Gott, mach dich endlich vom Acker!

Das tat er nicht, stattdessen ging er langsam in seine Richtung. Ben war wie erstarrt, abgesehen vom Zittern seiner Beine. Wenn der Stoff seiner Jeans raschelte … Ein Leuchten mit der Taschenlampe und er hatte verloren.

Der Kerl kam näher. Blieb stehen. Ben wagte es nicht, den Kopf zu ihm herumzudrehen. Nicht bewegen. Nicht einen Millimeter. Der Schwindel nahm weiter zu. Wenn er jetzt nicht atmete, würde er ihm vor die Füße kippen. Gequält langsam ließ er die Luft aus den Lungen entweichen. Frischen Sauerstoff wieder rein. Ganz behutsam. Lautlos. Er musste sich vollständig darauf fokussieren, um nicht zu hyperventilieren.

Die Schritte lenkten ihn ab. Er ging an ihm vorbei! Fast hätte er lautstark ausgeatmet, aber dann wurde ihm klar, dass er auch wieder zurückkommen würde. Schaffte er es bis dahin nach oben?

Und wenn da noch jemand wartete oder er kein Versteck fand?

Falls der Kerl allerdings zurückkam, würde er ihn garantiert sehen, so, wie er hier stand.

Es nützte nichts, er musste es versuchen. In Zeitlupengeschwindigkeit beugte er sich vor und sah in die Richtung, in welcher der Mann verschwunden war. Nichts. Jetzt oder nie. Leise schlich er zur Treppe. Noch hörte er keine Schritte. Also los.

Mit dem gesunden Fuß nahm er zwei Stufen auf einmal, der andere schaffte immerhin eine. Bald war er an der Tür angekommen, die den Keller von der Wohnung trennte. Ihm blieb keine Zeit, den Flur dahinter zu sichern. So leise es mit seinen zitternden Händen möglich war, schob er die Tür auf, schlüpfte hindurch und schloss sie wieder. Dann fuhr er herum.

Niemand war hier. Gott sei Dank!

Jetzt ganz schnell ein Versteck suchen. Vor ihm befand sich eine Tür. Leise öffnete er sie und sah hinein. Ein Gästeklo ohne jegliche Versteckmöglichkeit. Er schlich den Flur herunter. Ein Stück weiter war links der Ausgang, die Tür daneben stand offen. Eine Küche. Nicht hilfreich. Also rechts. Dort führte der Gang ins Wohnzimmer. Notfalls konnte er sich hinter dem Sofa an der Fensterfront verstecken. Da sich aber aus dem Keller immer noch nichts tat, beschloss Ben, oben nach Chiara zu suchen. Leise erklomm er die Treppe und fand sich in einem dämmrigen Flur mit vier Türen wieder. Schnell, er musste alle checken, solange der Kerl unten war. Das Schlafzimmer war leer. Ebenso das Bad, eine Rumpelkammer und scheinbar ein Gästezimmer. Die Wohnung erinnerte ihn an seine eigene. Auch hier könnte ihm die Chaosbude als Versteck dienen.

Aber dafür hatte er keine Zeit, denn wer fehlte, war Chiara. Scheiße, was jetzt? Sollte er ihrem Entführer in die Arme laufen?

Halt. Unten tat sich etwas. Stocksteif blieb er stehen und lauschte. Schritte, eine Tür, die geschlossen wurde. Wieder Tritte. Den Flur entlang, ins Wohnzimmer.

Fuck, wenn der jetzt hochkommt ...

Kam er nicht. Er drehte um, dann wurde eine weitere Tür zugezogen. Die Küche? Das wäre seine Chance, den Keller unter die Lupe zu nehmen. Die musste er nutzen. Also Treppe runter, durchs Wohnzimmer. Tatsächlich, die Küchentür war geschlossen. Er eilte lautlos daran vorbei und hatte keine halbe Minute später wieder das Untergeschoss erreicht.

Erleichtert atmete er auf. Jetzt sollte er in Ruhe suchen können.

Hier gab es fünf Räume. Den ersten kannte er ja bereits. Vorsichtig öffnete er den daneben. Der Heizungsraum. Dann kam ein Waschkeller. Die nächste Tür war abgeschlossen. Wieder steckte der Schlüssel von außen. Sein Herz legte einen Zahn zu. Dort könnte sie sein. Langsam entriegelte er die Tür. Zögerte. Das Bild von Melinas Überresten schoss durch seinen Kopf. Wenn er Chiara genauso vorfand, würde er durchdrehen. Aber dann war es auch egal, was die mit ihm anstellten.

Kurz schloss er die Augen, atmete durch. Drückte die Klinke herunter. Der gleiche Gestank wie in der Lagerhalle schlug ihm entgegen. Seine Eingeweide flatterten. Er schluckte und sah hinein.

Dort lag sie. Entkleidet und blutverschmiert. Ein eisiger Schauer durchfuhr ihn. Sie war bewusstlos. Oder ...

nein, nicht tot. Sie atmete. Erleichtert stieß er die Luft aus und sah sich im Raum um. Sie war allein. Hektisch eilte er zu ihr.

Doch weit kam er nicht. Er vernahm Schritte hinter sich. Ehe er sich umdrehen konnte, wurde alles schwarz.

Kapitel 51

Jemand riss an ihm herum. Sein Kopf dröhnte, als er die Lider hob. Bevor er sie wieder schließen konnte, erstarrte er. Irgendeiner hatte ihn bis auf die Boxershorts ausgezogen und ein Kerl machte sich nun an ihr zu schaffen!

Wenigstens seine Reflexe funktionierten noch. Er riss das Bein hoch und trat dem Angreifer mit voller Wucht gegen den Schädel. Der Typ flog seitlich weg, knallte mit dem Kopf gegen eine Metallstange und blieb reglos liegen.

Ben rutschte von ihm weg, verengte die Augen zu kleinen Schlitzen, in der Hoffnung auf eine klarere Sicht. Es brachte nicht viel.

Ein leises Lachen schreckte ihn auf. Er fuhr hoch – und runzelte die Stirn.

Gegenüber stand ein ihm nur zu gut bekannter Mann, die Arme verschränkt, mit einer Waffe in der Hand. War es Bens? Vermutlich.

»Was gibt das hier?«, presste er hervor. »Warum hast du sie nicht befreit? Wo sind die anderen?«

Reinhards Miene verhieß nichts Gutes. Sie zeigte Ben deutlich, dass etwas ganz und gar nicht stimmte. Was zum Teufel war da los?

Er sah zu Boden, auf seinen Angreifer. Keno Knauk.

Von innerer Unruhe getrieben kämpfte er sich stöhnend hoch und hielt sich den Schädel. Sein Blick fiel auf das Gestell.

Chiara. Nackt und immer noch bewusstlos lag sie da. Sein Kopf schoss von ihr zu Reinhard und wieder zurück. Wieso hatte er sie nicht wenigstens bedeckt? Was zur Hölle lief hier falsch?

»Keine Sorge, sie hat nur eine Kleinigkeit zum Schlafen bekommen. Sie hat sich zu sehr gewehrt, als Keno sie herbringen sollte. Mein Krankenhausbesuch dank deines Durchdrehens war ziemlich schlecht getimt. Da musste ich zusehen, dass sie aus der Scheune kommt, bevor die Kollegen die Adresse doch noch herausfinden. Der eigentliche Spaß sollte schließlich erst anfangen, wenn du dabei bist.«

Langsam, Stück für Stück, setzte sich das Puzzle in Bens Kopf zusammen. »*Du*?«, presste er mühsam hervor, während er an Chiaras Folterbank Halt suchen musste.

»Traurig, dass dir das nicht schon eher aufgefallen ist. Dabei bist du doch ein ach so toller Ermittler. Genau wie deine Freundin hier. Schon ein bisschen armselig.«

»Du Wichser hast Melina zu Tode gefoltert?« Bens Stimme war nicht mehr als ein Hauchen.

»Offensichtlich.«

Ungläubig schüttelte er den Kopf. »Wie krank kann man bitte sein? Sie hat dir doch nichts getan!«

Reinhards Miene wurde eisig. »Sie mochte dich. Das war ihr Verhängnis.«

Bens Beine wackelten, wie gern hätte er sich hingesetzt. Aber er konnte Chiara nicht so entblößt hier liegenlassen. Zitternd hob er sein Shirt auf und breitete es über ihr aus, wobei er sich ihre Fesseln ansah. Es waren simple Strohbänder, mehrfach um die Gelenke gewickelt und unter dem Holz zusammengeknotet. Chiara würde die allein nicht aufbekommen. Und da der Knoten scheinbar mit einem Feuerzeug zusammengeschmort worden war, half hier nur ein Messer. Fuck!

Harmanns Auflachen lenkte ihn ab. »Was ist das denn? Kriegst du `ne Latte, wenn du sie nackt siehst? Oh, da fällt mir ein – du könntest mitmachen.«

»Wobei mitmachen?«

Schlagartig wurde er ernst. »Sie zu demütigen. Indem du sie fickst. Danach könnte es für sie vielleicht schneller gehen.«

Bens innerer Vulkan brach aus. Verdrängte die Schmerzen und setzte ungeahnte Kräfte in ihm frei. Er stürmte auf ihn zu.

»Fick dich selbst, du Wichser!« Ehe Reinhard reagieren konnte, schlug er auf ihn ein wie ein Irrer. Er mobilisierte Energien, von denen er keine Ahnung hatte, dass er sie besaß. Ließ alles raus, kassierte Schläge, die er kaum realisierte und prügelte ungerührt weiter auf ihn ein.

Bis Chiara seinen Namen krächzte.

Nahezu zeitgleich brüllte Harmann: »Jetzt!«

Zu dem ganzen Durcheinander erklang von irgendwoher ein Surren. All das lenkte Ben ab. Nur einen winzigen Augenblick, aber der reichte dem unbemerkt erwachten Knauk, um ihn von hinten am Hals zurückzureißen.

Ben knallte auf den Rücken und hatte verloren. Sowohl Reinhard als auch Keno nutzten ihn als Sandsack. Prügelten auf ihn ein, nahmen ihm jede noch so kleine

Chance, sich zu wehren. Bis sein Kollege schwer atmend ein Messer zog und es Ben in den Oberarm rammte. Der reißende Schmerz entlockte ihm einen gequälten Aufschrei, den ein gezielter Tritt des Jungen gegen seine Rippen direkt eindämmte. Ihm war kotzübel, die altbekannten weißen Lichter flackerten vor seinen Augen.

Sie trugen ihn auf ein weiteres Gestell, das er noch gar nicht registriert hatte. Seine Gegenwehr fiel dürftig aus, als sie auch ihn mit Strohbändern fesselten. Einer letzten schwachen Hoffnung folgend, ballte er die rechte Faust, während sich Reinhard und Keno jeder einer Seite widmeten und die Bänder fünf Mal um die Gelenke wickelten. Sie setzten mehrere Knoten und schmorten auch diese an.

Es war aussichtslos. Selbst wenn das Band dank seiner angespannten Muskeln zumindest auf der einen Seite nicht einschnürte, reichte der Platz nicht aus, um seine Hand herausziehen zu können.

Sobald sie sich den Füßen zuwandten, trat er verzweifelt um sich. Knauk wich seinem Bein mühelos aus, Harmann versenkte seine Faust in Bens Weichteilen. Der reißende Schmerz ließ ihn verkrampfen und nahm ihm auch die letzte Chance auf Gegenwehr.

Wenigstens ließen sie ihm seine Boxershorts.

Trotz des Schwindels musterte er schwer atmend seine Gegner. Reinhards linke Gesichtshälfte war geschwollen, gerade stehen konnte er scheinbar auch nicht. Dennoch war es nicht genug gewesen.

Keno hatte eine Platzwunde am Jochbein. Das Blut, das nach wie vor auf sein Shirt tropfte, schien ihn jedoch genauso wenig zu stören, wie die Schmerzen, die er haben musste. Nicht zuletzt wegen der weiteren Wunde am Kopf, die schon älter aussah. Sicher hatte der Junge am Steuer des Lkws gesessen und somit garantiert noch jede Menge Prellungen am gesamten Körper.

Langsam fragte sich Ben, ob er zu einem Weichei mutierte, oder die beiden anderen auf Drogen waren.

Harmann musterte ihn. »Du siehst aus, als würdest du gleich schlappmachen. Keno, hol ihm Wasser und bring Verbandszeug und Alkohol mit.«

Alkohol. Gott, wie gerne hätte er jetzt einen Whiskey. Aber den würde er wohl nie wieder trinken.

»Wieso ... tut ihr ... das?«, presste Ben hervor.

Knauk hielt inne. »Du hast Papa umgebracht!«

»Nein.«

Reinhard nickte. »Doch, hast du. Auch wenn es die anderen vertuscht haben. Damit hast du dem Jungen nicht nur alles genommen, was er noch hatte, sondern auch mir.«

»Was?« Das Sprechen strengte Ben ungemein an, aber das wollte er doch wissen, bevor es mit ihm zu Ende ging.

»Karl, Kenos Vater, hat sich damals um mich gekümmert. Meine Mutter starb bei meiner Geburt, mein Vater hatte nie Zeit für mich. Karl war schon immer wie mein großer Bruder. Er hat sich um mich gekümmert und wurde der Vater, den ich niemals hatte. Er hat mich vor dem Selbstmord gerettet, als ich die Briefe bekam, von denen ich dir erzählt habe. Auch sonst war er immer für mich da. Du hast ihn mir genommen und Keno in die Depression gejagt. Dafür bekommst du nun deine gerechte Strafe.«

»Nein.«

»Was, nein? Klar bekommst du deine Strafe. Das solltest du mittlerweile bemerkt haben.«

»Hab ihn nicht ...« Er atmete durch. »... gestoßen.«

»Stimmt. Du hast mit deinem Gefasel dafür gesorgt, dass er springt. Ist das besser? Er ist tot und das ist deine Schuld. Wie es im Endeffekt passiert ist, spielt keine Rolle.«

Keno kam zurück und hatte gleich einen ganzen Eimer Wasser dabei. Er übergab Reinhard die gewünschten Dinge und sah ihn an, als warte er auf die nächste Ansage.

»Gib ihm Wasser. Du weißt, wie.« Mit einem kalten Grinsen sah er zu Ben hinüber, dem schlagartig klar wurde, was ihm bevorstand.

Doch der Junge schüttelte lediglich den Kopf und ließ ihn hängen.

Erleichtert atmete Ben aus. Er hatte auch so bereits mehr als genug.

Harmann sah das offenbar anders. »Jetzt, verdammt!«, brüllte er.

Da erklang wieder dieses Surren. Kenos Blick schoss hoch, zu Ben. Seine Augen waren eiskalt, voller Hass. Als hätte das Geräusch einen Schalter in seinem Gehirn umgelegt. Er nahm den Eimer und kippte ihn über Bens Gesicht. Langsam. Schier endlos. Waterboarding ohne Tuch.

Ben warf den Kopf hin und her, schnappte verzweifelt nach Luft. Verschluckte sich. Er hustete, was seinen Brustkorb gefühlt fast zum Platzen brachte. Tränen brannten in seinen Augen, vermischten sich mit dem Wasser.

»Das reicht.« Reinhards Stimme klang dumpf in seinem Ohr, wie aus weiter Ferne. Wenigstens zog sich Keno zurück.

Ben hustete weiter, seine Lunge fühlte sich an, als wäre die ganze Ladung darin gelandet. Schließlich wandte er den Kopf ab, könnte schwören, sich übergeben zu müssen. Er schluckte es mühsam herunter. Die Schmerzen von gerade reichten ihm völlig, mehr ertrug er nicht. Dann war er eben ein Weichei.

Ungehindert liefen die Tränen an seiner Schläfe herab. Er versuchte nicht mal, sie zurückzuhalten. Reinhard hatte es geschafft, er war am Ende. Der Kerl war irre, total durchgeknallt.

Schwer atmend sah Ben zu Chiara hinüber, die ebenfalls weinte. Dennoch schaffte sie ein aufmunterndes, wenn auch müdes Lächeln. Woher zum Teufel nahm sie die Kraft?

»Lass sie gehen, du hast mich«, sagte er keuchend.

Reinhard grinste. »Später. Erst wollen wir noch Spaß haben. Ich habe nie gesagt, dass sie sofort gehen kann.«

Ben wandte sich ab. Er hatte es versaut. Alles hatte er ruiniert. Hätte er doch wenigstens Schnaider informiert! Jetzt musste die Frau, die er liebte, Höllenqualen durchstehen.

Harmann sah ihn prüfend an und winkte Keno zu sich. Geschickt, als würde er es täglich machen, reinigte und klebte er die Wunde des Jungen am Jochbein. Knauk zuckte nicht mal, er schien Schmerzen zu kennen.

Reinhard ergriff die Alkoholflasche und nahm einen großen Schluck. Genüsslich schloss er die Augen und atmete tief durch. Allein dafür hätte Ben ihn liebend gern erschlagen.

Nun kam er mit der Flasche auf ihn zu. Stellte sich neben ihn und griff mit zwei Fingern in die Schnittwunde an seinem Oberarm. Bens Lunge streikte, er schaffte nicht mal einen Schmerzensschrei. Stattdessen wand er sich, was es noch schlimmer machte.

Harmann lachte kalt auf. »Na, das gefällt dir, was? Aber ich hab noch was Besseres für dich. Wir wollen ja nicht, dass sich da was entzündet.«

Nein, nein, nein!

Er spreizte die Wunde mit den Fingerspitzen und goss den hochprozentigen Alkohol hinein.

Ben krümmte und wand sich, japste nach Luft. Tränen liefen an seinen Wangen herunter. Als Harmann mit seinem Drecksfinger durch den Schnitt wischte, konnte er die Galle nicht mehr zurückhalten. Ben erbrach sich auf Reinhards Schuhe, was diesen wenigstens zurückspringen ließ. Der Finger verschwand aus seinem Arm, der Krampf in seiner Lunge löste sich. Was in einem Stöhnen ausartete, bei jedem Ausatmen. Aber das war ihm egal. Ihm fehlte die Kraft, den harten Macker zu markieren, der er nie gewesen war. Er wollte es hinter sich haben. Einfach nur ganz schnell sterben.

Kapitel 52

Harmann streifte angewidert die Schuhe von den Füßen und sah Keno an. »Hol mir die anderen.«

Nachdem der Junge verschwunden war, wandte sich Reinhard Bens Jeans auf dem Boden zu, zog sein Handy aus der Tasche und blickte ihn erneut an.

»Hast du die Kollegen informiert?«

Ben konnte keinen klaren Gedanken mehr fassen. Was war die richtige Antwort, verflucht? »Und wenn?«

»Dann hast du unsere Abmachung gebrochen und deiner Freundin ein überaus unangenehmes Ende besiegelt.«

Ein Schauer durchfuhr ihn. Das durfte nicht passieren. »Hab ich nicht.«

»Gib mir deinen Pin.«

»Fick dich.«

Harmann lachte kalt auf und warf einen süffisanten Blick auf Chiara. »Nein, nicht mich.«

Wut schoss ungebremst in Ben hoch und verlieh ihm ein paar neue Kräfte. Immerhin so viele, dass er es schaffte, wie ein Irrer an seinen Fesseln zu zerren. Wie kontraproduktiv dieses Eingeständnis war, sah er an Reinhards eisigem Grinsen.

Idiot! Reiß dich zusammen!

Zu spät. Der Wichser zückte ein Springmesser, scheinbar das von den Aufnahmen, und ging zu ihr. Er fegte das Shirt von ihrem Oberkörper, setzte die Spitze an ihrem Bauch an und drückte leicht dagegen. Chiara sog scharf die Luft ein, Ben konnte nur mit Mühe ein verzweifeltes Aufbrüllen unterdrücken.

»Lass sie in Ruhe!«

»Dein Pin.«

»Siebzehn sechsundsiebzig.«

»Brav.« Er zog die Klinge zurück und wandte sich dem Handy zu.

Chiara und auch Ben atmeten erleichtert auf. Er warf ihr einen entschuldigenden Blick zu, den sie allen Ernstes mit dem Ansatz eines Lächelns abtat. Wie zum Teufel schaffte sie das?

Eine blitzschnelle Bewegung von Harmann in ihre Richtung schreckte beide auf. Ehe Ben wusste, was los war, klaffte eine tiefe Schnittwunde an der Innenseite ihres Oberschenkels. Chiara stieß einen gellenden Schrei aus.

Ben fuhr hoch und riss an seinen Fesseln. »Was soll das, du Wichser?«

»*Ich* Wichser? *Du* bist derjenige, der meint, mich verarschen zu müssen! Damit kann sich deine Freundin bei dir für eine Menge Schmerzen vor ihrem Ende bedanken.«

Fuck! »Ich hab nichts getan!«

»Du hast mit Schnaider telefoniert, nachdem du in der anderen Scheune warst und alle Infos hattest, die du brauchtest. Du hast mich angelogen. So wird das nichts mit uns, mein Freund. Omando kommt hier stückchenweise im Leichensack raus. Genau wie du.«

»Ich hab ihm nichts erzählt, Herrgott!«

Nachdenken, Idiot. Irgendwie musst du es ihm klar machen!

Er hob den Kopf. »Wie du siehst, hat er *mich* angerufen. Mehrfach. Ich musste dran gehen!«

»Und was soll mir das jetzt sagen? Wen interessiert es, wer wen angerufen hat?«

Ben schüttelte ungläubig den Kopf. »Himmelarsch, schalte mal deinen ach so wachen Verstand ein! Hätte ich ihm irgendwas davon erzählen wollen, wäre *ich* derjenige gewesen, der ihn angerufen hätte!«

Mit zornesgerötetem Gesicht kam Reinhard auf ihn zu, das Messer erhoben. Er würde ihn zerlegen wie der Schlachter die Schweine. Der Schweiß brach ihm aus und doch mischte sich Erleichterung unter die Panik. Denn solange er ihn folterte, konnte er Chiara nichts antun.

Er steckte die Spitze locker in die Wunde am Arm. Allein das brannte wie Feuer, aber dieses Mal kämpfte Ben. Es ging schließlich um Chiara. Anstelle eines Aufbrüllens presste er mühsam hervor: »Er weiß ... von nichts. Ich sollte ... zu ihm ... kommen, weil ...« Er atmete tief durch, ehe er das Bewusstsein verlieren konnte, und setzte seinen Satz fort. »Ich hab ... gesagt, dass ich es ... nicht schaffe und ... suspendiert bin.« Gott, war das anstrengend, nicht loszubrüllen. »Das ist alles!«

Harmann sah ihm in die Augen. Steckte das Messer tiefer in die Wunde und drehte es darin. Ben stöhnte auf, ein Schauer schüttelte seinen verkrampften Körper. Dennoch wandte er den Blick nicht ab. Er musste ihm glauben, sonst hatten sie jetzt schon verloren.

Hatten sie das nicht sowieso? Beide waren gefesselt, konnten sich nicht rühren. Freiwild für zwei Irre, wobei Knauk, der gerade mit den Schuhen zurückkam, scheinbar nur auf Anweisung handelte.

Reinhard sah herunter zur Wunde, aus der das Blut quoll. Dann fiel ihm die genähte Stelle am Unterarm auf. Grinsend zog er das Messer heraus, ließ Ben wieder atmen. Aber nicht lange. Er holte sich einen Schraubenzieher von der Wand und hebelte damit jeden Faden einzeln heraus. Zückte die Klinge und bearbeitete die Wunde weiter. Als diese ebenfalls den Alkohol zu spüren bekam, war Ben der Ohnmacht so nah, dass er sie bereits dankbar willkommen hieß.

Bis sich Chiara schluchzend zu Wort meldete: »Woher wusstest du, dass Ben schon hier war?« Ihre Stimme klang derart verzweifelt, dass es ihn nicht nur ins Hier und Jetzt zurückholte, sondern innerlich auffraß.

Ihr ging es kein Stück besser als ihm, und doch schaffte sie es, den Wichser abzulenken.

Reinhard zog das Messer heraus und lachte auf, während sich Ben schweißnass und erschöpft zurückfallen ließ.

»Ich habe überall Kameras. In Kollangs Wohnung, in der Scheune und natürlich hier. Auch in der Vogelscheuche im Wald, die deinen Freund so wunderbar erschreckt hat. « Er wandte sich wieder Ben zu. »Mit der vor deiner Haustür hatte ich besonders viel Spaß. Die passenden Aufnahmen zu löschen und dich zweifeln zu lassen war mit das Schönste. Nur bei denen von dem Schweinekopf hab ich es nicht übers Herz gebracht. Ihr hattet ohnehin schon Keno im Visier und dein Stunt war einfach göttlich.«

Ben überhörte seine Provokation geflissentlich, zumal ihn eine andere Sache viel mehr schockierte. »In meiner Wohnung?«

»Na klar. Ich war auch da. Oder was glaubst du, woher das Kleiderrascheln kam?«

»Wie ...« Er stockte und schüttelte ungläubig den Kopf.

Harmann zuckte mit den Schultern. »Ich habe mir einen Schlüssel nachmachen lassen und hatte dich über die Cams immer im Blick. Dachtest du wirklich, nur du kannst dich in einem Haus verstecken?« Er lachte kalt auf, wurde aber schlagartig wieder ernst. »Diese verfluchte Pille hätte dich schon umbringen sollen, dann müsste unsere liebreizende Kollegin jetzt nicht leiden. Andererseits werden wir sicher unseren Spaß haben, nicht wahr, Omando?« Er ging zu ihr und ließ die Fingerspitzen an ihrem Bein hochgleiten.

Da war sie wieder, die Wut. Sie brodelte in ihm, schwoll bei dem Anblick schlagartig an. Und doch hielt er sich zurück. Er musste seine letzten Kräfte schonen. Sein Arm war unbrauchbar und schmerzte höllisch, was ihn noch wütender machte. Ebenso die Tatsache, dass er weiterhin nicht tief genug atmen konnte.

Wenn er durchdrehte, brachte es niemandem etwas.

Ben lag hier, gefesselt, unfähig, sich zu rühren, und konnte nichts tun. So war die innere Raserei nur ein weiteres Gefühl in dem Chaos aus Verzweiflung, schlechtem Gewissen und Selbsthass.

Er spielte mit dem Gedanken zu fragen, was er machen könnte, damit er Chiara gehen ließ. Was Reinhard jedoch nur in seiner Idee bestätigen würde, ihn mit ihrer Folter mehr zu quälen, als wenn er ihm selbst die Schmerzen zufügte. Womit er recht hatte. Aber es musste doch verdammt noch mal irgendetwas geben, was er für sie tun konnte!

Es gab eine Möglichkeit, allerdings hatte er keine Ahnung, wie er diese durchführen sollte. Wenn er nicht mehr lebte, würde Chiara zwar sehr wahrscheinlich auch sterben, aber die Irren hätten den Spaß an ihrer Folter verloren. Vorausgesetzt, Ben war wirklich der Grund und nicht Harmanns krankes Hirn.

Und wenn doch? Wenn sie trotzdem leiden musste und er sich selbst den letzten Hauch einer Chance nahm, ihr zu helfen?

Herrgott! Er wollte das nicht! Wieso tat der Wichser ihnen das an? Reichte es denn nicht, was er bisher alles veranstaltet hatte?

Andererseits würde er hier ohnehin bald verbluten, wenn er sich die Wunden am Arm ansah.

Harmann folgte seinem Blick. »Binde seinen Arm ab, sonst krepiert er noch, bevor wir unseren Spaß hatten«, befahl er Keno.

Fuck!

Der Junge nickte und holte ein weiteres Strohband. Er wickelte es oberhalb der Wunde um den Oberarm und schnürte es so fest zu, als würde er ihn damit abtrennen wollen. Ben stöhnte kraftlos auf, aber das interessierte scheinbar keinen.

Reinhard fummelte währenddessen den Akku aus Bens Handy, warf beides zu Boden und trat darauf. So hart, als müsse er irgendeinen Frust daran auslassen. Dazu hatte gerade er auch allen Grund. Nicht!

Er sah von einem zum anderen und stellte sich zwischen Chiaras Beine. Öffnete den Gürtel, dann den Knopf seiner Jeans.

Chiara keuchte, wand sich in ihren Fesseln. Eine Träne lief an ihrer Wange hinab.

Nein, nein, nein! Nicht das! Ben riss mit aller Kraft an den Stricken, die seine Gelenke am Holz hielten. Sie zogen sich nur noch strammer. Er musste sie doch retten!

Nicht so. Er durfte sich nichts anmerken lassen. Nicht brüllen. Nicht betteln, flehen oder schreien. Gar nichts. Das Schwein durfte nicht merken, wie fertig ihn das gerade machte. Er musste sich entspannt hinlegen, die Augen schließen und es ignorieren. Sonst hatte sie verloren.

Chiara wimmerte voller Panik auf, als Harmann eine Hand zwischen ihre Beine legte, die andere auf die Brust.

In Ben zog sich alles zusammen. Sein gesamter Körper war verkrampft. Das Herz raste wie nie zuvor, der Schweiß lief nur so an ihm herunter. Seine Atmung ging viel zu schnell. Wenn er nicht sofort all seine Wut, den Hass und die Verzweiflung herausbrüllte, würde er bewusstlos werden. Aber dann hätte Harmann seinen Willen und würde ihr noch mehr Schaden zufügen.

Ben kniff die Augen zu und ballte die Fäuste, so fest er konnte. Er konzentrierte sich auf seine Schmerzen, musste sich irgendwie ablenken. Chiaras verzweifeltes Schluchzen durfte nicht bis in sein Gehirn vordringen.

Ihm war nicht bewusst, dass er den Kopf hin und her warf, mit jedem abgehackten Ausatmen aufstöhnte. Dass er Harmann damit deutlich zeigte, wie erfolgreich dieser mit seiner grausamen Tat war. Und dann war da wieder dieses nervtötende Surren. Es trieb ihn in den Wahnsinn. Wo kam der Scheiß nur her?

Ein reißender Schmerz auf seiner Brust ließ ihn aufschreien. All die aufgestaute Wut herausbrüllen. Beinahe war er dankbar für den Schnitt, den Keno ihm verpasst hatte.

»Sieh hin, wenn ich deine Freundin ficke!«, brüllte Harmann. *»Jetzt!«*

Niemals würde er das. Plötzlich war sich Ben sicher, das Richtige zu tun. Er konnte in seiner Lage nicht verhindern, dass dieses elende Schwein mit ihr machen konnte, was er wollte. Aber er konnte vermeiden, dass es ihm mehr Spaß machte als unbedingt nötig.

Erneut schloss er die Lider und sah nicht mal auf, als Keno das Messer langsam durch seinen Unterschenkel zog. Neben dem Schienbein her. Der Schmerz war kaum auszuhalten, aber dennoch nicht so unerträglich wie Chiaras Leid. Er würde die Augen nicht öffnen, egal, was der Junge mit ihm veranstaltete. Nicht, solange er seiner Freundin damit helfen konnte. Stattdessen wand er sich und schrie, brüllte noch lauter, als der Schmerz es rechtfertigte, um Chiaras panisches Keuchen zu übertönen, das er nicht eine Sekunde länger ertrug.

»Sieh hin!«, donnerte Harmann. Wieder und wieder. Ja, er war auf dem richtigen Weg. Weitermachen. Durchhalten. Augen zu und alles rausschreien.

Er schaffte es bis zu dem Moment, als zeitgleich ein Schnitt an der Innenseite seines Oberschenkels gesetzt wurde und eine andere Messerspitze die Wunde in seinem Unterarm vertiefte. Kleine Lichtblitze flackerten vor seinen Augen. Dennoch riss er sie auf und sah jetzt beide Männer neben sich stehen. Keno mit ausdrucksloser Miene, während Harmanns Hass nicht zu übersehen war.

Sie würden ihn umbringen. Jetzt und hier. Auf schmerzhafte und langsame Art und Weise. Aber wenigstens ließen sie Chiara in Ruhe. Also hielt er es aus. Für sie. Er gab ihnen, was sie wollten.

Sehr bald würde er der Ohnmacht nicht mehr entkommen können. Er warf einen letzten Blick auf Chiara, die nun ihrerseits verzweifelt an den Stricken riss. Tränen liefen an ihren Wangen herunter.

Nun war es an ihm, ihr ein gequältes Lächeln zu schenken, ehe er die Augen wieder zusammenkniff. Sie durfte kein schlechtes Gewissen haben, wenn er jetzt draufging. Für sie.

Kapitel 53

Eine Faust donnerte auf sein Jochbein. Es fühlte sich an wie durch einen Schaumstoffschutz, sein ganzer Körper war taub. Es kostete ihn kaum noch Anstrengung, den Schlag zu ignorieren. Bald hatte er es geschafft. Wenn die Dunkelheit ihn erst geholt hatte, war er frei. Nie wieder Flashbacks, Albträume, Gewissensbisse. Höchstens noch ein paar Minuten, dann hatte er es hinter sich.

Ein trommelfellsprengendes Dröhnen hallte durch den Raum. Beide Messer wurden aus ihm herausgezogen, was seine Lebensgeister augenblicklich wieder erweckte. Schwer atmend sah er auf, aus beinahe zugeschwollenen Augen in Harmanns erschrockenes Gesicht.

Dieser riss sein Handy aus der Tasche und fluchte. »Ich muss zum Server. Ihr habt zwei Minuten, euch zu verabschieden. Keno, pass gut auf die beiden auf.«

»Klar!«

Er wirkte wie ein stolzes Kleinkind, das zum ersten Mal allein zu Hause bleiben durfte. Armer Junge. Reinhard musste ihn manipuliert haben, von selbst würde er auf diesen Schwachsinn niemals kommen.

Sobald der Kollege die Tür hinter sich abgeschlossen hatte, wandte sich Chiara an den Jungen. »Hey, das Band um Bens Oberarm schnürt total ein, der Arm stirbt gleich ab. Kannst du das lockerer machen?«

Keno sah sie unsicher an, rührte sich aber nicht.

Ben brauchte einige Zeit, bis er kapierte, was sie plante. Er fühlte sich benebelt, fast so, als wäre er besoffen. Ob der Alkohol aus der Wunde diese Auswirkungen hatte? Dann hätte dieser beschissene Wichser ihm sogar einen Gefallen getan.

Aber das war zweitrangig, er musste Chiaras Plan mitspielen. Nämlich diese wohl einzige Chance zu nutzen und das schnell.

Er riss sich zusammen und nickte schwach. »Der fault schon ab«, presste er hervor und räusperte sich. »Da muss sofort was passieren.«

»Aber ...«

Chiara richtete sich auf, soweit es ihre Fesseln zuließen. »Nein, Keno. Wenn das noch eine Minute so bleibt, wird Ben sterben. Ich glaube, dass Reinhard dann ziemlich sauer auf dich sein wird.«

Keno sah erschrocken von einem zum anderen. Ben nickte schwach. Und sie hatten Erfolg. Der Junge zückte ein Messer und setzte es an.

»*Stopp*!«, rief Ben hektischer als geplant. Er ertrug keine Schmerzen mehr, aber das war nicht seine Intention. »Nicht von oben.«

»Wie denn dann?«

»Mach mal ... meine andere Hand los.« Gott, war das anstrengend, aber es gab nur diese eine Chance. Danach konnte er zusammenbrechen. Erneut räusperte er sich. »Ich zeige es dir.«

Chiara sprang für ihn ein. »Reinhard wird stolz auf dich sein, wenn wir behaupten, du hättest es allein gemacht.«

Ben zwang sich zu einem Lächeln, während sein Herz raste. Diese wohl letzte Gelegenheit durfte er nicht versauen!

Wieder half ihm Chiara. »Ben kann super beibringen. Du wirst eine Menge lernen, wenn du ihn machen lässt.«

Keno ging um ihn herum, setzte die Klinge an. Und löste die Fessel an Bens gesundem Arm.

Er unterdrückte einen Jubelschrei. »Super. Dann gib mir mal das Messer und sieh genau hin.«

Ohne zu zögern, drückte er ihm die Klinge in die Hand und ging mit gespannter Miene wieder auf die andere Seite. Okay, ruhig bleiben. Mit zusammengepressten Kiefern und bebender Hand schob er das Messer zwischen Haut und Strohband. Es blutete sofort, was Keno erschreckte.

»Da!«, rief er und deutete mit einem zitternden Finger auf die Stelle.

»Es war zu lange dran, zu stramm.« Er warf einen verzweifelten Blick auf Chiara. Schnappte nach Luft, schaffte es aber, den Strick zu lösen.

Sie sprang sofort ein. »Ganz genau. Dann geht das nicht mehr, ohne die Haut zu verletzen. Siehst du, am Handgelenk hat das Band auch schon eingeschnürt. Ben macht das auch los, okay?«

Keno nickte eifrig.

»Reinhard wird so stolz auf dich sein«, bekräftigte Chiara und brachte ihn zum Strahlen.

Ben war frei. Zumindest fast. Nur noch die Beine. Der Ganzkörperschmerz hinderte ihn beinahe, aber er verdrängte ihn. Es ging nicht anders.

Als er sich von der Liege quälte, schlug sich Knauk die Hände gegen die Wangen. »Hey, das darfst du nicht!«

»Doch, Keno, denn was Reinhard macht, ist böse.« Ben klammerte sich am Beinstück fest und suchte verzweifelt nach einem halbwegs sicheren Stand. Sein gesundes Bein knickte immer wieder unter ihm weg. Er schätzte die Entfernung zu Chiara ab. Nur wenige Meter. Die musste er schaffen.

Er kämpfte gegen den Schwindel an und holte Schwung. Biss die Zähne zusammen und hüpfte zu ihr. Das linke Bein war ebenso unbrauchbar wie der Arm. Es kostete ihn ungemein viel Kraft, zwei Mal rutschte er fast auf seinem Blut aus. Dennoch schaffte er es und fiel halb auf sie.

»Sorry«, keuchte er und richtete sich auf. Er blinzelte, schüttelte den Kopf. Rieb sich mit dem Handrücken den Schweiß aus den Augen und nahm sich die Fessel an ihrer Hand vor.

Chiara redete unterdessen auf den Jungen ein. »Stell dir mal vor, du wärst ich und jemand würde dich hier fesseln. Genauso auch Reinhard an Bens Stelle, weil der Jemand Reinhard nicht mag. Und eben, *weil* er ihn nicht mag, quält er dich und lässt Reinhard zusehen. Das ist doch gemein, oder nicht?«

Keno verengte die Augen und starrte auf den Boden. Schließlich nickte er. »Ja, das wäre mega fies.«

»Ganz genau. Vor allem für dich, weil du ja gar nichts falsch gemacht hast, oder?«

»Ja, total!«

»Siehst du. Ich habe auch nichts gemacht, soll aber gequält werden, weil Reinhard Ben nicht mag und weil er denkt, er hätte deinen Papa umgebracht. Aber das hat er nicht.«

Ben hatte Chiaras Arm befreit und drückte ihr das Messer in die Hand. Sie war mit Sicherheit schneller als er. Stattdessen wandte er sich zu Keno um, hielt sich an dessen Schulter fest und sah ihm tief in die Augen. »Ich wollte deinem Papa helfen. Ihn daran hindern, dass er springt. Das habe ich leider nicht geschafft. Aber dieses Ende wollte ich nicht und habe auch heute noch ein schlechtes Gewissen deswegen.«

»Das stimmt«, warf Chiara ein. »Ich habe mitbekommen, dass er Albträume deswegen hat. Das wird Reinhard auf den Kameras auch gesehen haben.«

Ben schluckte hart. Darüber wollte er jetzt auf keinen Fall nachdenken. Er sah Chiara an, die ihre restlichen Fesseln durchtrennt hatte und sich gerade sein Shirt überzog. Mit dem Kopf deutete er in Richtung Ausgang. Wenn sie einen Fluchtversuch starten wollten, dann jetzt.

In diesem Moment wurde die Tür aufgerissen. Harmann stürmte herein, die Waffe in der Hand. Er hob sie an und zielte auf Chiara.

Es war ein Reflex. Ben warf sich nach rechts, spreizte den gesunden Arm ab, vor die Frau, die er liebte.

Reinhard drückte ab.

Kapitel 54

Alles war taub. Als wäre er in einer Traumwelt gefangen. Harmann hatte ernsthaft abgedrückt. Ohne Vorwarnung einfach geschossen. Sein Blick glitt zu seiner Schulter. Blut quoll aus ihr hervor. Es tat gar nicht wirklich weh, da war lediglich ein Druck. Träumte er das tatsächlich nur?

Wie in Zeitlupe löste sich die gespenstische Ruhe in seinen Ohren auf. Die Geräuschkulisse schwoll stetig an, bis hin zu einem ohrenbetäubenden Geschrei. Wie gern hätte er die Hände an den dröhnenden Kopf gepresst. Aber er konnte sich nicht rühren. Er lag nur da. Hilflos. Wehrlos. Versuchte, zu verstehen, was hier passierte. Als er aufblickte, waren da Beine. Viele Beine. Definitiv mehr als sechs. Hatte er getrunken? Sah er doppelt? Dieses Gefühl, in einem dichten Nebel vor sich hin zu vegetieren, ähnelte dem besoffenen Kopf sehr.

Dann war es vielleicht wirklich nur ein Traum. Alles okay, war ja nichts Neues.

Und doch war es vollkommen anders.

Jemand schob ihn auf den Rücken. Er wollte sich wehren, hatte aber keine Kontrolle über seine Muskeln.

»Kollang! Sehen Sie mich an!«

Musste der so schreien? Wer war das überhaupt? Er lenkte den Blick in die Richtung und runzelte die Stirn. Schnaider? Was machte der denn hier? Steckte er etwa auch mit drin?

Wer steckt wo drin?

Er blinzelte, überlegte angestrengt, was passiert war. Sah sich wieder um. In viele Gesichter, die er nur zum Teil kannte. Kollegen.

Dann stand da Chiara, in seinem Shirt. Wie durch eine Explosion löste sich die Mauer in seinem Kopf in Luft auf. Ruckartig richtete er sich auf. »Chiara! Bist du okay?«

Eine Träne lief an ihrer Wange herab. Was ihr Lächeln auf eine seltsame Weise nur noch schöner machte. Sie schob einen Kollegen zur Seite und kniete sich neben ihn. Legte die Hände um sein Gesicht und sah ihm tief in die Augen. »Danke.« Es war nur ein Hauchen. Dann drückte sie ihre Lippen voller Leidenschaft auf seine.

Im ersten Moment war er zu geschockt, um zu reagieren, aber die Schmetterlinge in seinem Bauch holten ihn schnell aus der Starre und er erwiderte den Kuss. Als er jedoch die Arme um sie legen wollte, stöhnte er erschrocken auf. »Fuck, was ist jetzt los?«

Der Schmerz war zurück. Geballt brach er über ihn herein. Wachte er gerade auf? Er warf einen fragenden Blick auf Chiara, die immer noch neben ihm kniete, nun aber besorgt aussah. Erst jetzt ließ sie die Hände sinken, die nach wie vor an seinen Wangen gelegen hatten.

Der Kuss war kein Traum gewesen. Dessen war er sich sicher und das daraus resultierende Glücksgefühl ließ ihn auch die Schmerzen ertragen.

Dass er allerdings beide Arme verletzt hatte, kotzte ihn richtig an.

»Kollang?« Schnaiders sanfte Stimme riss ihn aus den Gedanken.

»Hier.«

»Bleiben Sie liegen, der Krankenwagen ist unterwegs.«

Wirklich witzig, als könnte er gerade aufstehen. Ben sah sich erneut um. Ein eisiger Schreck durchfuhr ihn.

»Wo ist Harmann?« Was, wenn sie noch nicht wussten, dass er es gewesen war?

»Auf dem Weg ins Krankenhaus, mit zwei Kollegen und in Handschellen. Wie auch Knauk Junior.«

Erleichtert sackte er in sich zusammen.

»Kollang?«

»Chef?«

»Da haben Sie richtig Scheiße gebaut. Das wird Konsequenzen haben. Die nächsten vier Wochen will ich Sie nicht im Präsidium sehen, sonst können Sie sich wirklich Ihre Papiere abholen!«

Ben hob eine Braue. So lange würde er definitiv krank sein, wahrscheinlich auch noch wesentlich länger. Was seinem Boss selbstverständlich bewusst war, wie sein Schmunzeln verriet. Gott, er liebte diesen Kerl.

Er grinste. Dann lachte er lauthals los, was aber schnell in einem schmerzverzerrten Stöhnen endete. Chiara nahm seine Hand und schüttelte lächelnd den Kopf.

Schnaider zwinkerte ihnen grinsend zu und erhob sich. »Gut gemacht, allesamt. Ich denke, ich werde später eine Runde bei Theo ausgeben ... sollte er uns rein lassen.«

Allgemeiner Jubel brach aus. Abgesehen von Ben, den nun doch sein Gewissen plagte. Das Freibier hätte er wirklich nicht verdient. Aber das bekam er ohnehin nicht, denn er würde die nächsten Tage und Wochen wohl das Krankenhausbett hüten. Wenigstens war er da nun in Sicherheit.

Kapitel 55

Ben wurde sofort operiert. Als er Stunden später aus der Narkose erwachte, fühlte er sich wie erschlagen und hatte überhaupt keine Lust, die Augen zu öffnen. Wäre da nicht die innere Unruhe, die ihn zwang, es doch zu tun.

Er wurde belohnt – Chiara saß zusammengekauert und in eine Decke gekuschelt auf einem Liegestuhl neben ihm. Ein leises Schnarchen drang in seine Ohren, was ihm ein müdes Grinsen entlockte. Die widerspenstigen Haare, die ihr wieder einmal wild vom Kopf abstanden, ließen sein Herz schneller schlagen. Als er sich jedoch aufrichten wollte, um ihr eine Strähne aus dem Gesicht zu streichen, verging ihm das Lachen. Schusswunde in der rechten Schulter, tiefe Schnittverletzungen im linken Arm. Da waren die an seiner Brust und dem Bein ein Kinderspiel. Dennoch – er war ein Wrack. Mit einem herzhaften Stöhnen ließ er sich zurückfallen. Fast hätte er vor Schmerzen erneut aufgestöhnt. Das lief ja fantastisch.

Wenigstens schien Chiara wohlauf zu sein, die in diesem Moment erwachte. »Ben! Endlich. Geht's dir gut? Hast du Schmerzen?«

Er lächelte. »Na hör mal, du bist doch da. Wie könnte es mir da schlecht gehen?«

Gespielt entrüstet verschränkte sie die Arme vor der Brust. »Also, Kollang, Sie sind ein miserabler Lügner, wenn ich das anmerken darf.«

Bestätigend nickte er. »Ganz genau. Darum macht es dir gegenüber auch keinen Spaß.«

Nun grinste sie und griff nach seiner Hand. »Ernsthaft, Ben. Wie geht's dir?«

Vom Versuch, die Schultern zu zucken, kam er ganz schnell wieder ab. »Wie es jemandem eben geht, der quasi von einem Panzer überrollt worden sein könnte. Immerhin merke ich deutlich, dass noch alles an mir dran ist. Aber wie geht's dir?«

»Nur ein paar oberflächliche Schnittwunden. Alles gut.« Sie feixte, während Ben eine Braue hob. Oberflächlich ging anders.

Er sparte sich den Kommentar, dafür fuhr sie grinsend fort: »Ich hab jetzt ganz viel Zeit, meinen Retter zu füttern und zur Not auch seinen Hintern abzuwischen.«

Ben schluckte. Oh Gott, nicht mal das konnte er mit seinen Verletzungen! Aber da ließ er niemanden ran, und wenn er nach jedem Kacken duschen ging. »Ähm, lass mal.«

»Hey, du hast mich auch schon nackt gesehen, stell dich mal nicht so an!«

»Du mich doch auch. In jeder anderen Situation hätte ich bei dir auch hingesehen, aber so?«

»Bin ich dir etwa den Anblick nicht wert?«

Stirnrunzelnd sah er sie an. War ihr das ernsthaft so egal oder stand sie unter Schock?

Sie erwiderte den Blick nur kurz und wandte sich dann ab. »Ich weiß, was du denkst, aber wenn ich das

Ganze ins Lächerliche ziehe, komme ich besser damit klar. Sonst würde mich das umbringen, ganz ehrlich. Ich muss darüber reden, mich darüber lustig machen. Wenn ich es nicht an mich heranlasse, komme ich damit einigermaßen klar. Wobei ich mich ja wirklich nicht beschweren darf.«

Das klang einleuchtend. Dennoch bewunderte er sie für ihre Kraft. Während er seit drei Jahren wegen einer weitaus harmloseren Sache aufpassen musste, nicht dem Alkohol zu verfallen, lachte sie einfach darüber. Die Frau war durchweg bemerkenswert.

Nur eine Frage brannte noch in ihm: »Hat er dich ...?«

»Vergewaltigt? Nein, Gott sei Dank nicht, sonst würde es mir anders gehen. Wobei allein schon so daliegen zu müssen und mitzuerleben, wie er seine kranke Idee durchziehen will, ... darauf zu warten, dass er ...« Sie stockte und schluckte schwer. Sie legte ihre warme Hand auf seinen Arm und schaffte ein Lächeln. »Das war schon purer Horror. Aber weil du nicht hingesehen hast, ist mir das Schlimmste erspart geblieben. Dafür werde ich dir ewig dankbar sein.«

Die Erleichterung nahm ihm fast den Atem. Wenigstens *das* hatte er verhindern können. Da war das Glück endlich mal auf ihrer Seite gewesen. »Es freut mich ehrlich, dass es dich nicht schlimmer erwischt hat.« Als wäre das nicht schon genug gewesen. *Trottel.*

Sie sah ihn ernst an. »Ja, dank dir. Nicht nur, dass du die Vergewaltigung verhindert und stattdessen so viele Schmerzen für mich eingesteckt hast. Das allein war schon der Wahnsinn. Aber wenn man das Video so ansieht, hat er nicht auf meine Schulter gezielt, als du dazwischengegangen bist. Somit hast du mir auch noch das Leben gerettet.«

Er blinzelte. »Moment, Video? Wieso ... Oh Mann, ich hab echt einiges verpasst, oder?«

Das entlockte ihr ein Lachen. »Ja, du hattest den Schlaf aber auch mal bitternötig.« Wieder ernst, fuhr sie fort: »Er hat wirklich überall Kameras installiert. In dem Raum, in dem er uns gefoltert hat, sogar mehrere. So konnte man alles aus jeder Perspektive sehen konnte. Unter anderem auch, dass er mich umbringen wollte. Diese Kurzschlussreaktion hatte er vermutlich, weil er die Kollegen kommen gesehen hat und nicht mehr fliehen konnte. Das ohrenbetäubende Dröhnen war übrigens seine Alarmanlage.«

»Das klingt krank.«

»Ist es auch. Total. Der Kerl darf nie wieder auf freien Fuß kommen.«

»Nein. Schon gar nicht, wenn man bedenkt, wie sehr er mich verarschen konnte. Ich hab ihm seine Freundlichkeit wirklich abgenommen.«

»*Uns*, Ben. Er hat uns alle getäuscht. Selbst den Chef, was wirklich was heißen soll bei seiner Menschenkenntnis.«

»Allerdings. Wie haben die uns eigentlich gefunden?«

»Schnaider war's. Er hat Reinhard im Endeffekt doch durchschaut und dann super kombiniert. Aber das soll er dir selbst erzählen, wenn er morgen – äh, später kommt.«

Ben seufzte. Viel lieber wollte er mit Chiara allein sein, als anstrengende Fragen zu beantworten. Und einen derben Anschiss für seinen Alleingang würde er ebenfalls noch kassieren. Leider zurecht. Da er aber sowieso nicht drumherum kam, konnte er das auch schnell hinter sich bringen. »Wann kommt er?«

Sie sah auf die Bahnhofsuhr an der gegenüberliegenden Wand, er tat es ihr gleich. Es war fast vier Uhr in der Nacht.

»Irgendwann nachmittags«, fuhr Chiara fort. »So war zumindest sein Plan. Wenn du jetzt lieber schlafen willst ...«

»Ich hab lange genug gepennt und werde es hoffentlich ab jetzt auch wieder öfter können.«

»Na ja, spätestens, wenn du mit der Lommers durch bist, sollte es klappen. Ich hab mitbekommen, wie Schnaider direkt einen neuen Termin gemacht hat, und das ist auch gut so. Sie macht ihren Job wirklich toll.«

Er nickte nur. Darauf hatte er ja richtig Lust. Aber nach den letzten Wochen sah er sogar selbst ein, dass er nicht länger drum herumkam. Er war am Ende, auch schon vor der Aktion mit Harmann.

Darüber wollte er jetzt aber nicht reden, also begann er mit Small Talk, wogegen sie scheinbar nichts einzuwenden hatte.

Nach einer Viertelstunde kuschelte sich Chiara wieder in ihre Decke und gähnte herzhaft. »Ich könnte noch ein Stündchen Schlaf vertragen.«

»Willst du lieber ins Bett?«

Energisch schüttelte sie den Kopf. »Sonst geht's dir gut? Du kannst dich kaum bewegen!«

»Ich will mich auf dem Stuhl ja auch hinlegen und nicht herumturnen.«

Sie lachte auf. »Blödmann. Bleib du mal schön da liegen.«

Kurz überlegte er, sich mit ihr seine Matratze zu teilen, allerdings würde das sicher falsch rüberkommen. Also beließen sie es so und schliefen tatsächlich beide tief und fest, womit keiner von ihnen gerechnet hätte. Nicht nach dem Tag. Aber so war das mit Menschen, in deren Gegenwart man sich sicher fühlte.

Kapitel 56

Am Morgen fuhr Chiara schnell nach Hause, um sich frisch zu machen und Klamotten für Ben zu holen, war aber keine zwei Stunden später wieder da. Selbst in der kurzen Zeit hatte er sie vermisst. Verrückt. Genau wie die Tatsache, dass ihnen nach stundenlangem Quatschen immer noch nicht die Themen ausgingen.

Als Schnaider schließlich gegen vier kam, hätte Ben ihn am liebsten wieder rausgeworfen, so sehr genoss er die Zweisamkeit.

Der Kriminalhauptkommissar begrüßte Chiara lächelnd, ehe er sich ihm zuwandte. »Kollang, Sie sehen scheiße aus.«

Was für eine Begrüßung. Ben grinste. »Danke, Boss. Ihre Komplimente werden immer kreativer.«

»Tja, wenigstens in der Hinsicht kann ich noch etwas von Ihnen lernen. In Sachen Teamarbeit allerdings nicht. Vielleicht war dieser Alleingang ja endlich lehrreich für Sie.«

»Definitiv. Ich war in dem Moment so verbohrt, dass für mich gar nicht infrage kam, Verstärkung zu rufen. Ich hab dem Wichser echt geglaubt, dass er Chiara gehen lässt, sobald er mich hat.« Ben seufzte und sah sie an. »Es tut mir echt leid, dass ich das versaut hab.«

Ehe sie antworten konnte, hob Schnaider die Hand. »Okay, nachdem das geklärt ist, würde ich gerne zum angenehmen Teil kommen. Denn Nerven habe ich in den letzten Tagen mehr als genug gelassen, das will ich jetzt nicht wieder auffrischen.« Er griff in seine Umhängetasche und zog feixend drei Flaschen mit alkoholfreiem Bier heraus. »Streng genommen haben Sie uns gestern zum Tatort geführt und sich nicht nur für Ihre Kollegin geopfert, sondern auch eine Kugel eingefangen. Für diese Heldentat haben Sie sich ausnahmsweise ein Bier verdient.«

Grinsend öffnete Chiara ihres, während er seine Flasche unentschlossen anstarrte. Und sie zwischen seine Beine bettete, weil er es nicht schaffte, sie wegzustellen. Was war er nur für ein Wrack. »Danke, das ist echt nett, aber ich werde das nicht trinken.«

Schnaider stutzte. »Muss ich den Arzt rufen?«

»Nein.« Ben lachte auf, wurde jedoch schnell wieder ernst. »Aber ich hab es nicht verdient, gefeiert zu werden. Ich habe nicht eine Sekunde darüber nachgedacht, als ich mich vor sie geworfen habe. Es war ein Reflex, mehr nicht.«

»Glauben Sie ernsthaft, dass viele Menschen diesen Reflex besitzen?«

Ben runzelte die Stirn und sah von einem zum anderen. Während Chiara lächelnd die Schultern zuckte, redete Schnaider weiter: »Kollang, auch wenn ich es nach Ihrem Alleingang ungern zugebe, aber Sie haben es im Blut. Unschuldige zu schützen ist Ihr Ding. Was nicht heißen soll, dass Sie sich für jeden in den Kugelhagel werfen sollten. Aber ein derartiger Reflex sagt mir zumindest, dass Sie in diesem Job goldrichtig aufgehoben sind.«

Das musste er erst mal sacken lassen und war sich mit jeder Sekunde sicherer, dass er ihn verarschen wollte.

Zumal es nicht um irgendeine Unschuldige ging, sondern um Chiara. Somit würde Ben das Thema jetzt einfach abhaken. »Wie auch immer. Vor allem aber muss ich von dem allabendlichen Bier wegkommen. Ohne kann ich schon nicht mehr einschlafen, das geht so nicht weiter.«

Schnaider lächelte, Ben meinte eine Spur von Stolz darin zu erkennen. »Und damit kommen Sie um eine Suspendierung herum. Ursprünglich hatte ich die angedacht, für vier Wochen. Sie sind sowieso krank, also fehlt Ihnen das Spritgeld nicht. Aber wenn Sie nach nicht mal vierundzwanzig Stunden und ohne einen Besuch bei Doktor Lommers selbstständig zu dieser Einsicht kommen, habe ich Hoffnung, dass Sie es schaffen werden. Nur enttäuschen Sie mich nicht wieder, sonst ziehe ich es später durch, wenn es Ihnen mehr weh tut.«

»Werde ich nicht. War mein Alkoholproblem so offensichtlich?«

»Nein, aber ich habe mit Theo geredet. Mehr zu dem Fall, allerdings plaudert er ja gern mal aus dem Nähkästchen.«

»Alles klar.« Seufzend nestelte Ben an der Bettdecke herum und sah schließlich hoch. Ändern konnte er es eh nicht mehr und er würde ernsthaft daran arbeiten. Dennoch war es an der Zeit für einen Themenwechsel. »Jetzt will ich endlich wissen, was gestern noch passiert ist.«

»Das wollte ich gerade Sie fragen.«

Ergeben erzählte Ben die Geschichte und hätte sich manches Mal Chiaras Unterstützung gewünscht, aber Schnaider wollte seine Version hören. Er hörte ganz genau zu, unterbrach ihn kein einziges Mal. Machte sich

Notizen und schüttelte hin und wieder fassungslos den Kopf.

»Unglaublich, wie sehr mich dieser Kerl täuschen konnte«, sagte er seufzend, als Ben geendet hatte.

»Nicht nur Sie.«

»Nein, aber Sie waren nicht jahrelang als Profiler tätig, so wie ich. Ich war mir meiner Menschenkenntnis immer sicher.«

»Die haben Sie auch«, warf Chiara ein.

Ben stimmte zu. »Jap. Immerhin haben Sie mich weitermachen lassen, trotz allem.«

»Ob das richtig war, weiß ich immer noch nicht.«

»Doch, war es. Sonst hätte ich vorher schon Mist gebaut.«

Schnaider lachte auf. »Ja, wahrscheinlich.«

Ben lehnte sich zurück. »So, und jetzt erzählen Sie mal, wie Sie uns gefunden haben.«

»Mit logischem Menschenverstand. Ich habe schon länger befürchtet, dass einer aus unseren Reihen dahinterstecken musste. Woher sonst könnte der Attentäter immer genau wissen, wann Sie sich wo herumtreiben? Die toten Tiere, immer frisch, wenn Sie nach Hause kamen. Der Rollerunfall. Woher sollte er wissen, dass Sie ausgerechnet da zu Fuß nach Hause gingen? Dann der Lkw. Die Kamera, die zu den wichtigsten Zeiten versagt hat, und die manipulierte Akte im Krankenhaus, weshalb sie wieder fast gestorben wären. Aber eben nur fast. Vermutlich aus lauter Frust hat er sich dann Omando geschnappt, als sie einmal allein im Dienst unterwegs war. Nachdem er das nämlich mitbekommen hatte, ist er für drei Stunden weg gewesen. Angeblich hatte er einen Wasserrohrbruch zu Hause.

In der Zeit hat er ihr etwas gespritzt, von dem er noch nicht verraten hat, was es war. Hat sie in sein Versteck gebracht, gefesselt und das Video gedreht. Er hat Knauk gesagt, wann er es in die Cloud stellen soll, und ist seelenruhig zurück zur Arbeit gekommen.«

Schnaider atmete tief durch und rieb sich das Gesicht. Das Thema ging ihm offensichtlich an die Nieren. »Als wir vom ersten Tatort zurückgefahren sind, habe ich weitergedacht. Dass ein Video nicht mal annähernd zurückzuverfolgen war, gab es noch nie und eigentlich kann Harmann so etwas ziemlich gut. Das LKA mit ihren Möglichkeiten sowieso. Er hat also seine Dienstzeit damit verbracht, die Aufnahmen entsprechend zu manipulieren, damit nicht mal die Kollegen in Düsseldorf einen Standort herausfinden konnten. Als das neue Video kam und Smitti binnen weniger Minuten die Adresse hatte, hat sich mein Verdacht erhärtet. Ich habe überlegt, ob er zu den entsprechenden Zeiten Dienst hatte, und es passte alles.«

Er zuckte mit den Schultern. »Kaum war ich damit fertig, rief Kramer an und erzählte, dass Sie da waren und regelrecht geflüchtet sind. Daraufhin dachte ich mir, dass Sie das Rätsel gelöst haben, und hab sicherheitshalber das SEK informiert. Gleichzeitig habe ich Ihr Handy und auch den Dienstwagen orten lassen. Nachdem die Kollegen, die Sie angehalten haben, mit mir Rücksprache gehalten haben, wusste ich in etwa, wo Sie sich aufhielten und welches Auto Sie hatten. Nicht hilfreich war Ihr ausgeschaltetes Telefon, aber der Wagen hat ein gutes Signal geliefert. So haben wir Sie gefunden. Harmann musste uns allerdings kommen gesehen und die Nerven verloren haben. Daher

der Schuss. Danach waren die SEK-Jungs ja auch schon
unten und haben ihn überwältigt.«

»Ich hätte auch drauf kommen müssen.«

»Auf was?«

Ben versuchte, sich über das Gesicht zu reiben, ließ
die Hand jedoch mit zusammengepressten Lippen wieder sinken. Nicht mal das schaffte er. Es war frustrierend.

Allerdings gerade nicht das Thema. »Was Sie eben erzählt haben. Es hätte mir klar sein müssen, dass er dahintersteckt, denn die Anzeichen waren eindeutig. Dabei hatte ich Wiegesal im Visier.«

»Der stand auch auf meiner Liste. Ich hatte sogar zum
Ende hin den Verdacht, er würde mit Harmann zusammenarbeiten. Ihn habe ich mir bereits vorgeknöpft,
aber er hatte von all dem nicht den Hauch einer Ahnung. Er mag Sie genauso wenig wie Sie ihn, das ist
richtig, aber das zeigt er lieber direkt und gerne auch
mal *zu* deutlich. Derartig falsch und hinterlistig würde
er das allerdings nicht machen. Übrigens hat er einen
Versetzungsantrag gestellt.« Er lachte auf. »Diese Zi-
ckereien zwischen Ihnen beiden fehlen mir jetzt
schon.«

Ben feixte. Das schrie förmlich nach entspannten
Diensten. »Stimmt, er ist ein Mann der klaren Worte.«

»Ja, so wie Sie. Eigentlich müssten Sie zwei sich wunderbar verstehen.«

Chiara lachte lauthals los. Auch Ben grinste. In der
Hinsicht waren sie sich wirklich ähnlich. Und nicht immer nett, daran sollte er wohl arbeiten. »Da haben Sie
nicht unrecht. Trotzdem ärgert es mich, dass ich mich
derart verarschen lassen hab.«

»Kollang, sogar ich mit meiner Zusatzausbildung und Erfahrung habe es übersehen. Manchmal sieht man den Wald vor lauter Bäumen nicht. Vor allem dann, wenn man selbst befangen ist. Das muss ich mir wohl ebenfalls ankreiden.«

»Na ja, ist ja alles so weit gut gegangen.«

»Ja, Gott sei Dank. Übrigens packt Knauk Junior wunderbar aus.«

»Inwiefern?«

»Er erzählt uns alles, was wir wissen wollen. Bisher ist bekannt, dass Harmann derjenige zu sein scheint, dem Karl fehlt. Der war wohl ein Vater-Ersatz für ihn. Harmann hat den Jungen nach seinem Tod bei sich aufgenommen und ihm eine andere Identität verpasst. Den Nachbarn hat er erzählt, er wäre sein Patenkind, das seine Eltern verloren hätte und nun bei ihm leben würde. Raus ging Knauk fast nur, um unter falschem Namen als Kurierdienstfahrer zu arbeiten. So konnte er seine Strecke immer an Ihren Feierabend anpassen.«

»Alles perfekt durchdacht.«

»Durch und durch. Harmann hat den Jungen so lange bearbeitet, bis er seiner Meinung war. Dass Sie der Böse sind und genauso leiden sollten, wie die zwei es durch Karls Tod taten. Man merkt aber auch jetzt, dass Keno zurückgeblieben ist. Er lässt sich sogar von uns manipulieren, wie wir es wollen. Was, nebenbei bemerkt, gar nicht nötig ist. Was ich sagen will: er nimmt uns die Wahrheit sofort ab.«

»Der Junge kann einem echt leidtun.«

»Vor allem weiß er genau, dass es nicht okay war, was er gemacht hat. Er hat ein fürchterlich schlechtes Gewissen und wollte schon hierherkommen, um sich bei

Ihnen zu entschuldigen. Was ich selbstverständlich unterbunden habe, aber vielleicht können Sie ja mal bei ihm vorbeischauen, wenn Sie wieder fit sind.«

»Klar. Wenn er bis dahin nicht anderweitig manipuliert wurde.«

»Ja, das kann natürlich passieren.« Er atmete tief durch und klatschte in die Hände. »So, genug von dem Thema. Haben Sie eigentlich Schmerzen?«

»Das geht. Es nervt nur, dass ich gerade völlig unselbstständig bin. Übrigens auch ein Grund, warum ich das Bier nicht wollte. Mit Strohhalm schmeckt es einfach nicht.«

Alle lachten. Nach den heftigen letzten Wochen tat die gelöste Stimmung unfassbar gut.

Bald verabschiedete sich Schnaider. »Dann erholen Sie sich mal. Gute Besserung Ihnen beiden und machen Sie keinen Blödsinn.« Zwinkernd wandte er sich zur Tür, aber Ben hielt ihn zurück.

»Chef?«

»Ja?«

»Danke. Für alles. Und bevor das hier jetzt zu sentimental wird – Keno kann mich gern besuchen kommen. Morgen oder so.«

Schnaider lächelte. »Das wird ihn freuen. Ich melde mich.«

Kapitel 57

Chiara rückte ihm auch in dieser Nacht nicht von der Seite, wofür Ben ihr dankbar war. Obwohl Harmann ihnen nichts mehr antun konnte, hatten ihn die letzten Wochen geprägt. Er war schreckhaft und musste teilweise gegen irgendwelche Paranoia ankämpfen. Mit ihr an seiner Seite kam er klar, aber die Angst vor dem Alleinsein war unerträglich.

Es schien Chiara nichts auszumachen, ganz im Gegenteil. Ben war sich nicht sicher, ob sie ein Helfersyndrom auslebte oder ihn wirklich so gernhatte. Es war letztendlich auch egal, Hauptsache, sie war bei ihm.

Schnaider kam am frühen Nachmittag mit Knauk Junior an seiner Seite vorbei. Der Junge hielt den Kopf gesenkt und blieb an der Tür stehen.

Ben signalisierte seinem Chef, dass er draußen warten sollte. Chiara war da, das reichte ihm.

»Hey Keno, schön, dass du da bist. Komm rein und setz dich.«

Er nickte knapp und ließ sich auf einen Stuhl an der Wand gleiten, den Blick weiterhin gesenkt. »Tut mir leid, dass ich dir wehgetan hab«, murmelte er, sobald er saß.

Ben unterdrückte ein Seufzen. »Du magst Reinhard, oder?«

Er nickte stumm.

»Und du vertraust ihm.«

Wieder bestätigte der Junge.

Chiara beugte sich vor und lächelte ihm zu. »Er hat dich direkt bei sich aufgenommen, als dein Vater gestorben ist?«

»Ja, er ist mein Papa.«

Ben schüttelte ungläubig den Kopf. Nicht nur, dass der Wichser den Jungen derart im Griff hatte, nervte ihn, sondern auch, wie sehr er ihn und seine Kollegen hatte manipulieren können. Da hatte jemand wie Keno nicht den Hauch einer Chance und das hatte er schamlos ausgenutzt.

»Das hat er dir gesagt?«, fragte Chiara mit sanfter Stimme. Ben beschloss, sich zurückzuhalten, denn seine Wut auf Harmann hätte man herausgehört und das wäre kontraproduktiv.

Keno sah zum ersten Mal auf und mit ernster Miene in Chiaras Augen. »Das musste er nicht. Das war er immer schon.«

Ben tauschte einen irritierten Blick mit ihr. »Wie meinst du das?«

»Er ist mein Papa. Er hat mich in meine Mama gesteckt, als mein Vater die Folterkammer geputzt hat.«

Chiara schluckte und warf Ben einen erneuten Blick zu. Dieser hob die Braue und setzte sich mit einem leisen Stöhnen auf. »Was für eine Folterkammer?«

»Die hat Papa immer genutzt, wenn jemand böse zu ihm war. Mama fand das doof, darum hat er sich bei ihr im Schlafzimmer entschuldigt.«

»Wusste Karl davon?«

»Nein, sonst wäre er bestimmt sauer gewesen und hätte dann auch mit Papa in die Kammer gemusst. So wie ich, wenn ich böse war.« Die letzten Worte waren nur noch ein Flüstern.

Ben musste tief durchatmen. Armer Junge.

Chiara räusperte sich. »Wo ist diese Kammer, Keno?«

»Im Haus, in dem ich aufgewachsen bin, in der Bibliothek. Da ist ein Buch, das muss man rausziehen. Dahinter liegt eine Fernbedienung. Wenn man die drückt, geht die Tür auf. Ganz von allein. Wenn man drin ist, hört man das von draußen nicht. Auch keine Schreie.« Plötzlich aufgeregt, rutschte er auf seinem Stuhl herum, seine Augen leuchteten. »Ich hab das mal ausprobiert. Ganz alleine! Papa hatte Kameras da drin, die man auf einem Tablet beobachten konnte. Ich hab das Tablet genommen und mich in die Bibliothek gesetzt. Ich hab den Ton ausgestellt und gelauscht. Nicht mal, als Papa dem Mann den Finger abgeschnitten hat, hat man den schreien hören! Voll cool!«

Erneut stieg in Ben die Galle hoch. Der Mann hatte gelebt, als ihm der Finger abgeschnitten worden war! Ob Melina es auch bei vollem Bewusstsein hatte durchstehen müssen? Er wollte es gar nicht wissen.

Chiara schüttelte den Kopf. »Keno, weißt du, warum er den Menschen so wehgetan hat?«

Er starrte sie an und sprang auf. »Böse Frage, böse Frage!«

Mit Panik in den Augen rannte er in die nächste Ecke, quetschte sich hinein und kauerte sich wimmernd zusammen. Irritiert sah Ben ihn an, während Chiara bereits neben ihm hockte, die Hand auf seinen Rücken gelegt.

Das machte es allerdings noch schlimmer. Keno schlug sie mit einem Aufschrei weg und hechtete nach vorn, wobei er Chiara umstieß.

Bens Impuls, aufzustehen und ihr zu helfen, scheiterte bereits daran, sich mit den Armen hochzudrücken. Das war doch scheiße!

»Alles okay?«, fragte er und kämpfte sich weiter verbissen auf die Bettkante.

»Alles gut, bleib liegen.« Sie stand wieder auf den Beinen und rieb sich mit zusammengepressten Lippen den Oberschenkel. Ihre helle Stoffhose färbte sich an der Stelle dunkel.

Fuck! »Deine Wunde ist aufgegangen!« Er musste ihr helfen!

Die Tür wurde aufgerissen, Schnaider stürmte ins Zimmer, gefolgt von Kollege Kramer. »Was ist hier los?«

Alle vier starrten auf Keno, der mitten im Raum stand und sich wild umsah. Er schien in einer völlig anderen Welt zu sein.

Chiara hielt die Männer mit erhobener Hand zurück und ging langsam auf den Jungen zu, redete mit leiser, beruhigender Stimme auf ihn ein. »Hey, alles okay. Niemand will dir was tun, du bist in Sicherheit.«

Er fixierte sie, die Augen weit aufgerissen. Ben war sich nicht sicher, ob er Panik oder puren Wahnsinn darin las. Er wollte von der Bettkante rutschen, wenigstens stehen, falls Chiara doch Hilfe brauchen sollte. Allerdings war das Bett zu hoch, er würde stürzen. Er drückte den Knopf, das Gestell fuhr langsam herunter.

Mit einem lauten Surren. Das einen Schalter in Kenos Kopf umlegte. Wie auch im Keller, nachdem er zunächst das Waterboarding verweigert hatte. Harmann hatte irgendwie das Geräusch ausgelöst und der Junge war wie ausgewechselt gewesen.

Fuck! Wieso hatte er nicht eher daran gedacht?

»Chiara, geh weg! Verschwinde von ihm!« Er sprang erneut auf, versuchte, zu ihr zu hüpfen – und fiel hin.

Sie war inzwischen bei Keno angekommen und wollte ihm gerade die Hand auf die Schulter legen. In dem Moment, als sie ihn berührte, warf er sich mit seinem ganzen Gewicht gegen sie. Sie knallte hin, ein Stuhl krachte an die Wand. Das hielt Keno jedoch nicht davon ab, sich auf sie zu stürzen. »Du musst sterben! Papa hat gesagt, du musst sterben! Du musst ...«

Schnaider und Kramer stürzten sich auf ihn. Binnen Sekunden war Knauk gefesselt und wurde von den beiden aus dem Raum gebracht.

Vor lauter Erleichterung schloss Ben die Augen und lehnte den Kopf an die Matratze. Wie kam er jetzt hoch?

»Chiara, alles klar?« Die Tatsache, dass sie noch nicht neben ihm stand und ihm aufhalf, beunruhigte ihn. Als er sich herunterbeugte und unter dem Bett hersah, lag sie nach wie vor auf der Erde. Sein Herz setzte für einen Schlag aus. War sie auf dem Kopf gelandet? »Chiara! Scheiße, was ist mit dir?«

»Meine Beine ...« Ihre Stimme war leise und doch schwang Panik darin mit.

»Was ist damit?« Er kämpfte sich auf die Knie. »Chiara, rede mit mir!«

»Ich kann ...« Sie schluchzte auf. »Ben, ich spüre meine Beine nicht!«

Er erstarrte, schüttelte den Kopf. Das konnte nicht sein. Das war nicht möglich, verfluchte Scheiße! Sie hatten es raus geschafft, die Irren besiegt! Das Thema war doch durch, Herrgott noch mal!

»Ben, mach was! Bitte! Ich will das nicht! Scheiße, Mann!« Sie weinte bitterlich, schlug gegen die Oberschenkel. Schrie, schluchzte.

Hektisch sah er sich nach der Klingel um, kam aber nicht dran. Also brüllte er aus Leibeskräften und krabbelte auf den Knien zu ihr, so schnell er konnte. Er kniete sich neben sie und schaffte es, wenigstens die Hände auf ihre Schulter zu legen, während sie schluchzend den Kopf an ihn lehnte und das Gesicht mit den Fingern bedeckte.

6 Monate später

»Dann mal auf zum fröhlichen Psychoverhör«, sagte Chiara grinsend und bewegte ihren Rollstuhl über den Parkplatz der Praxis von Doktor Lommers.

»Das klingt ja fast so, als würdest du dich darauf freuen.« Ben hinkte neben ihr her und ließ den Blick in alle Richtungen wandern, um potenzielle Gefahren direkt zu bemerken. Noch einen Fehler würde er sich nicht erlauben. Nie wieder.

»Ein bisschen schon. Immerhin hilft es. Außerdem ist es spannend, wenn man selbst gerade eine Weiterbildung in der Richtung hinlegt, so wie ich. Vielleicht kann ich mit ihrer Hilfe ja noch schneller als Profilerin arbeiten. Aber hauptsächlich freue ich mich, endlich mal aus dem Haus zu kommen.«

Er riss übertrieben die Augen auf. »Wie? Fühlst du dich bei mir nicht wohl?«

Lachend hielt sie an und ergriff seine Hand. »Bei *uns*, Schatz. Wir wohnen jetzt zusammen, schon vergessen?«

»Wie könnte ich? Außerdem wirst du eine fantastische Profilerin werden.« Schmunzelnd drückte Ben ihr einen Kuss auf den Mund.

Chiara warf ihm ihren gekonnten Augenaufschlag zu, der nicht nur sein Herz in Wallungen brachte, und leckte sich lasziv die Lippen. »Lecker, das Thema sollten wir zu Hause gleich weiterverfolgen.«

Noch immer bewunderte er sie für ihr Interesse am Sex, obwohl sie vom Becken abwärts nichts mehr spürte. Dennoch beharrte sie darauf, es zu genießen, wie er sie streichelte und liebkoste. Zu wissen, dass sie trotzdem noch attraktiv für ihn war. Außerdem behauptete sie, dass der Orgasmus zum größten Teil im Kopf passiere. Anders, aber nicht minder schön.

Wäre dem nicht so, würde er natürlich darauf verzichten. Musste er aber nicht und es machte ihn glücklich, dass sie so empfand. Dass sie beide etwas davon hatten. Sie testeten sich aus, wobei vor allem Chiara immer wieder neue Ideen einbrachte.

Es waren die mit Abstand schönsten, nicht nur sexuellen, Momente, die er je gehabt hatte. Denn bei Chiara konnte er sich fallen lassen wie nie zuvor.

Dementsprechend weckte allein ihre Aussage seine Vorfreude. »Ich könnte den Termin auch absagen oder verschieben.«

Sie lachte auf. »Sei mal nicht so lüstern. Die eine Stunde wirst du wohl noch aushalten!«

Natürlich würde er das. Nur leider beschränkte sich der Termin bei der Psychologin selten auf lediglich eine

Stunde und diese Zeit empfand er als überaus anstrengend, obwohl sie ihn bisher ziemlich in Ruhe ließ. Chiara tat es gut, mit ihr zu reden, und sie bestand auf seine Anwesenheit – dem wohl einzigen Grund, warum er es nach vier Monaten immer noch durchzog.

Vielleicht auch, weil Doktor Lommers wirklich fähig war. Sie hatte stets die richtigen Antworten parat, wofür Ben sie schon fast beneidete. Er war und blieb ein Bollerkopf, was das anging. Außerdem überforderte ihn Chiaras Situation scheinbar mehr als sie selbst.

Es war unwahrscheinlich, dass sie ihre Lähmung vom Becken abwärts je wieder loswerden würde. Dank des Stuhls, auf dessen Kante der Sitzfläche Keno sie gestoßen hatte. Und alles nur, weil Ben ihn zu einem Gespräch herbestellt und dann auch noch dieses Surren verursacht hatte. Diese zusätzlichen Schuldgefühle fraßen ihn auf. Umso mehr bestand er darauf, Chiara zu helfen, wann immer es ihm möglich war.

Oder besser, wenn sie es mal zuließ. Was für seinen Geschmack viel zu selten vorkam.

Auch jetzt musste sich Ben wieder zurückhalten, sie nicht zu schieben. Sie würde es nicht wollen. Und das war gut so, denn durch ihren Dickschädel und eisernen Willen war sie binnen erstaunlich kurzer Zeit nahezu selbstständig geworden. Ebenso hatte sie kein bisschen an Lebensfreude verloren. Sie weigerte sich schlicht, die Hoffnung aufzugeben, wofür er sie aus tiefstem Herzen bewunderte.

Er selbst hatte eine Zeit lang um seinen Arm bangen müssen. Die Wundheilungsstörungen durch die Manipulationen in den Wunden waren extrem gewesen, wesentlich mehr als die im Bein. In dieser Zeit hatte er sich mehrfach gewünscht, Harmann hätte es durchgezogen und ihn umgebracht. Aber Chiara hatte ihn immer wieder aufgebaut und vor allem gezeigt, wie es funktionierte, mit der Angst zu leben, als Krüppel zu enden. Was ihm glücklicherweise erspart geblieben war.

Irgendwann würde auch Chiara wieder laufen können. Das hatte sich zu ihrem Mantra entwickelt und gab ihr die nötige Kraft. Obwohl Ben ihren bewundernswerten Optimismus nur schwer teilte – er war im Leben zu häufig enttäuscht worden – stimmte er ihr jedes Mal zu, wenn sie es aussprach. Nicht nur aus Angst, dass sie sich sonst hängen lassen könnte. Vor allem wünschte er ihr von Herzen, dass sie es tatsächlich irgendwann schaffte. Und er hatte es unbewusst auf sich selbst bezogen. Inzwischen waren seine Extremitäten zwar noch nicht vollständig wiederhergestellt, aber das würden sie. Dessen war er sich bereits sicher gewesen, ehe er die Aussage vom Arzt gehört hatte. Dank seiner wunderbaren und unglaublich starken Freundin.

»Du kannst ja Hillie schon mal ausladen.« Chiara grinste frech. »Nicht, dass sie nachher unpassend kommt.«

Die gute Seele kam täglich vorbei, brachte Einkäufe, räumte auf, putzte, kochte und machte alles, was nötig war. Da Ben ebenfalls noch nicht ganz auf dem Damm war, hätte er das allein kaum geschafft.

Hillie verstand sich blendend mit Chiara, die ihr im Haushalt half, so gut sie konnte, und ging in ihrer neuen Aufgabe regelrecht auf. Eine Win-Win-Situation für alle Seiten konnte man sagen.

Feixend schüttelte er den Kopf. »Wir werden einfach laut genug sein, dann hört sie das bis in ihr Wohnzimmer.«

»Gott bewahre!«

Lachend überholte er Chiara und hielt ihr die Tür auf. Wenigstens das durfte er. »Vielleicht können wir ja nach der Sitzung noch etwas am Aasee spazieren … äh … fahren, bevor es dann zu Hause weitergeht.«

»Die Idee gefällt mir sehr gut. Aber ich teile meinen Rolli nicht, also *gehen* wir spazieren.« Sie zwinkerte ihm zu, was ihm ein stolzes Lächeln auf die Lippen zauberte. Sie war so ungeheuer stark.

Ben teilte Chiaras Freude darüber, nicht länger eingesperrt zu sein. Bisher waren sämtliche Therapien bei ihnen zu Hause gelaufen, heute erstmals in der Praxis. Obwohl nach wie vor die Panik tief in ihm brodelte, sobald ihnen ein Lkw zu nahekam, ließ er es sich nicht nehmen, selbst zu fahren, was Lommers befürwortete.

Überhaupt respektierte sie jegliche Entscheidung der beiden. Ob sie reden wollten oder nicht, wie viel sie erzählten, was sie planten, um ihre Traumata zu verarbeiten. Sie gab Tipps und Hilfestellungen, ansonsten ließ sie ihnen freie Hand. Nicht zuletzt darum konnte sich sogar Ben zunehmend auf sie einlassen.

Zwei Minuten später saßen sie bereits vor der etwa vierzigjährigen Psychologin. Ihre blonden Haare hatte sie zu einem lockeren Pferdeschwanz zusammengebunden, die nachtblauen Augen musterten sie freundlich, aber prüfend. Schon dieser Blick, der Ben an Lee erinnerte, machte ihn nervös. Es fühlte sich an, als könnte sie allein dadurch seine Seele auf links krempeln. Gruselig.

»Herr Kollang, möchten Sie einen beruhigenden Tee anstelle des Kaffees?«

Ein Schauer überkam ihn. »Nein, Kaffee wäre toll.«

Chiara, die sich das Grinsen nicht verkneifen konnte, nahm ebenfalls einen. Lommers verteilte die Getränke und wandte sich dann an sie. »Frau Omando, wie geht es Ihnen heute?«

»Sehr gut. Es ist das erste Mal seit meiner Entlassung aus der Rehaklinik, dass ich das Haus verlassen konnte. Es tut unglaublich gut.«

»Ja, es ist toll, dass Sie Ihre Rampe für den Treppenstein endlich bekommen haben. Wobei ich Sie auch gerne besucht habe. Aber hier fällt es Ihnen vielleicht leichter, sich zu öffnen.« Beim letzten Satz hatte sie Ben angesehen, der ertappt die Lippen aufeinanderpresste.

»Möglich.«

»Wie geht es Ihnen denn?«

Er zuckte mit den Schultern. »Ich freue mich auch über die Freiheit.«

Lommers lehnte sich zurück und verschränkte die Arme. »Sie gehen doch schon wieder arbeiten, reichen Ihnen die Stunden nicht?«

»Na ja, ich sitze am Schreibtisch. Das war noch nie meins. Ich will auf die Straße, zu Tatorten, die Verbrecher schnappen, ehe sie noch mehr Schaden anrichten.« Er sah sie an. »Was sagt denn das psychologische Gutachten, wenn ich körperlich wieder hergestellt bin? Kann ich direkt wieder los?«

Sie schmunzelte. »Sie haben es ja wirklich eilig. Herr Kollang, ich habe eine Frage: Was, glauben Sie, passiert, wenn Sie über Ihre Gefühle und Probleme reden?«

Stirnrunzelnd sah er sie an. »Wieso?«

»Antworten Sie bitte. Sagen Sie einfach das, was Ihnen in den Kopf kommt. Ganz schnell, jetzt! Los!«

»Es ist Schwäche, man wird angreifbar, könnte ausgelacht und vor allem nicht mehr ernstgenommen werden.«

»Wunderbar. Sehr gute Antwort. Sie nehmen also Ihre Freundin nicht ernst?«

Ben fuhr hoch. »Natürlich tue ich das! Sehr sogar!«

Lommers lächelte. »Soll ich Ihnen verraten, wieso? Weil Sie wissen, woran Sie bei ihr sind. Weil sie sich öffnet, über Probleme redet, anstatt sie in sich hineinzufressen. Was glauben Sie, wie sie es schafft, in ihrer derzeitigen Situation noch so optimistisch und ein Sonnenschein zu sein?«

Blinzelnd ließ er sich zurücksinken, warf einen kurzen Seitenblick auf Chiara und kratzte sich am Kopf. Schließlich nickte er. »Weil sie alles rauslässt, was sie belastet.«

»Ganz genau. Es vereinfacht so vieles. Natürlich gibt es vereinzelte Idioten, die meinen, darüber ihre Späße machen zu müssen. Aber glauben Sie mir – das ist niemand, den Sie ernst nehmen müssen. Diesen Leuten sind Sie haushoch überlegen, denn die haben definitiv nicht derartige Dinge erlebt, wie Sie. Wie mir scheint, sind diese Erfahrungen auch schon älter, richtig?«

Ben wandte sich ab. Es fiel ihm schwer, dennoch musste er sich eingestehen, dass sie recht hatte. Er schaffte ein knappes Nicken.

»Okay. Wenn Sie mögen, können wir uns damit in Ruhe auseinandersetzen. Das wird nicht von heute auf morgen klappen, sondern Monate oder vielleicht sogar

Jahre dauern, aber es wird Sie verändern. Zum Positiven. Sie werden viel besser zurechtkommen und das Leben ganz anders genießen können. Ich erwarte darauf jetzt keine Antwort, möchte aber gerne einen Einzeltermin mit Ihnen machen. Da können Sie sich dann überlegen, ob wir das Ganze in Angriff nehmen sollen oder nicht. Was meine Beurteilung angeht – je mehr und schneller Sie sich öffnen, desto beruhigender wird es für mich sein, mein Okay zu geben.«

Die Tatsache, dass sie gerade versuchte, ihn um den kleinen Finger zu wickeln, ignorierte er. Denn Fakt war, dass er eine Menge dafür tun würde, endlich wieder richtig arbeiten zu können.

Mit gesenktem Blick murmelte er: »Das geht bis in meine Kindheit zurück. Meine Oma, bei der ich aufgewachsen bin, war nicht gerade nett.« Er sah auf. »Ich möchte, dass Chiara dabei ist, wenn das okay ist.« Sonst würde er den Mund sowieso nicht aufbekommen. Er brauchte sie an seiner Seite.

Diese nahm seine Hand. »Ich freue mich ehrlich, wenn du das durchziehst. Und ja, ich will unbedingt dabei sein, wenn es dir hilft.«

Lommers lächelte breit. »Gratulation, Herr Kollang. Das war der erste Schritt in ein glücklicheres Leben. Möchten Sie direkt anfangen?« Ben schluckte und schüttelte den Kopf. »Nicht heute.«

»Okay, also nächste Woche. Für heute habe ich sowieso die Gerichtsverhandlung auf der Agenda. Sie sind Herrn Harmann nach einem halben Jahr erstmals wieder begegnet. Wie erging es Ihnen damit?«

»Mir hat Chiara gefehlt. Ich wäre fast durchgedreht. Ohne Schnaider und Lee an meiner Seite hätte ich ihn wohl totgeprügelt.«

»Ihre Wut ist verständlich. Hat Ihnen das Urteil geholfen, etwas herunterzufahren?«

Ben atmete tief durch und zuckte mit den Schultern. Noch immer stieg der Hass in ihm auf, wenn er die selbstgefällige Miene vor sich sah. Die allerdings war Harmann förmlich aus dem Gesicht gefallen, als das Urteil gefällt wurde: Lebenslänglich mit anschließender Sicherheitsverwahrung.

Alles andere wäre eine Farce gewesen. Der Kerl hatte fast fünfundzwanzig Jahre lang Menschen gefoltert und getötet. Außerdem nach Lust und Laune Frauen vergewaltigt. Wie auch Kenos Mutter.

»Nicht wirklich. Es hat mich erleichtert, aber bei dem, was der Kerl gemacht hat, hätten die auch gern die Todesstrafe wieder einführen können.«

Bei den Verhören war herausgekommen, dass Harmann Karl Knauk als junger Polizist bei einer versehentlich tödlich geendeten SM-Geschichte mit einer Prostituierten erwischt und seitdem erpresst hatte. Er würde ihn decken, solange er seinen SM-Raum nutzen konnte. Was Karl zunächst dankbar angenommen hatte.

Harmann hatte das schamlos ausgenutzt. Als Knauks Frau schwanger geworden war, hatte er sein Dazutun abgestritten, obwohl sie das Gegenteil behauptet hatte. Sie war mit der Situation nicht klargekommen und hatte ihren Kummer im Alkohol ertränkt, was Kenos geistige Behinderung verursacht hatte. Bald kamen andere Drogen hinzu, für die sie kein Geld hatte. Das musste sie sich verdienen, indem sie tat, was auch immer Harmann von ihr verlangte. Sie wurde sein erstes Todesopfer, nachdem er seine kranken Fantasien an ihr ausgetestet hatte. Weitere sollten folgen. Die alle hatte Knauk in der Lagerhalle auf sich genommen. Vermutlich aus Angst um Keno.

Karl war unfruchtbar, er wusste, dass der Junge nicht sein leiblicher Sohn war. Dennoch war es seine einzige Möglichkeit gewesen, an ein Kind zu kommen, und das Vermächtnis seiner Frau, die er nicht hatte schützen können.

Auch Keno war von Harmann geschlagen worden, wie dieser sogar offen zugab, ohne jegliche Reue. Das erklärte die Panik des Jungen, sobald er das Surren hörte. Es war das Geräusch, das die Folterkammer beim Öffnen und Schließen machte.

Mit aufeinandergepressten Kiefern schüttelte Ben den Kopf, um die Bilder da rauszubekommen. »Ich hab nicht alles mitbekommen, was da abgegangen ist. Nach den ersten zwanzig Minuten im Gerichtssaal brauchte ich eine Pause.«

Chiara drückte seine Hand und Lommers nickte verständnisvoll. »Das muss sehr hart für Sie gewesen sein. Wie geht es Ihnen heute, wenn Sie daran zurückdenken?«

Ben atmete tief durch. »Beschissen, aber erleichtert, dass der Arsch hinter Schloss und Riegel versauert.«

»Gibt es etwas, das Ihnen die Erinnerungen erleichtern würde?«

»Ich wüsste nicht, was.«

»Vielleicht ein Gespräch mit Harmann?«

»Niemals. Ernsthaft, ich würde ihn umbringen, sobald ich die Gelegenheit dazu hätte.«

Lommers musterte ihn nachdenklich. »Glauben Sie, dass es Ihnen danach besser gehen würde?«

»Vermutlich nicht.«

»Richtig. Das würde es sogar noch schlimmer machen, denn damit würden Sie sich auf seine Stufe stellen, und da gehören Sie nicht hin. Der Mann hat seine verdiente Strafe bekommen, er wird nie wieder jemandem etwas tun können. Alles, was Sie jetzt noch machen müssen, ist, damit abzuschließen. Sie können nichts rückgängig machen und in meinen Augen gibt es auch nichts, was einen Grund dazu bieten würde. Sie haben getan, was Sie konnten. Dadurch haben Sie Ihre Freundin und auch sich selbst gerettet. Und sicher noch viele weitere Menschen mehr.«

Mit gesenktem Blick schüttelte Ben langsam den Kopf. Er hatte viel zu viel falsch gemacht, egal, was sie ihm erzählen wollte.

Erschrocken zuckte er zusammen, als Lommers plötzlich neben ihm stand und die Hand auf seine Schulter legte. »Herr Kollang, ich weiß, dass die Schuldgefühle Sie innerlich auffressen. Daran werden wir arbeiten. Gemeinsam. Oder, Frau Omando?«

»Ganz genau. So lange, bis du den Schwachsinn endlich aus dem Dickschädel hast.«

Ben sah auf, von der einen zur anderen. Beide lächelten ihn an, es erwärmte sein Herz. Nie zuvor hatte es jemanden in seinem Leben gegeben, der so hinter ihm gestanden hatte. Nun war es neben Chiara auch Schnaider und sogar Lommers. Was sollte da noch schiefgehen?

Chiara schob sich näher an ihn heran und betätigte die Bremsen an ihrem Rollstuhl. »Ich muss dir noch was zeigen.«

Mit diesen Worten stemmte sie sich mit den Armen hoch in den Stand und hob die Hände.

Bens Kinnlade fiel herunter. »Chiara, du ... du stehst!«

Sie grinste, ihre Wangen glühten. »Ja, ich stehe. Ich sagte doch, wenn man etwas wirklich will, schafft man es auch.« Sie ließ sich wieder sinken und ergriff seine Hand. »Ich hab dir hiermit gezeigt, dass es geht. Jetzt bist du dran. Klar?«

»Klar.« Er stand auf, Tränen verschleierten seine Sicht. »Scheiße, ich bin so verdammt stolz auf dich!« Kopfschüttelnd beugte er sich zu Chiara hinunter und küsste sie.

Danksagung

Neben den üblichen Verdächtigen, insbesondere Nadine, Dany und Vivi, gilt mein besonderer Dank der Polizei Warendorf, bzw. unserer Freckenhorster Bezirksbeamtin für ihre Engelsgeduld bei der Beantwortung all meiner Fragen!